Bernd Flessner

Tod auf dem Siel

Kriminalroman

LEDA

Personen und Handlung dieses Romans sind frei erfunden. Jede Ähnlichkeit mit lebenden oder toten Personen wäre rein zufällig.

Mein besonderer Dank gilt Udo Franken, der sich intensiv um mein mangelhaftes Platt bemüht hat. Adolf Korth danke ich für den Wein, den er Gerd Greven spendiert hat.

Für meine Tochter Hannah.

There‘s a killer on the road

Doors, *Riders on the Storm* (1971)

Wie wenig gehört zum Glücke. (...) Ohne Musik wäre das Leben ein Irrthum.

Friedrich Nietzsche, *Götzen-Dämmerung, Sprüche und Pfeile 33* (1888)

1

Das Siel lag mitten im Absehen. Ein Laie hätte für die schwarze Markierung im Zielfernrohr höchstwahrscheinlich den Begriff Fadenkreuz verwendet. Aber der Mann, dessen rechtes Auge das Okular fast berührte, war kein Laie. Er hatte das präzise Schießen von Grund auf gelernt, wenn auch vor gut drei Jahrzehnten.

Die Klinker, die Fugen, in denen hier und da Moos wuchs, ein blauschwarzer, mit einem Pflasterstein längst fest liierter Kaugummi – jedes Detail konnte der Mann gestochen scharf sehen. Auch mit der Ruhe, die er in das Absehen legen konnte, war er zufrieden. Beim ersten Versuch, vor nicht ganz vier Wochen, hatte sich ihm die Ruhe noch verweigert. Aber schon nach wenigen Tagen im Egelser Wald hatten sich seine Muskeln und seine Atmung wieder an die einst so hart trainierten Fähigkeiten erinnert. Mit altersbedingten Abstrichen natürlich, die er aber vernachlässigen konnte, da die Entfernung, für die er sich entschieden hatte, viel geringer war als jene, die er in seiner aktiven Zeit beherrschen musste.

Im Hafen war es noch ruhig. Gerade einmal eine Handvoll Passanten war eingelaufen, um die drei Kutter zu bewundern, die gegenüber dem Hotel zum Packhaus festgemacht hatten. Als Ziel kam keiner dieser Flaneure in Frage. Er musste warten, bis eine geeignete Person das Siel betrat. Damit aber hatte er gerechnet und genügend Zeit eingeplant. Außerdem war es erst kurz nach neun. Der große Aufmarsch der Sommerurlauber stand noch bevor.

Der Mann ließ das Gewehr sinken, holte ein Tuch aus dem Koffer, der eigentlich für eine große Bohrmaschine gedacht war, und wischte damit vorsichtig über die Optik. Er legte wieder an, war zufrieden und nahm die Toppen der Fischkutter nacheinander ins Visier, schwenkte auf die großen Sonnenschirme eines Restaurants und verfolgte dann eine Möwe, die sich auf einem Straßenschild niederließ. Sein rechter Zeigefinger spielte mit der Möglichkeit, das Abzugszüngel zu drücken und die Möwe lautlos von ihrem Platz zu fegen. Aber so unvorsichtig war er nicht, auch wenn er sich die Gesichter der Zeugen vorstellte, wie sie hilflos nach einer Erklärung für den plötzlichen Tod des Vogels suchten.

Ein Bus mit Tagesgästen fuhr ihm ins Absehen. Der Hafen füllte sich. Frühstücksgestärkt rückten die Urlauber aus, um zu sehen und zu kaufen, um Fotos von einem Ort zu machen, der so ganz anders war als ihre meist im Süden gelegene Heimat, der sie für ein paar Tage entfliehen wollten. Ein echter Magnet waren natürlich die Fischkutter, die eben nur in einem Hafen an der Nordseeküste zu finden waren. Sie schufen jene einmalige friesische Exotik, die von den Urlaubern erwartet und bereitwillig honoriert wurde. Der Mann kannte das: die enttäuschten Gesichter, die stumm einen leeren Hafen anklagten, sobald die Kutter auf See waren. Dabei war genau das deren Aufgabe. Aber Mienen dieser Art waren heute nicht zu sehen. Auch meinte es die Junisonne gut und sorgte für ein makelloses Postkartenlicht. Und für ein gutes Büchsenlicht.

Obwohl er intensiv trainiert hatte, begannen seine Augen zu brennen. Er musste das Gewehr absetzen und mit Daumen und Zeigefinger seine Lider massieren. Anschließend genehmigte er sich einen Schluck aus seinem edelstählernen Flachmann. Zielwasser hatten sie die verbotene Dopingmaßnahme bei der Bundeswehr genannt.

Als er das Gewehr wieder anlegte, hatten die ersten Touristen das Siel entdeckt, dem Hooksiel seinen Namen zu verdanken hatte. Ein dicker Mann mit zu engen kurzen Hosen hob Arm und Finger, um einem kleinen Grüppchen den Weg zu weisen. Unter den Frauen, die ihm willig folgten, war jedoch keine dabei, auf die das Adjektiv schlank gepasst hätte. Die Menschen stopften einfach zu viel Fast Food und Fleisch in sich hinein. Selbst hier an der Küste, wo es den besten Fisch zu kaufen gab, und wo man endlos joggen konnte.

Mit noch immer leicht brennendem Auge suchte er erneut den Hafen ab. Nein, es gab doch noch Schlanke im passenden Alter. Eine Frau in einem dunklen Sommermantel etwa, die er oberhalb der Hafentreppe entdeckte. Eine attraktive Frau, vermutlich aus gutem und betuchtem Stall, schloss er aus ihrer Kleidung und ihrem eleganten Gang. Sie wäre das ideale Ziel. Aber leider wich sie dem Siel aus und zog die Lange Straße vor. Er vermutete, dass sie dem Künstlerhaus mit seinem Zwiebelturm nicht widerstehen konnte. Plakate warben für einen smarten Bildhauer, der Skulpturen aus Strandgut ausstellte. Da musste sie einfach hin. Wegen der ungewöhnlichen und neuen Idee. Und wegen des charismatischen Künstlers natürlich.

Der Mann wollte das Gewehr schon wieder absetzen, um sich noch einmal vorsichtig mit den Fingern die Augen zu reiben, als es sich die Frau anders überlegte. Sie blieb abrupt stehen, ließ ihren Blick die Lange Straße hinaufwandern, schwenkte den Kopf zum Hafen, machte eine halbe Drehung und sah zum Siel hinüber. Erst das Siel, dann das Vergnügen. Der Mann versuchte, ihre Gedanken zu erraten. Er lag richtig, denn schon setzte sie sich entschlossen in Bewegung. Eine schöne, eine attraktive

Frau. Trotz ihres Alters von etwa Mitte fünfzig. Brünettes, glattes Haar, strenger Blick, enge Taille. Ihr Zögern war verschwunden. Mit entschlossenen Schritten peilte sie das Siel an, wollte es sehen, wollte es erobern, um mitreden zu können. Wenn man schon Hooksiel besuchte, sollte man auch das Siel gesehen haben, jene sonderbare entwässerungstechnische Einrichtung aus längst vergangenen Zeiten, deren Sinn und Funktion gar nicht mehr so leicht zu vermitteln war, wie er aus Erfahrung wusste.

War sie die Richtige? Noch einmal taxierte er ihre Figur, ihr Alter, vermied es aber, ihre Augen zu betrachten. Der Wind, allenfalls eine schwache Brise, spielte mit ihrem Haar, das in der Sonne glänzte. Ein junger Mann warf ihr einen vielsagenden Blick zu.

Sie war die Richtige. Der Mann versetzte seinen Fuß, um eine bessere Haltung einzunehmen, und rang gleichzeitig die letzten Zweifel in sich nieder, die ihm trotz aller Vorarbeit geblieben waren. Er sah keinen anderen Weg, seine Existenz zu retten, alles, was er sich aufgebaut hatte in den letzten Jahren. Er brauchte das Leben dieser Unbekannten, das Opfer war es wert, auch wenn sie es nicht einmal ahnte. Sie würde nichts merken. Ein dumpfer Schlag, auf den sekundenschnell das ewige Schwarz folgte. Als würde man in einem Keller das Licht ausschalten. Und das Alter würde ihr nichts mehr anhaben können. Alle würden sie so in Erinnerung behalten, wie sie jetzt war, so attraktiv, so schön.

Sie hatte das Siel erreicht, blieb stehen. Aber auch der dicke Mann mit den kurzen Hosen, der sich unvermittelt von rechts ins Schussfeld geschlichen hatte, um eine winzige Kamera auf den Hafen zu richten. Während der Dicke aufs Display starrte, schien sich sein ohnehin stattlicher

Bauch noch mehr aufzublähen. Von seinem Ziel sah der Mann hinter dem Zielfernrohr nur die brünetten Haare, in denen sich die Brise verfangen hatte.

Seine Hände, die in hauchdünnen Einweghandschuhen steckten, wurden feucht. Es war heiß geworden in dem Bauwagen, den er als Deckung nutzte. Eine Schweißperle rann seine linke Wange herunter. Aber davon ließ er sich nicht aus der Ruhe bringen, die er sich mit eisernem Willen auferlegt hatte, die er sich wieder antrainiert hatte. Sein rechter Zeigefinger lauerte am Abzugszüngel und rührte sich nicht. Ebenso wenig wie der dicke Mann, der offenbar Probleme mit seinem Motiv hatte. Mal hob er die Kamera über seinen Kopf, dann platzierte er sie fast auf Bauchhöhe.

So unvermittelt der Dicke gekommen war, so plötzlich verschwand er aus dem Schussfeld. Die Brünette griff mit den Fingern in ihr Haar.

Das Richtige, die Richtige, dachte der Mann und drückte ab. Der Sommermantel der Unbekannten explodierte vor ihrer Brust. Die Hand fiel ihr aus dem Haar, das sie eben noch zu bändigen gehofft hatte. Ihr Gesicht versteinerte, ihr Blick verriet völlige Verständnislosigkeit, dann gaben ihre Knie nach und sie fiel nach hinten auf das Pflaster. Augenblicklich wuchs eine Blutlache um sie herum. Ein glatter Durchschuss.

Erst als der Mann seine Waffe mit routinierten und schnellen Griffen verstaut hatte, erreichte ihn ein gedämpfter Schrei. Er schaute vorsichtig aus dem kleinen Fenster. Für einen Moment wirkte das, was er sah, wie ein Foto. Keiner der Menschen bewegte sich. Nur die Möwen und das Grün der Bäume verrieten das Leben. Dann, wie auf ein Kommando hin, implodierte das Bild, denn die gerade noch erstarrten Menschen stürzten auf das Siel zu. Nur wenige blieben unentschlossen zurück.

Der Mann schloss den Koffer und nutzte die Gelegenheit, den Bauwagen ungesehen zu verlassen. Die Augen hatten andere Ziele. Doch selbst wenn er von einem Zeugen bemerkt worden wäre, hätte dieser nur von einem Arbeiter mit Schutzhelm berichten können, der einen Werkzeugkoffer getragen hat. Im toten Winkel des Bauwagens spazierte er mit verstelltem Gang und falschem Schnurrbart langsam zu seinem Auto. Als er sich gesetzt hatte, tauchte in seinen Gedanken kurz das erstarrte Gesicht der Schönen vor ihm auf

2

Vor Greven baute sich ein junger, breitschultriger Arbeiter im blauen Overall auf, dessen kantiger Schädel fast zur Hälfte in einem gelben Schutzhelm steckte. Der Weg des Mannes ließ sich mit einem Blick zurück verfolgen, denn seine Sicherheitsschuhe hatten eine satte Dreckspur auf den Dielen und dem Teppich hinterlassen.

»Moin. Wissen Sie, wo Frau Jenns ist? Wir haben da ein kleines Problem.«

»Nein, weiß ich nicht«, antwortete Greven abweisend, der seit einer guten Stunde versuchte, die Zeitung zu lesen. »Aber wissen Sie, wo Feudel und Staubsauger zu finden sind?«

Der Mann im Blaumann schien die Gegenfrage überhört zu haben, verzog keine Miene, hob den Zeigefinger zum Helm, als wolle er sich bedanken, drehte sich um und stapfte quer über den Teppich zurück. Greven klatschte die Zeitung auf den Beistelltisch und erhob sich widerwillig aus seinem Lieblingssessel. Da nur er die Antwort auf seine Frage zu kennen schien, ging er mit schnellen Schritten durch die Diele zu einer unscheinbaren Tür, hinter der sich die Reinigungsutensilien verbargen. Mit sanfter Wut riss er sie auf, nur um festzustellen, dass keiner der beiden Staubsauger an seinem Platz war. Die Schrubber und der Eimer mit den Feudeln fehlten auch. Nicht einmal das Kehrblech lag auf dem Boden.

»Hallo?! Jemand zu Hause?«, hallte in diesem Augenblick eine ungewöhnlich hohe Männerstimme durch den Gulfhof.

Geräuschvoll ließ Greven die Tür ins Schloss fallen und ging zurück ins Wohnzimmer.

»Hallo!? Keiner da?«

»Ja doch!«, zischte Greven und versuchte, den Eindringling zu orten.

»Hallo? Fliesen Arnold. Wir bringen die Fliesen!«

»Das mag ja alles sein«, antwortete Greven laut. »Aber wo sind Sie?« Inzwischen hatte er die Hintertür erreicht, ohne auf einen Lieferanten oder eine Fliese gestoßen zu sein. Also machte er wieder kehrt. »Wo sind Sie denn?«

»Hier im Haus!«

»Ach was!?« Greven marschierte durchs Wohnzimmer, passierte zwei Türen und stand schließlich in Monas Atelier. »Wo sind Sie?«

»Wir sind hier.« Hinter einer der großen und mit Folie abgedeckten Leinwände tauchte wie aus dem Nichts ein schmächtiger kleiner Mann in einem grauen Lagermantel auf. Hinter ihm wankte ein junger Riese mit schwarzer Baseballkappe und leerem Blick, der einen Karton Fliesen in seinen Pranken hielt.

»Jakob Arnold. Von Fliesen-Arnold«, lächelte der kleine Mann, dem die Kastratenstimme gehörte, und streckte ihm eine Kinderhand entgegen.

»Gerd Greven. Von der Kripo Aurich. Wie sind Sie eigentlich ins Haus gelangt?«

»Durch die Baustelle. Dort ist ja alles offen.«

»Und dreckig«, ergänzte Greven, der erneut auf eine Fußspur gestoßen war. Nur dass im Atelier alte Teppiche auf dem Boden lagen, die auf alles vorbereitet waren.

»Wo sollen die Kartons hin?«, sopranierte Jakob Arnold von Fliesen-Arnold.

»Stellen Sie die hier auf den Boden«, brummte Greven. »Und nehmen Sie bitte den Weg durch die Baustelle.«

»Machen wir. Machen wir. Ist äh … Frau Jenns nicht im Haus?«

»Nein, ist sie nicht.«

»Gut, dann bringt Karl jetzt die Fliesen.«

Der Riese nickte, stellte den Karton direkt vor seinen Füßen auf den Boden und wankte durch eine Öffnung in der Folienwand, die das Atelier abschloss, nach draußen.

»Sind Sie … wirklich von der Kripo?«, fragte Arnold vorsichtig.

Greven zog stumm seinen Ausweis aus der Tasche und hielt ihn dem Mann unter die Nase.

»Aber es ist doch wohl … nichts passiert?«

»Nicht hier«, antwortete Greven. »Aber im Wohnzimmer bin ich auf eine eindeutige Spur gestoßen.«

»Ein … ein Verbrechen?«, sang der Kastrat und riss beide Augen auf, in denen die Neugier aufloderte.

»In gewisser Weise schon. Aber ich kann Ihnen natürlich keine Details mitteilen. Sie verstehen?«

Arnold verstand, wenn auch widerwillig. Seine Augen schrumpften langsam wieder auf Normalgröße, und er nickte ein paarmal verhalten.

»Ich kann Ihnen nur so viel verraten«, erklärte Greven mit ernster Miene und dienstlichem Tonfall, »dass es sich um eine äußerst schmutzige Sache handelt. Nichts für schwache Nerven.«

»Sie werden es schon schaffen«, sprach ihm Arnold Mut zu und gab sich dabei Mühe, seinem Sopran Ernsthaftigkeit zu verleihen.

»Keine Sorge. Ich werde die erforderliche Säuberungsaktion mit größter Entschlossenheit durchführen und nichts unter den Teppich kehren.«

Arnold sah ihm erleichtert in die Augen und sagte leise: »Wird auch Zeit, dass hier mal jemand richtig aufräumt.«

»Nichts anderes verspreche ich Ihnen«, antwortete Greven mit einer wohldosierten Prise Dirty Harry in der Stimme.

»Was sich hier in Aurich in letzter Zeit für Gesindel herumtreibt ...! Aber was sage ich Ihnen. Sie wissen es besser als ich. Also dann, viel Erfolg. Ich werde mal nachsehen, wo Karl so lange bleibt. Wiedersehen.«

»Bye.«

Der kleine Mann tippelte zum Durchgang der Folienwand und verschwand. Greven machte sich umgehend auf die Suche nach den beiden Staubsaugern, wurde aber im Atelier nicht fündig. Er hatte auf die vielen Folien getippt, doch sie verbargen nur Monas Bilder. Als er mit dem Raum fertig war, erschien der Riese und stellte den nächsten Karton ab. Wieder mitten im Atelier, in den schmalen Gang, den die Staffeleien frei ließen.

Greven linste gerade der letzten Folie unter den Rock, da mischte sich ein vertrautes Klingeln unter den Baulärm. Monas Telefon. Er spurtete ins Wohnzimmer, die zwei Türen verfluchend. Der Lehmspur ging er aus dem Weg, umrundete die Couch und schlug zu. Aber der Anrufer hatte bereits aufgegeben. Wahrscheinlich der Elektriker, auf den Mona so lange gewartet hatte, und dem er diesen Tag geopfert hatte, damit sie ihn nicht verpasste. Ihn zu erreichen, galt als faktisch ausgeschlossen, als anerkanntes Wunder, es blieb nur die vage Chance, neben dem Telefon auszuharren und auf seinen Anruf zu warten. »Oh Scheiße! Das gibt Ärger.«

Kaum hatte er den Sessel wieder erreicht und seine Finger nach der Zeitung ausgestreckt, begann das Telefon, uralt, schwarz, aber der aktuellen Technik angepasst, erneut zu klingeln. Trotz seines sensiblen Knies sprang er auf, hechtete durchs Zimmer, landete auf der Couch und griff zu. »Bei Mona Jenns.«Sein Knie ging in Flammen auf. Die Landung auf der Couch war eine Bruchlandung gewesen.

»Sind Sie es, Herr Greven? Hier ist Heiner von Breitberg«

Monas Kölner Galerist. Der hatte ihm gerade noch gefehlt. Greven griff sich ans Knie, das jedoch auf die Löscharbeit kaum reagierte. »Moin, Herr von Breitberg. Was kann ich für Sie tun?«

»Ach, ich wollte nur wissen, wie weit der Umbau gediehen ist?«

»Die Fliesen sind soeben eingetroffen.«

»Ach, das freut mich aber. Dann ist das neue Atelier also demnächst bezugsfertig. Sobald mein Partner wieder gesund ist, werde ich Frau Jenns einen Besuch abstatten. Ich hatte ohnehin vor …«

Es klopfte im Hörer. Der Elektriker.

»Herr von Breitberg, ein wichtiger Anrufer in der Leitung. Es tut mir leid, aber ich muss sie unterbrechen. Ich …« Greven legte auf und nahm sofort wieder ab. »Bei Mona Jenns.«

»Gerd, bist du es? Hier ist Christian. Ist Mona da?«

Der Architekt. Greven rollte mit den Augen. »Nein, sie ist noch unterwegs. Wichtige Termine. Worum geht's?«

»Um die Verglasung. Genauer gesagt, um die Kosten. Da hat sich nämlich ein kleiner Fehler eingeschlichen. Ist mir furchtbar peinlich. Und … Mona ist wirklich nicht da?«

»Nein, ist sie nicht. Was glaubst du, warum du mit mir sprichst?«

»Na, du bist doch Beamter und hast jede Menge…«

Ein Schatten glitt über die Couch. Der Blaumann mit dem gelbem Helm und den Lehmschuhen. »Wissen Sie jetzt, wo Frau Jenns ist? Wir können nicht weitermachen.«

»Christian, sorry, ich muss dich leider unterbrechen. Sie ruft dich zurück.« Greven legte auf und fixierte den Arbeiter. »Sie ist noch nicht wieder zurück. Das haben Sie ja gehört. Kann ich Ihnen vielleicht helfen?«

Der Angesprochene blickte Greven mit einer Unschuldsmiene an und ließ sich mit der Antwort Zeit. »Haben Sie noch einen Staubsauger?«

»Was meinen Sie mit … ›noch einen‹?«, fragte Greven überrascht und stand von der Couch auf. »Haben Sie etwa unsere beiden Staubsauger?«

»Unserer ist heute Morgen kaputt gegangen.«

»Und was ist mit unseren Staubsaugern?«

»Die sind nun wohl auch kaputt.«

»Beide?«

»Beide. Sind ja auch bloß für zu Hause. Keine Profigeräte.«

»Aber Sie haben sie trotzdem auf der Baustelle eingesetzt?«

Der Mann verzog keine Miene. »Ging nicht anders. Der andere in der Firma ist nämlich auch kaputt.«

»Hat Ihnen Mona die Staubsauger gegeben?«

»Kann man so sagen.«

Greven attackierte ihn mit einem potenziell tödlichen Verhörblick. Trotzdem vergingen etliche Sekunden, bevor der Mann antwortete. »Sie hat gesagt, wenn wir was brauchen, sollen wir es uns einfach nehmen. Hat sie gesagt. Ungefähr so jedenfalls.«

Die Türklingel schlug Alarm.

Greven schüttelte den Kopf. »Ich kann Ihnen nicht helfen. Bitte gehen Sie einfach zurück zu den Staubsaugern und warten, bis Mona kommt. Wo ist eigentlich Ihr Boss?«

»In Moordorf. Auf Kunkels Baustelle.«

Die Türklingel mahnte mit einer Vehemenz, die sich nicht länger ignorieren ließ.

»Gehen Sie zurück. Bitte! Aber nicht über den Teppich!«

Greven spurtete durch die Diele und riss die Haustür auf. Vor ihm stand ein gehetzter Paketzusteller mittleren Alters mit vier großen Kartons.

»Moin. Hier unterschreiben bitte, Herr Jenns.«

»Ich bin nicht Herr Jenns. Was ist das überhaupt für eine Lieferung?«

»Dann hätte ich gerne mal Frau Mona Jenns gesprochen.«

»Die ist nicht im Haus. Geben Sie schon her!«, maulte Greven laut.

»Na, na! Bitte nicht in diesem Ton!«, konterte der Zusteller. »Sind Sie ein Familienmitglied?«

»Nein«, brummte Greven. »Ich wohne hier nur. Sie können mir die Pakete trotzdem anvertrauen.«

»Kann ich nicht. Ich habe da meine Anweisungen, die ich fast vergessen hätte. Ich komme am Montag wieder. Falls ich Frau Jenns dann nicht antreffe, kann sie die Pakete …«

Zum zweiten Mal an diesem Tag zückte er seinen Dienstausweis und bellte: »Greven. Kripo Aurich. Wo muss ich unterschreiben?«

Der Grauhaarige in grauer Latzhose öffnete leicht seinen Mund und hielt Greven mit der linken Hand ein kleines graues Gerät hin, während er mit seiner Rechten einen Stift reichte. Greven hinterließ seinen Zacken auf dem Display, schnappte sich den ersten Karton und trug ihn in die Diele. Als er das zweite Paket holte, war der graue Zusteller verschwunden. Nicht aber das schwarze Telefon im Retrodesign, dessen Klingelton eigentlich in die 1960er Jahre gehörte.

Schon wollte Greven den Karton abstellen und zum nächsten Spurt übergehen, erstarrte jedoch mitten in der Bewegung und zog das Paket wieder fest an seinen Bauch. Musste er an jedem Rennen teilnehmen? Musste er nicht! Und so gab er sich geschlagen, ohne überhaupt angetreten zu sein. Das Schlagwort von der Entschleunigung geisterte seit Jahren durch das Feuilleton. Für ihn war nun genau der richtige Zeitpunkt gekommen, es auch einmal ernst zu nehmen und umzusetzen. Das Telefon verstummte erst nach dem zehnten oder zwölften Klingeln. Er hatte nicht mitgezählt.

Mit bewusst genossener Ruhe trug er die anderen beiden Pakete ins Haus und stapelte sie im nunmehr alten Atelier auf. Den Fliesen rückte er ebenfalls zu Leibe, die den Durchgang komplett versperrten. Mona wäre zu Recht sauer, wenn sie über die Kartons stolperte. Aber schon beim ersten Karton scheiterte er. Die Fliesen waren zu schwer für sein Knie. Arnold von Fliesen Arnold hatte nicht ohne Grund den tumben Riesen im Schlepptau gehabt. Dafür hatte Greven eine Sackkarre parat, die der Aufmerksamkeit der Arbeiter offensichtlich entgangen war. Doch selbst mit deren Hilfe brauchte er eine gute halbe Stunde, um den Gang wieder passierbar zu machen.

Erschöpft fiel er in den Sessel und verordnete sich nun eine kurze Pause, bevor er sich dem Teppich zuwenden wollte, mit oder ohne Staubsauger. Mit mäanderndem Blick sortierte er kurz die Schlagzeilen der Zeitung.

Merkel rettet Euro. Feuerwehr rettet Pudel. Reus rettet

Unentschieden. Wind und Sonne sollen Klima retten. Offenbar hatte er den Tag der Rettung erwischt. Oder etwa doch nicht? Im Regionalteil stellte sich eine Headline gegen den Trend und verkündete, dass man nicht immer auf Rettung hoffen kann: Brutaler Mord in Hooksiel.

»Das darf doch nicht wahr sein!«

Greven ließ die Zeitung sinken. Mona stand in der Tür, mit vollen Tüten, die an ihren Armen zerrten.

»Während ich mir in der Stadt den Arsch aufreiße, um die letzten Dinge zu regeln, liest du hier in aller Ruhe Zeitung. Wenigstens ans Telefon hättest du gehen können. Ich hab es x-mal klingeln lassen!« Mona öffnete ihre Hände und ließ die Taschen mit ernster Miene zu Boden gleiten. Sie wirkte erschöpft und müde.

»Aber ich …«, begann Greven und verließ den Sessel, »… ich habe doch nur …«

»Den Teppich versaut hast du!«, explodierte Mona. »Sieh dir doch bloß mal deine Schuhe und den ganzen Dreck hier an! Wofür habe ich eigentlich die Fußmatten gekauft? Und dann ruft mich auch noch Herr Müller an, dass du seinen Leuten nicht einmal einen Staubsauger leihen kannst. Ich dachte, du hast dir freigenommen, um mich hier zu unterstützen?«

3

»Moin, Gerd. Mensch, gut siehst du aus. Was drei Tage Urlaub doch so ausmachen«, begrüßte ihn sein Kollege Peter Häring mit freudigem Lächeln.

»Moin. Ja, das muss ich mir auch mal wieder gönnen«, sagte Harding, der über einem Stapel Akten brütete. »Ein paar Tage einfach mal nichts tun. Auf dem Sofa liegen, Musik hören, Chips futtern, ein gepflegtes Jever trinken.«

»Kurzurlaube werden immer noch unterschätzt«, übernahm Jaspers. »Die bringen oft mehr als lange Urlaube. Habe ich kürzlich erst irgendwo im Internet gelesen.«

»So? Hast du gelesen?«, murmelte Greven und trottete zu seinem Tisch. »Da sieht mal wieder, welchen Mist man im Internet finden kann.«

Hinter seinem Rücken machte Häring eine Geste, die den Kollegen signalisierte, dass an diesem Morgen mit dem Chef nicht zu spaßen war.

»Irgendetwas, was ich wissen muss?«

»Nein. Wir hatten auch drei ruhige Tage«, antwortete Jaspers, der Härings Warnung ignorierte. »Du hast nichts verpasst.«

»Sehr beruhigend.«

Greven ließ sich auf seinen Bürosessel fallen und fixierte Jaspers, als habe der ihm gerade ins Essen gespuckt. Natürlich war ihm klar, dass seine Kollegen nichts für die drei außergewöhnlichen Tage und Nächte konnten, die er auf der Fahrt zum Präsidium unter der Kategorie ›überlebt‹ verbucht hatte. Er atmete tief durch, suchte im Kopf einen schönen Musiktitel, spielte mit der Melodie und hatte sich schließlich im Griff.

»Die Kollegen in Wilhelmshaven hatten weniger ruhige Tage«, versuchte Häring die Lage zu stabilisieren, ohne zu wissen, dass sie sich bereits beruhigt hatte. »Aber das hast du ja bestimmt verfolgt.«

»Leider nicht«, brummte Greven. »Ich will es mal so formulieren: Die Nutzung sämtlicher Medien ist derzeit bei uns stark eingeschränkt.«

»Stimmt. Ihr baut ja um. Das hatte ich ganz vergessen«, bemerkte Harding.

»Nicht wir bauen um«, korrigierte ihn Greven. »Mona baut um.«

»Verstehe«, nickte Jaspers.

»Nichts verstehst du.«

»So schlimm?«, kommentierte Häring mehr, als nachzufragen.

»Ihr habt keine Vorstellung von dem, was da abgeht. Die krempelt den ganzen Hof um. Ursprünglich sollte es nur ein neues Atelier werden. So eine Art großer Wintergarten. Aber als sie mit dem Planen und Aussuchen erst einmal angefangen hat, war sie nicht mehr zu halten. Plötzlich fand sie jeden Schrank, jede Gardine und jede Fliese alt und hässlich. Die hat irgendein Virus erwischt. Und gegen den ist kein Kraut gewachsen. Aber kommt, Leute, wechseln wir das Thema. Also, was gibt es über den Mord in Hooksiel?«

»Dann ist dir doch nicht alles entgangen«, stellte Harding fest.

»Ich habe es nur bis zur Schlagzeile geschafft.«

»Ein Unbekannter hat am Dienstag eine Touristin erschossen. Direkt auf dem Siel«, referierte Harding.

»Und? Weiter!«

»Nichts weiter. Mehr wissen die Kollegen noch nicht.

Herzdurchschuss aus großer Entfernung. Das Projektil haben sie noch nicht. Wahrscheinlich liegt es im Hafenbecken im Schlick.«

»Immerhin«, sinnierte Greven. »Er hat also ein Gewehr benutzt und sich sein Opfer gezielt ausgesucht. Ein geplanter Mord. Wer ist das Opfer?«

»Steht alles in der Zeitung«, antwortete Häring und begann, auf seinem Schreibtisch zu kramen. »Hier, da steht's: eine Verena Engelmann aus Düsseldorf. Mitbesitzerin einer Nobelboutique. Von Armut weit entfernt.«

»Tja, da haben die Kollegen einiges zu tun«, sagte Greven. »Und damit meine ich vor allem die aus Düsseldorf.«

Häring reichte ihm die Zeitung. Greven las den Artikel in wenigen Sekunden. Viel hatte der Journalist wirklich nicht in Erfahrung bringen können. Die Kollegen vom Jadebusen vermuteten, dass der Mörder einen Bauwagen als Deckung genutzt hatte. Spuren waren bislang jedoch ebenso wenig gefunden worden wie Zeugen. Niemand hatte einen Schuss gehört. Der Täter hatte also ganz offensichtlich einen Schalldämpfer benutzt und so jegliche Aufmerksamkeit vermieden.

»Sieht mir ganz nach einem Auftragsmord aus«, meinte Greven. »Da wollte sich wohl jemand die Finger nicht selbst schmutzig machen und hat einen Profi angeheuert. Keine leichte Aufgabe für unsere Kollegen. Wenn die Düsseldorfer den Auftraggeber nicht ermitteln, wird der Killer kaum zu fassen sein. Ihre Boutique liegt in der Königsallee. Da geht es um Geld, sage ich euch. Eine schöne Frau übrigens. Habt ihr das Bild gesehen?«

Harding stand auf, nahm die Zeitung und betrachtete lange das Foto, während Greven die Notizen überflog, die er vor dem Kurzurlaub auf seinem Schreibtisch zurückgelassen hatte.

»Gibt es etwas Neues von unserem lieben Doktor?«

»Ja, das habe ich ganz vergessen. Er hat sich nun doch endgültig entschieden«, antwortete Häring. »Dirk Kannenhof ist eines natürlichen Todes gestorben. Damit hat sich unser einziger akuter Fall erledigt. Aber das war ja abzusehen.«

»Der ist betrunken die Treppe runtergefallen«, kommentierte Jaspers. »Das habe ich doch gleich gesagt. Und dabei hat er den Spaten erwischt, und nicht der Spaten ihn.«

Greven ergänzte seine Notizen und kritzelte Häkchen aufs Papier, deren Sinn nur er verstand. Rechts und links belauerten ihn dabei die üblichen Aktenberge, derer er irgendwie niemals Herr wurde. So sehr er ihnen auch zusetzte, sie verhielten sich wie nachwachsende Rohstoffe. Kaum hatte man sie verarbeitet, schossen sie erneut in die Höhe

»Ihr wisst, was in diesen Zeiten zu tun ist. Nutzen wir die natürlichen Todesfälle und besteigen die Berge.«

Seine Kollegen rollten mit den Augen und zogen eindeutige Grimassen, denn sie wussten genau, welche Berge ihr Chef meinte. Im Grunde hätte er gar keinen Einsatzbefehl zu geben brauchen, da sie sich schon die letzten Tage mit den Bergen herumgeschlagen hatten. Aber Grevens Order verlieh ihrer Arbeit nun etwas Geregeltes, etwas Klares. Die Gespräche verebbten. Keyboards, Drucker, Kulis und Papier gaben nun den Ton an, unterbrochen lediglich von kurzen Fragen und Rückfragen. Von Häring war ab und zu noch ein »Erledigt!« zu hören.

Am späten Nachmittag verdunkelte sich der Himmel, und dicke Tropfen klatschten gegen die Scheiben. Während seine Männer den Wetterumschwung verfluchten und auf anberaumte und nun geplatzte Grillabende verwiesen, spürte Greven einen plötzlichen und schwer zu beschreibenden Drang, den Aktenbergen den Rücken zu kehren.

»Ich muss noch was erledigen. Hätte ich fast vergessen. Mona lyncht mich sonst«, rechtfertigte er seinen plötzlichen Aufbruch. »Macht auch Schluss, wenn ihr alles so weit habt. Tschüss dann bis morgen!«

»Tschüss!«

Auf der Straße hob er den Kopf, schloss die Augen und genoss die Tropfen, die zu seiner Überraschung nach Herbst schmeckten. Auch die Luft, die er begierig inhalierte, roch nach Herbst. Dabei war es noch nicht einmal Juli. Erklären konnte er sich diesen Eindruck nicht. Und dennoch, wenn er die Augen schloss, glaubte er, den Herbst zu spüren. Eine Jahreszeit, die er schon als Kind geliebt hatte, die das Laub färbte und Kastanien, Eicheln und Bucheckern spendierte, aus denen er mit Hilfe von angespitzten Streichhölzern oder Zahnstochern Tiere gebastelt hatte. Giraffen, Elefanten, Dinosaurier. Ganze Zoos machten wochenlang den Teppich unpassierbar, bis seiner Mutter pünktlich kurz vor Weihnachten der Kragen platzte. Die Kinder von heute bemerkten die Kastanien nicht einmal und schon gar nicht sahen sie die Welten, die sich aus ihnen erschaffen ließen. Sie zogen Pixel vor, die sich ohne Streichhölzer verbinden ließen.

Greven öffnete die Augen und spannte den Schirm auf, um nicht bis auf die Haut nass zu werden. Herbstregen im Juni. Vielleicht hatte er ihn dem Klimawandel zu verdanken, der das Wetter immer unberechenbarer gestaltete.

Mit dem sprichwörtlichen Aprilwetter konnten längst auch andere Monate aufwarten. Etwa der Juni. Der Wind frischte auf, der harte Donner eines nahen Blitzes machte den Passanten Beine. Greven wischte sich mit der Hand den Regen aus dem Gesicht.

Natürlich musste er nichts besorgen. Er wollte einfach nur an die frische Luft, wollte raus aus dem Büromief und noch nicht wieder zurück in den Baustellenstaub, der sich in Nasen- und Ohrenlöcher einnistete und sogar einen Weg in die Cover seiner Schallplatten fand. Sämtliche bislang von ihm erdachten und ausprobierten Abdeckungen aus Karton und Folie hatten daran nichts ändern können. Baustaub war nämlich nicht gewöhnlicher, toter Staub, sondern schien zu leben. Zumindest kroch er mühelos in jede noch so kleine Öffnung.

Ein weiterer Donner krachte in den vor einer Stunde noch sommerlichen Nachmittag. Die Straßen leerten sich, die Menschen suchten Deckung und ließen ihn in Ruhe. Den Carolinengang, der ihn ins Zentrum führte, fand er ebenso verlassen vor wie die Burgstraße. Lediglich auf dem Marktplatz schlenderte ein verliebtes Paar, unter einer Jacke Schutz suchend, durch den Regen. Vor dem Sous-Turm hielt Greven inne. Im vergangenen Winter war hier der Goldschmied Reinhold Onken ermordet worden. Mühelos konnte Greven das Bild des Toten zurückrufen, der unbekleidet an die Reling gefesselt worden war. Das grauenhafte Ende eines Fälschers, eines an sich harmlosen Komplizen.

Der Regen ließ nach. Ein weicher, ferner Donner signalisierte, dass das Gewitter bereits aufgegeben hatte. Er schloss seinen Regenschirm, genoss die Frische und Kühle der letzten Tropfen. Warum so viele Menschen unter schönem Wetter immer nur strahlenden Sonnenschein verstanden, war ihm ein Rätsel. Wobei ihm Dauerregen auch nicht gefiel. Aber so ein herbstlicher Sommerregen wie dieser war doch ein willkommener Einschnitt in den kontinuierlichen Fluss des Alltags. Wenige Tropfen reichten aus, ihn ins Leben zurückzuholen, ihm bewusst zu machen, dass er lebendig war. Denn genau dieses Wissen verlor sich nur allzu leicht im Büro, versandete zwischen Aktendeckeln und Routine, während es zu Hause, wenn man nicht aufpasste, von Detailproblemen aufgesogen wurde. Er aber sehnte sich nach diesem Wissen, nach diesem Gefühl des Lebendigseins. Vielleicht lag es daran, dass er die Jahre spürte, vielleicht an den Freunden, die er mittlerweile verloren hatte. Er wusste es nicht. Vielleicht lag es aber auch an den Bildern, die sich in seinem Kopf angesammelt hatten. Etwa an dem des Goldschmieds oder an dem Zeitungsfoto der schönen Boutiquenbesitzerin, deren einziges Leben jemand in Sekunden ausgelöscht hatte. Als hätte er einen Schalter umgelegt.

Ein langer Donner polterte in seine Gedanken. Das Gewitter hatte also doch noch nicht kapituliert. Auch der Regen meldete sich mit dicken Tropfen zurück. Er öffnete den Schirm und steuerte auf ein Café zu. Die Baustelle musste noch warten.

4

Mit schlenderndem Gang näherte sich der Mann einem der Plattbodenschiffe im Hafen von Carolinensiel. Es war ein kleines Schiff, ein Einmaster namens *Nynke*, wie am Heck zu lesen war. Dort hing auch die rot-weiß-blaue Heimatflagge des außergewöhnlich gut restaurierten Oldtimers, der jedoch kaum Aufmerksamkeit erregte, da an diesem Tag viele weitere Plattbodenschiffe und Kutter im Museumshafen lagen.

Der Mann warf zuerst einen olivgrünen Seesack auf das Bootsdeck und folgte mit einem kurzen Sprung. Niemand achtete bewusst auf ihn. Die zahllosen Menschen, die rund um das Hafenbecken flanierten, hatten anderes im Sinn, machten Urlaub, wollten essen, trinken, kaufen, klönen, den Hafen fotografieren. So bemerkte auch niemand, dass der Mann in der blauen Segeljacke gelbe Latexhandschuhe trug. Mit eine unauffälligen Bewegung drehte er den Passanten seinen Rücken zu, tat so, als zöge er einen Schlüssel aus der Jackentasche, hielt aber einen Kuhfuß in Händen, ein Nageleisen, dass sich auch als Brechstange verwenden ließ. Die Kajütentür leistete einige Sekunden Widerstand, bevor sie aufsprang. Der Mann ließ den Kuhfuß zurück in die Tasche gleiten und tauchte samt Seesack in der Kajüte ab.

Innen empfing ihn ein kitschig-maritimes Paradies aus Messingbeschlägen, Mahagoniverkleidungen, Wandtellern, Deckchen, Figürchen, billigen Souvenirs und einem roten Samtvorhang, der die kleinen Bullaugen an Backbord und Steuerbord blickdicht verschloss. Die Kajüte war kleiner und enger, als er angenommen hatte.

Vor allem der auf den Decksplanken verschraubte Tisch schränkte die Bewegungsfreiheit stark ein. Aber das musste der Mann in Kauf nehmen, denn ein besseres Versteck hatte er nicht finden können. Das Obergeschoss eines der umliegenden Häuser wäre ideal gewesen, doch dort unbemerkt hineinzugelangen, war faktisch ausgeschlossen.

Auf der Suche war ihm dann der Zufall zu Hilfe gekommen. Vor seinen Ohren hatte ein Holländer, der mit seinem Plattbodenschiff in den Hafen eingelaufen war, einem anderen Hobbyseefahrer seine Pläne für den Tag mitgeteilt.

Jetzt war der Mann und nicht der Holländer der Käpt'n an Bord und hatte sich entsprechend mit Sonnenbrille, Strickmütze und falschem Bart ausstaffiert. Der Hafen von Carolinensiel lag voller Schiffe, Boote und Kutter, und der sonnige Samstag wirkte wie ein Magnet auf das Publikum. Es war ein emsiges Kommen und Gehen. Wer erinnerte sich da an einen holländischen Skipper, der mit einem Seesack an Bord seines Plattbodenschiffs ging? Eine rein rhetorische Frage, die ihn kurz schmunzeln ließ. Er sah sich um, legte den Seesack auf den Tisch, zog das Gewehr heraus und komplettierte es mit Zielfernrohr und Schalldämpfer. Sonst rührte er nichts an und behielt auch die Mütze auf dem Kopf. Mit der rechten Hand öffnete er die Kajütentür, so dass ein etwa dreißig Zentimeter breiter Spalt entstand. Ein größeres Schussfeld brauchte er nicht. Außerdem drang so kaum Licht in die abgedunkelte Kajüte. Von außen war er faktisch nicht zu sehen.

Als der Mann das Gewehr anlegte, wurden ihm die Nachteile seines schwimmenden Schiessstandes bewusst. Er musste von unten nach oben schießen. Ins Licht hinein.

Und obwohl nur ein schwacher Wind wehte, etwa 2 bis 3 auf der Beaufort-Skala, bewegte sich das Schiff. Kaum spürbar dümpelte es im Hafenwasser. Das Zielfernrohr verstärkte diese leichte Bewegung wie ein Hebel oder eine Angelrute. Aus Millimetern konnten schnell Zentimeter werden. Der Mann ließ das Gewehr sinken, konzentrierte sich kurz und legte erneut an. Er presste den Kolben fest an die Schulter und versuchte, die sanfte Pendelbewegung auszugleichen, was ihm auch gelang. Das Absehen bewegte sich innerhalb eines tolerierbaren Rahmens.

Oben auf dem Siel des alten Hafens tummelten sich die Touristen. Die Mehrheit schien das Rentenalter bereits erreicht zu haben. Junge Paare und Kinderwagen waren selten. Der Mann aber suchte eine Frau im passenden Alter mit passender Figur und Frisur. Trotz des Überangebots an Fußgängern brauchte er lange, bis eine Dunkelhaarige den Laufsteg am Ende des Hafens betrat: Jeans, weiße Bluse, große, rote Handtasche. Ihre Miene wirkte durch das Zielfernrohr gedankenverloren oder sorgenvoll, aber das spielte für ihn keine Rolle. Obwohl ihr jegliche Ähnlichkeit mit der Schönen aus Hooksiel fehlte, hatte er plötzlich wieder deren Gesicht vor Augen, ihren strengen Blick, ihre markanten Wangenknochen. Er musste seine gesamte Konzentration aufbieten, um ihr Bild zu verscheuchen.

Der falsche Käpt'n hielt den Atem an, sein Zeigefinger hatte den Druckpunkt erreicht, das Plattbodenschiff lag fast regungslos im Wasser. Nummer zwei, dachte er, und war im Begriff abzudrücken, als die Dunkelhaarige hinter etwas Schwarzem in Deckung ging. Es war die Bronzeplastik einer jungen Frau, die ein Segelschiff in ihren Händen hielt. Sie war erst vor einigen Jahren aufgestellt worden und als Cliner Wind bekannt. Der Mann holte

Luft, die Frau blieb stur hinter der Plastik stehen. Nach ein paar Minuten wurden ihm die Arme schwer, er musste das Gewehr absetzten. Auf ein Stativ hatte er verzichtet, um Gepäck zu sparen und schneller zu sein. Er legte erneut an. Die Frau hatte ihre Deckung nicht verlassen. Was sie daran hinderte, konnte er nicht erkennen, vielleicht telefonierte sie.

Nach wenigen Sekunden ließ er das Gewehr wieder sinken. Ihm fehlte das Training, er musste eine Pause einlegen. Kurz taxierte er den Tisch, aber der stand zu ungünstig, um als Auflage zu dienen. Als er wieder durch das Zielfernrohr sah, war die Frau verschwunden. Er musste sich ein neues Ziel suchen.

Die Erste, die er sich näher ansah, war zu klein, wenn auch nur ein paar Zentimeter. Aber schon bei der Zweiten, die aus der Menge herausragte, hatte er Glück. Lange, dunkelblonde Haare, etwa einen Meter und achtzig, schlank, helle Rüschenbluse, schwarze Hose mit Bügelfalten, Sonnenbrille mit großen Gläsern, spitze Nase. Eine bessere Kandidatin konnte er sich gar nicht vorstellen. Die Frau im Ansehen hatte Stil, bewegte sich selbstbewusst, gab den Ton an. Und auf den Stil kam es an. Stil war in gewisser Weise der Kern seiner Mission. Die zwei Frauen, die sein neues Ziel begleiteten, beide einen Kopf kürzer als sie, hatten nichts zu melden und folgten ihr willig. Auch sie trugen Sonnenbrillen, wenn auch modernere. Die Mollige verbarg zudem ihren runden, roten Kopf unter einem mediterran anmutenden Strohhut. Die Schlanke, Sportliche stellte ihre feuerroten Haare zur Schau. Was für ein Gespann.

Mit einer schnellen Bewegung wischte sich der Mann den Schweiß von der Stirn und konzentrierte sich sofort wieder auf das Trio. Die Leitstute führte die beiden anderen zum Geländer, unter dem sich das Hafenbecken öffnete. Freies Schussfeld. Das Schiff lag ruhig im Wasser, er hatte keine Mühe, den sanften Bewegungen zu folgen. Alle möglichen Gedanken und Bilder, die sich seinem Vorhaben in den Weg stellen wollten, konnte er beherrschen. Nein, eine bessere Chance würde sich ihm an diesem Tag wohl kaum bieten. Als die Unbekannte ihren Arm hob, um auf einen Kutter zu zeigen, drückte er ab. Blattschuss. Die eben noch erhobene Hand klatschte reflexartig auf ihre Brust, Mund und Augen wurden groß. Der Schütze erwartete, dass sie nach hinten fallen würde, doch sie taumelte minimal und kippte dann langsam kopfüber ins Wasser. Ihre beiden Begleiterinnen schickten ihr fassungslose Blicke hinterher, Passanten umringten augenblicklich den Ort des Geschehens. Ein orangeroter Rettungsring flog von irgendwo über das Geländer.

Der Mann zerlegte sein Gewehr, verstaute es im Seesack und überzeugte sich, nichts vergessen zu haben. Vorsichtig vergrößerte er den Spalt der Kajütentür und ging an Deck. Nicht einer der Hafenbesucher bedachte ihn mit seiner Aufmerksamkeit. Alle hatten nur Augen und Ohren für die Frau im Wasser. Der Skipper mit dem Seesack spielte den Überraschten und reckte ebenfalls neugierig seinen Hals. Mit dem Fuß schloss er hinter sich die Kajütentür und verließ das Plattbodenschiff. Ohne jede Eile verschwand er in der Menge und kurz darauf aus dem Hafen. Aber er konnte noch beobachten, wie nacheinander zwei Männer ins Hafenbecken sprangen, um der Frau zu helfen, für die jede Hilfe zu spät kam.

Im Auto stellten sich zu seiner Überraschung keine negativen Gefühle ein. Nur kurz flackerte das Bild der

Schönen aus Hooksiel auf, verblasste aber gleich wieder. Das Gesicht der zweiten Frau hatte er ohnehin nicht näher erforscht, es tauchte nur kurz und schemenhaft vor ihm auf und wurde schnell von einer sonderbaren Euphorie verdrängt. Jetzt, nach dem zweiten Schuss, konnte er kaum mehr rekonstruieren, warum er so lange mit der Ausführung seines Plans gezögert hatte. Eines Plans, der ihn mehr und mehr mit Stolz erfüllte, der anfing, keine Belastung mehr zu sein, sondern bislang unbekannte Gefühle in ihm freisetzte. Nein, Spaß war es nicht, es handelte sich um eine Form des Auskostens eines ultimativen Abenteuers. Ähnliche Gefühle mussten Extremsportler haben. Im Feuilleton einer Zeitung hatte er darüber gelesen. Irgendwelche Stoffe wurden dabei im Gehirn ausgeschüttet, die wie Drogen wirkten und die Sportler regelrecht in einen Rauschzustand versetzten. Flow. Ja, so hatte der Autor diesen Rausch genannt. Ob der Ausdruck auf ihn zutraf, wusste er nicht. Er wusste nur, dass er sich immer besser fühlte, dass er sich stark und mächtig fühlte. Noch bevor er das Ortausgangsschild passierte, trat er aufs Gas.

5

Ein großer, breitschultriger Arzt mit kantigem Schädel erwartete Greven im Eingangsbereich des Wittmunder Krankenhauses im Dohuser Weg. Er trug keinen grünen Chirurgenkittel, wie Greven vermutet hatte, sondern bevorzugte das klassische Weiß. Es passte auch besser zu den weißen Haaren des etwa Sechzigjährigen, der ein erstaunlich entspanntes Gesicht machte.

»Kommissar Greven? Ich bin Dr. Hartmann. Gernot Hartmann.«

Greven reichte ihm die Hand und verzichtete darauf, den Kommissar in Hauptkommissar zu verbessern. Dafür stellte er dem Arzt Jaspers vor, der ihn begleitete. Häring und Harding hatte er nach Carolinensiel beordert.

»Folgen Sie mir bitte in mein Büro. Wir wollen doch ungestört sein.«

»Wollen wir«, stimmte Greven zu.

Das Büro strahlte ebenfalls in weißen Farbtönen, besaß weiße Wände, weiße Regale und einen weißen Schreibtisch. Auch die drei Sessel waren weiß. Für Farbtupfer sorgten einige Buchrücken, die sich in dem Regal drängten, sowie ein blutroter Locher, der rechts auf dem Tisch stand und sofort ins Auge fiel.

»Nehmen Sie doch Platz, meine Herren«, begann Dr. Hartmann ohne Umschweife. »Wie ich Ihnen schon am Telefon sagte, ist die Schussverletzung erst hier bemerkt worden. Natürlich ist dem Notarzt die tödliche Verletzung nicht entgangen. Schließlich hat er auch den Tod der Frau festgestellt. Doch an eine Schussverletzung hat er nicht gedacht, sondern einen Sturz in einen spitzen Gegenstand vermutet. So etwas kann sich ja durchaus im Wasser eines Hafens befinden.«

»Könnten wir den Notarzt sprechen?«, fragte Greven.

»Leider nicht. Er ist schon wieder im Einsatz. Er konnte ja auch nicht ahnen …«

»Natürlich nicht. Aber sprechen müssen wir ihn trotzdem«, bekräftige Greven. »Ich lasse Ihnen meine Karte da. Sobald er zurück ist, soll er mich anrufen. Es ist wirklich wichtig.«

Der Arzt lächelte wohlwollend und nahm die Karte entgegen.

»Wie sind Sie dann doch noch auf eine Schussverletzung gekommen?«, brachte sich Jaspers ins Spiel.

»Das war ein reiner Zufall«, erklärte der Arzt. »Dr. Sieverts, ein Kollege, erzählte mir von dem nicht alltäglichen Todesfall. Einer der Rettungsassistenten hatte ihm davon berichtet. Und von der sonderbaren Verletzung.«

»Können wir den vielleicht sprechen?«, unterbrach ihn Greven.

»Leider auch nicht, der begleitet den Notarzt. Wo waren wir? Ach ja, bei Dr. Sieverts. Also er erzählte mir, was er gehört hat, und so sind wir in den Keller und haben uns den rätselhaften Casus einmal angesehen. Aus beruflicher Neugier, wenn Sie so wollen.«

»Wollen wir«, sagte Greven, dem nicht gefiel, wie der Arzt den Mord, den er offensichtlich entdeckt hatte, in eine Anekdote verwandelte.

»Ich bin Jäger, wissen Sie. Mich konnte diese Verletzung nicht narren, ich habe sofort gesehen, dass es sich um eine Schussverletzung handelt. Ein glatter Durchschuss übrigens. Mitten durchs Herz. Die Arme dürfte auf der Stelle tot gewesen sein. Aber damit wird sich mein Kollege von der

Gerichtsmedizin befassen. Kein schlechter Abgang, wenn Sie mich fragen, kein schlechter Abgang. Wir erleben hier täglich Schlimmeres. Aber so, ohne jede Vorahnung, ohne Angst und Sorgen aus dem Leben zu scheiden, bevor das Alter es einem verleidet? Das kann auch ein Geschenk sein.«

»Finden Sie?«, fragte Greven verwundert.

»Denken Sie darüber nach.«

»Das werde ich tun.«

»Wir haben jedenfalls die Leiche nicht näher untersucht, nachdem wir uns sicher waren«, kehrte der Arzt zum ursprünglichen Thema zurück. »Dennoch möchte ich eine Vermutung äußern, wenn Sie erlauben.«

»Bitte.«

»Kaliber 7,62. Würde mich wundern, wenn Sie etwas anderes feststellen«, strahlte der Mediziner, als wollte er eine Wette anbieten. Greven und Jaspers verzogen keine Miene. Ihnen war nicht nach Wetten zumute.

»Würden Sie mich informieren?«

Jaspers nickte.

»Kann ich Ihnen noch irgendwie helfen?«

»Nein, das war es fürs Erste«, antwortete Greven, der mehr erwartet hatte, ohne sich erklären zu können, was ihn zu dieser Idee bewogen hatte. »Wenn Sie nur den Notarzt bitten, sich so bald wie möglich zu melden.«

»Das macht ich doch gerne«, lächelte Dr. Hartmann und erhob sich aus seinem weißen Sessel, um seine Gäste zur Tür zu begleiten.

»Das war ja wohl nichts«, kommentierte Jaspers auf dem Gang den Besuch beim Chefarzt.

»Das will ich nicht sagen«, entgegnete Greven. »Immerhin hat uns dieser abgebrühte Kleiderschrank einen entscheidenden Hinweis gegeben.«

Jasper reagierte mit einem fragenden Blick und hielt seinem Chef die Stationstür auf.

»Ein glatter Herzdurchschuss. Kaliber 7,62. Sagt dir das nichts?«

Jaspers hob kurz seine Schultern, bevor ihm doch noch eine Antwort einfiel: »Der Mord in Hooksiel. Ach, du Scheiße.«

»Das deckt sich mit meinen Gedanken. Beide Frauen wurden mit einem Gewehr aus einer beachtlichen Distanz erschossen. Aus über dreihundert Metern. Wie es aussieht, von einem sehr guten Schützen.«

»Ein Sportschütze oder ein Jäger.«

»Die Vermutung liegt nahe. Auch das Kaliber spricht dafür. Ich hoffe, wir finden diesmal das Projektil. Wir brauchen umgehend die Akten aus Wilhelmshaven. Kümmere dich bitte gleich darum.«

»Wir suchen also nur einen Mörder?«

»Sieht wohl danach aus. Es kann aber immer noch ein simpler Zufall sein.«

»Ich dachte, du misstraust dem Zufall?«

»Allerdings«, bekräftigte Greven, »was aber nicht bedeutet, dass es ihn nicht gibt. Beenden wir die Spekulationen und fahren zum Hafen.«

Um von Wittmund nach Carolinensiel zu gelangen, brauchten sie im Prinzip nur der Harle zu folgen, einer Mischung aus Fluss und Tief, die aus dem Norder Tief und dem Süder Tief gespeist wurde. Die Harle hatte einst der Harlebucht ihren Namen gegeben, die wiederum ihre Entstehung verschiedenen Sturmfluten des Spätmittelalters und der frühen Neuzeit zu verdanken hatte. Einst hatte die Bucht fast bis nach Funnix ins Land hineingereicht. Einzig die höher gelegene Geest hatte dem Drängen der

Nordsee Einhalt geboten. Um 1550 hatten die Friesen mit der schrittweisen Eindeichung begonnen. Dabei waren die Sielorte der neuen Deichlinie gefolgt. Altfunnixsiel war so lange Hafen, bis ein neuer Deich zum Bau von Neufunnixsiel führte, gefolgt von Carolinensiel. Harlesiel bildete den Abschluss dieser Entwicklung und wurde erst 1953 gegründet.

Auf der Wittmunder Straße, gute 500 Meter, bevor sie den Hafen erreichten, standen die Autos. Nichts ging mehr.

»Samstag, Ferien in Nordrhein-Westfalen und das schöne Wetter«, meinte Jaspers. »Und vielleicht ist der Mord auch schon durch.«

»Den Kojak aufs Dach!«, ordnete Greven an, als sie den Stau erreichten. Jaspers pflanzte das Blaulicht auf den Wagen, die Wirkung blieb jedoch aus. Auch die Hupe hatte keinen erkennbaren Einfluss auf die Autofahrer vor ihnen, abgesehen von anderen Hupen, die sich solidarisch erklärten. Aus einem der Fahrzeugfenster schnellte eine Faust hoch, die den Mittelfinger in Position brachte.

»Sinnlos, die stecken selber fest«, meinte Greven schließlich. »Ich geh zu Fuß. Such dir irgendwo einen Parkplatz und komm dann nach. Okay?«

Ohne die Reaktion seines Kollegen abzuwarten, stellte er den Motor ab und stieg aus. Die Tür ließ er offen stehen. Mit strammen Schritten marschierte er an der Autoschlange entlang, immer darauf achtend, sein empfindliches Knie nicht zu sehr zu belasten. Als er sich dem Hafen näherte, stieß er auf die Ursache des Staus. Ein kleiner, an sich bedeutungsloser Auffahrunfall. Der Blechschaden hielt sich in Grenzen, beide Autos sahen fahrtüchtig aus. Dennoch blockierten sie die Straße. Drei aufgebrachte, stimmgewaltige Männer unterschiedlichen Alters redeten mit Händen und Füßen auf einen Uniformierten ein, der nicht wusste, welchen Gesten und Argumenten er folgen sollte.

Greven gab sich nicht zu erkennen und verweigerte dem Kollegen jeglichen Beistand, ließ den Verkehrskonflikt links liegen und kämpfte sich in den Hafen vor. Dort wartete das nächste Hindernis auf ihn, eine Phalanx aus Voyeuren, die den Absperrbändern zusetzten.

»Kriminalpolizei! Lassen Sie mich bitte durch!«, rief Greven der Abwehrlinie zu, die fast ausschließlich aus Rücken bestand.

»Volkspolizei! Ich kann Sie hier nicht durchlassen!«, schallte es in sächsischer Mundart zurück, ohne dass Greven den Rufer ausmachen konnte. Die Phalanx blieb geschlossen.

»Kriminalpolizei! Lassen Sie mich sofort durch!«, wiederholte Greven und beneidete die Sheriffs, die in Westernfilmen in ähnlichen Situationen einfach Löcher in die Salondecke oder den Himmel schossen.

»Des zieht nich! Wir war'n zuerst da!«, war diesmal die Antwort.

Greven griff unter seine Jacke, zückte aber nicht seine Dienstwaffe, sondern sein Handy und rief Häring an. Für einen Disput mit der Masse fehlte ihm an diesem Tag die Energie. Wie von Zauberhand teilte sich wenig später der Verteidigungsring und ließ eine schmale Gasse entstehen, die ihn passieren ließ. Am anderen Ende erwarteten ihn zwei Uniformierte, deren Einfluss auf die Gaffer offenbar größer war als der seine.

»Een richtjer Kriminaler! Mensch, der is ja echt!«, kommentierte die anonyme Stimme aus der Masse.

»Was ist hier denn los?«, fragte Greven die beiden Polizisten, obwohl er die Antwort vor Augen hatte.

»Carolinensiel hat eine neue Attraktion. Aber was sollen wir machen? Zu zweit haben wir keine Chance. Ihr Kollege hat zwar Verstärkung angefordert, aber heute ist Samstag. Das kann also dauern.«

»Verstehe«, maulte Greven. »Seine Radarfalle darf man nicht so einfach in Stich lassen.«

Gleich zweimal war er in der vergangenen Woche auf der Auricher Straße geblitzt worden. Aber das behielt er für sich. Nicht einmal Mona hatte er davon erzählt, dabei war er in ihrem Auftrag unterwegs gewesen. Um einen drohenden Stillstand auf der Baustelle abzuwenden.

Als sich die Gasse hinter ihm schloss, fand sich Greven in einer Art Manege wieder, die nicht, wie im Zirkus üblich, von einem Manegenkasten umgeben war, sondern von einem Absperrband. Auch saß das Publikum nicht auf Klappsesseln oder Stühlen, sondern stand dicht gedrängt rund um die Absperrung. Die Stars in der Manege waren zwei Männer in weißen Overalls, die das Pflaster zentimeterweise inspizierten, und Peter Häring, der einen passablen Zirkusdirektor abgab.

»Du bist schon zurück?«, begrüßte ihn sein Kollege, wie immer im teuren italienischen Outfit. »Haben die euch etwa versetzt?«

»Nein«, erklärte Greven fast flüsternd und wandte der Menge dabei den Rücken zu. »Doktor Mabuse hatte uns nur nicht viel zu sagen. Aber das Wenige hat gereicht. Ein glatter Herzdurchschuss. Wie in Hooksiel. Du verstehst?«

Häring nickte erstaunt. »Das wäre ja ein Ding.«

»Wäre es. Also, was habt ihr?«

»Nicht viel mehr als dein Mabuse«, antwortete Häring im Zentrum der Manege. »Es gibt zwar eine Menge Zeugen, aber die haben eigentlich nur gesehen, wie das Opfer über das Geländer ins Hafenbecken gefallen ist. Niemand hat einen Schuss gehört. Niemand hat an Mord gedacht, alle haben geglaubt, einen tragischen Unfall beobachtet zu haben. Sogar der Notarzt hat auf einen tödlichen Unfall getippt, wie du weißt. Wenn dein Mabuse nicht gewesen wäre ...«

»Was ist mit dem Projektil?«

Häring schüttelte den Kopf. »Selbst wenn es irgendwo aufgeschlagen ist, haben tausend Füße darauf herumgetrampelt. Die Ballistiker werden nicht viel Freude daran haben. Aber dazu müssen wir es erst einmal finden.«

Greven tastete mit seinem Blick die umliegenden Giebel und die Schiffe im Museumshafen ab. »Von wo hat unsere Frau oder unser Mann geschossen? Was meinst du? Von einem der Häuser? Von einem der Schiffe?«

Häring beantwortete die Frage mit einem unmissverständlichen Gesichtsausdruck.

»Wo treibt sich unser junger Kollege Georg Harding herum?«

»Spricht immer noch mit den beiden Frauen, die das Opfer begleitet haben. Sind heute früh aus Oldenburg angereist, um sich einen schönen Tag zu machen.«

Greven schwenkte seinen Blick noch einmal durch den Hafen, befragte das eine oder andere Fenster und nahm sich dann die Schiffe, Kutter und Boote vor. Je mehr er Giebel und Decks verdächtigte, umso sinnloser wurde seine Suche. Mit seinen Augen würde er das Versteck des Killers nicht finden. Dazu brauchte er mehr Leute, vor allem aber viel Glück.

Als er sich wieder dem Publikum zuwandte, tat sich eine neue Gasse auf.

»Die Verstärkung!«, seufzte Häring erleichtert.

»Die Presse«, stöhnte Greven. »Und noch dazu Pat und Patachon.«

Aus der Gasse schlüpften zwei Männer, die unterschiedlicher und klischeehafter nicht sein konnten. Ein großer, hagerer, fast schon untergewichtiger Mann um die vierzig mit Smokingjacke und Fliege, ein kleiner rundlicher Mann in grauer Cordhose und verschwitztem, orangefarbenem T-Shirt, vor dessen Bauch zwei Fotoapparate baumelten. Während der Große bestens rasiert war, trug der Kleine einen Drei- bis Fünftagebart. Kaum hatten sie die Manege erreicht, ließ der Fotograf einen seiner Apparate arbeiten, den er nicht gezielt einsetzte, sondern mit dem er mehr oder weniger wild um sich schoss.

»Herr Schröder, Herr Wilke. Auch wenn Sie gültige Presseausweise besitzen, dürfen Sie unsere Ermittlungsarbeiten nicht behindern«, empfing Greven die beiden Lokalreporter kühl. »Wie Sie selbst sehen, hat die Spurensicherung ihre Arbeit noch nicht beendet. Also bleiben Sie bitte hinter der Absperrung.«

»Herr Greven«, konterte der Mann im Smoking nicht ohne Ironie. »Wir würden niemals ohne Grund in eine Ermittlung eindringen. Wenn es jedoch um aktuelle Berichterstattung geht …«

»Sie meinen wohl … Berichtbestattung?«

»Ach, hören Sie auf! Was soll der Quatsch! Lassen wir die üblichen Spielchen. Sagen Sie uns einfach, was los ist, und schon sind wir wieder verschwunden. Aus Ihrer höchstpersönlichen Anwesenheit schließe ich, dass es wohl doch kein Unfall war.«

Greven zögerte, lenkte aber schließlich ein. Er hatte reichlich Erfahrung mit der Hartnäckigkeit der beiden, wusste aber auch, dass sie sich im Allgemeinen mit einigen wenigen Informationshäppchen zufriedengaben.

»Es war Mord.«

Ein Raunen ging durch das Publikum, als hätte es gerade den Beinaheabsturz eines Hochseilartisten beobachtet. Hundert Mäuler überschlugen sich, Augen und Ohren flogen auf. Das lange Warten auf die herbeigesehnte, zumindest aber geahnte Sensation hatte sich gelohnt.

»Das Opfer wurde erschossen. So wie es aussieht, mit einem Gewehr. Vom Hafen aus. Das ist alles. Mehr wissen wir noch nicht.«

»Ach, komm schon, Herr Greven«, bettelte der Mann mit der Fliege. Aber der Hauptkommissar schwieg. Er lächelte und schwieg. Nicht etwa, um die beiden Reporter doch noch auflaufen zu lassen, sondern weil dies tatsächlich der Stand der Ermittlungen war. Und nach seinen Spekulationen hatte Schröder ihn nicht gefragt.

6

Es war spät, als Greven die Haustür aufschloss, aber dank der Sommerzeit noch hell. Schon während der Fahrt hatte er versucht, den Tag abzuschütteln, den berühmten Schalter umzulegen, um in eine andere Welt zu gelangen, in der es keine Morde und keine Formulare gab. Die Arbeit nicht mit nach Hause nehmen, auch nicht im Kopf. Diese simple Verhaltensweise hatte ihnen erst vor wenigen Wochen ein Psychologe auf einer Fortbildung in Hannover ans Herz gelegt. Nicht zum ersten Mal. Leider ließ sich der Schalter nicht immer finden.

An diesem Abend aber war es Greven ohne Mühe gelungen. Schon im Auto hatte ihn der NDR mit einem selten im Radio gespielten Song von Jimi Hendrix aus den Ermittlungen gerissen.

Well she's walking through the clouds with a circus mind that's running round.

Und mit Jimi Hendrix wollte er zu Hause den Abend eröffnen. Lange hatte er die Platte nicht mehr gehört. Nicht mehr richtig gehört. Das Autoradio war Marke uralt und hatte mit dem Klang seiner Boxen nichts zu tun.

»Mona? Bist du da?«

Der Gulfhof schien verlassen.

Greven entledigte sich aller überflüssigen Kleidung und Taschen und kämpfte sich durch Abdeckfolien und an Eimern vorbei bis zur Küche vor. Die hatten sie erst vor ein paar Jahren renoviert, so dass sie von Monas Baufieber verschont geblieben war. Er nahm ein Weißweinglas aus dem Regal und zog eine Flasche Bacchus aus dem Kühlschrank, die der fränkischen Domäne Castell entstammte. Ein fruchtiger, frischer Wein mit wenig Säure. Genau das Richtige für einen warmen Sommerabend mit Jimi Hendrix.

Er dimmte das Licht, stellte das Glas auf den Beistelltisch neben der Couch und tastete sich vorsichtig durch die Folien, die vor ein paar Tagen auch das Wohnzimmer eingenommen hatten. Seine Platten hatten er lange vorher schon abgedeckt, so dass er eine Weile brauchte, um sich zu Jimi Hendrix vorzuarbeiten. Auch den Plattenspieler musste er erst freilegen, um den lange Zeit antiken, jetzt aber wieder angesagten Datenträger aus schwarzem Vinyl aufzulegen. Vorsichtig ging er in die Knie, um den Verstärker anzuschalten. Jetzt brauchte er nur noch die Nadel richtig zu applizieren. Aber darin war er geübt.

Auf der Couch, den Bacchus in der Hand, wartete er auf Jimis Stratocaster. Die aber ließ sich Zeit. Zu viel Zeit. Mitch Mitchells Schlagzeug und Noel Reddings Bass blieben ebenfalls stumm. Sound of Silence. Ohne einen Schluck getrunken zu haben, stellte er das Glas zurück auf den Tisch und stand wieder auf. Wahrscheinlich hatte jemand am Verstärker herumgefummelt. Aber alle Einstellungen inklusive der Lautstärke waren in Ordnung. Der Plattenteller drehte sich, der Tonarm lag ruhig auf dem Vinyl. Dennoch war nur ein Auto zu hören, das weit entfernt vorbeifuhr.

»Bitte nicht!«, sagte Greven laut und ging erneut in die Knie, um alle Funktionen des Verstärkers noch einmal zu überprüfen. Nach wenigen Sekunden glaubte er, den Fehler gefunden zu haben. An seinen Verstärker ließen sich im Bedarfsfall gleich drei Boxenpaare anschließen, wobei sich jedes Paar einzeln an- und abschalten ließ. Doch keiner der drei Schalter war gedrückt. Er konnte gar nichts hören.

Erleichtert erhob er sich wieder, nahm die Nadel von der Platte und platzierte sie wieder auf der Einlaufrille. Ein Griff nach unten aktivierte seine Boxen, und nach drei Schritten sank er auf die Couch und schnappte sich das Weinglas. Jimi konnte loslegen. Aber auch diesmal blieben die Boxen tot.

»Das gibt es doch nicht!«, brummte er und schwang sich aus der Couch.

Da eine weitere Inspektion des Verstärkers kein neues Ergebnis brachte, zog er ihn vorsichtig aus seinem Fach. Für alle Fälle hatte er ihn auf einem Brett aufgestellt, das sich wie eine Schublade aus dem Regal ziehen ließ. Nachdem er Spinnweben und alten und neuen Staub in den Raum gepustet hatte, kontrollierte er die Anschlüsse und Kontakte. Ohne Ergebnis. Der Gedanke setzte sich fest, dass sein nicht mehr ganz frischer Verstärker den Geist aufgegeben haben könnte. Schon länger hatte er sich einen neuen kaufen wollen, aber für seinen röhrenbestückten Wunschkandidaten hatte ihm bislang das Geld gefehlt.

Eine Möglichkeit gab es noch. Mit aufkeimender Wut im Bauch wühlte er sich durch die Folien zur rechten Box, die an ihrem ordnungsgemäßen Platz stand. Allerdings steckte sie in ihrem Karton. Mona musste ihn vom Boden geholt haben, um die Box vor Schaden zu bewaren. Von der Couch aus hatte er den Karton im Halbdunkel des Zimmers gar nicht bemerkt. Nach dem Kabel tastete er vergeblich, die Box war nicht mehr angeschlossen. Daher die Stille. Daher das abgeschaltete Boxenpaar am Verstärker.

Greven krabbelte zur linken Box, die, wie zu erwarten, ebenfalls in einem Karton steckte und abgeklemmt war. Das dicke Kupferkabel hatte jemand aufwickelt und die

Rolle mit einem Kabelbinder fachgerecht fixiert. Unverrichteter Dinge kroch er zurück und holte erst einmal tief Luft. Einerseits konnte er natürlich gegen die Schutzmaßnahme nichts einwenden. Im Gegenteil, Mona hatte es gut mit ihm gemeint. Andererseits blieben ihm jetzt nur noch die ungeliebten Kopfhörer.

Nach kurzer Suche hatte er den Karton gefunden, aus dem er mit weitgehend erloschener Lust den Kopfhörer zog und sich aufsetzte. Allein schon das Gefühl war ihm lästig. Musik musste man mit freien Ohren hören, nicht mit zugepfropften. Er versenkte den Stecker im Verstärker und setzte die Nadel ein weiteres Mal auf die Einlaufrille. Ein sanftes Rauschen und dezentes Knistern signalisierte ihm, dass die Band nun bereit war.

Auf der Couch nahm er erst einen großen Schluck, bevor er die Füße hochnahm und sich lang ausstreckte. Trotz Kopfhörer tauchte er schnell in ferne Welten ein, die Jimi ihm zuspielte. Harm Claasen erschien vor ihm, ein Schulfreund und großer Hendrixfan. Ausgerechnet der war das Opfer in seinem ersten ostfriesischen Mordfall gewesen. In Gedanken stattete er ihm einen Besuch ab und ging an Bord seines umgebauten Fischkutters, ein schwimmendes Hippiemuseum, ein Schallplattenparadies. Auch die Scheibe, die er gerade hörte, war hier zu finden. Die erste Auflage natürlich. Das Original. Seine Finger wanderten über die nach unbekannten Kriterien sortierten Coverrücken.

»Gerd!?«

Bei Meta in Norddeich hatte Harm oft mit seiner Band gespielt, seinem Idol nacheifernd, und das gar nicht einmal schlecht. Langhaarige bewegten sich auf der kleinen Tanzfläche, wie sich heute niemand mehr zur Musik bewegt.

»Gerd!?«

Die Lichtorgel. Was für ein Farbenspiel. Psychedelisch. Rauschhaft.

»Gerd!?

Ein Blitz zuckte durch den Raum. Greven kniff reflexartig die Augen zusammen, bevor er sie langsam wieder öffnete.

»Ich renn den ganzen Tag durch die Stadt und du räkelst dich hier in aller Ruhe auf der Couch.« Mona stand in der Tür, ihren Skizzenblock in der einen Hand, die andere am Lichtschalter.

»Mona, ich bin auch erst vor ein paar Minuten gekommen. In Carolinensiel ist eine Frau erschossen worden.«

»Du hättest wenigstens etwas kochen können.«

»Das hätte ich«, gestand er ein und spürte in diesem Augenblick seinen Magen. »Asiatisch oder italienisch?«

»Such dir was aus.«

»Asiatisch«, brummte er.

»Gut. Ich geh schnell unter die Dusche. Dann zeige ich dir das neue Wohnzimmer.«

»Welches neue Wohnzimmer?«

»Ich hab dir doch heute Morgen gesagt, dass ich am Abend noch zu Christian gehen will«, wunderte sich Mona. »Was glaubst du, warum ich meinen Block dabei habe?«

Greven bemühte sein Gedächtnis vergeblich. Entweder hatte sie vergessen, es ihm zu sagen, oder sie hatte es gesagt, und er hatte nicht zugehört. »Was hast du denn mit dem Wohnzimmer vor?«

»Willst du es sehen?«

»Na klar.«

Mona kam mit schnellen Schritten zur Couch und schlug

ihren Block auf. Ihre Augen begannen zu leuchten, ihr Zorn schien augenblicklich verflogen. Grevens Blick fiel auf detailreiche Zeichnungen und Skizzen, die einen sehr modernen Raum zeigten, der mit eigenwillig designten Möbeln ausgestattet war. Quadratische und runde Formen ergänzten sich, ebenso farbiges Glas und Metallelemente. Die Sitzobjekte – Greven fiel kein anderer Ausdruck für die Entwürfe ein, die weder Sessel noch Sofa waren – standen nun in der Mitte des Wohnzimmers. Am auffälligsten aber war die Regalwand, deren Design ihn an das Interieur einer Marsstation in einem alten Science-Fiction-Film erinnerte. Als er sich durch die Skizzen geblättert hatte, sah er Mona fragend an.

»Ja, ich weiß, das gibt es nicht umsonst«, erklärte sie. »Denke aber bitte an die letzten drei Ausstellungen. Die haben wirklich viel gebracht. Das reicht schon, du wirst sehen. Bist du nicht auch froh, dass das olle Ikea-Regal endlich rausfliegt? Das haben wir doch schon seit dem letzten Jahrtausend. Dann diese blöden antiken Beistelltische. Und dein speckiger Ledersessel. Der hat auch schon bessere Zeiten gesehen. Wo hast du den eigentlich her?«

»Von meinem Opa. Mehr hatte er nicht zu vererben.«

»Trotzdem ist er durchgesessen. Außerdem wird die Erinnerung an deinen Opa wohl kaum verfliegen, wenn du den Sessel auf den Dachboden stellst.«

»Kaum«, murrte Greven, der sich an einem ganz anderen Möbelstück rieb und die Skizze mit dem Finger bearbeitete. »So stellt ihr euch also die neue Regalwand vor?«

»Christian hat einen tollen Schreiner, der sie bauen wird. Alles massiv und aus verschiedenen Hölzern. Nussbaum, Kirsche und Ahorn. Ein echter Traum, oder? Jetzt sag schon!«

»Aber etwas habt ihr vergessen.«

»Ich wusste, dass du was zu meckern hast«, stöhnte Mona und rollte mit den Augen. »Also, was haben wir vergessen?«

»Meine Boxen«, sagte Greven vorwurfsvoll.

»Nein, die haben wir nicht vergessen«, zischte Mona. »Schließlich will ich ja auch Musik hören. Aber diese Riesendinger lassen sich einfach nicht in dem neuen Konzept unterbringen. Große Standboxen würden alle Linien zerstören und wie Fremdkörper wirken. Also kommen sie nach oben in dein Zimmer. Und für hier unten kaufen wir einfach kleinere Boxen, die in die Schrankwand passen. Du hast doch erst neulich selbst gesagt, wie toll die kleinen Boxen von Herbert klingen.«

»Das habe ich nur gesagt, weil Herbert mich vor allen Leuten danach gefragt hat. Für sein Miniwohnzimmer sind sie ja auch halbwegs okay. Aber für so einen großen Raum?«

Mona ignorierte den Einwand und wies stattdessen mit dem Finger auf zwei schraffierte Flächen in der von ihr gezeichneten Regalwand. »Dort ist genügend Platz. Die Platten verschwinden hinter diesen Glastüren, die sie bestens vor Licht und Staub schützen. Und dann die beiden Glastische …«

Ihre Finger huschten über die Skizzen, um gleich darauf die Veränderungen in die Luft zu zeichnen. Stehlampe, Anrichte, Bar mit einem kurzen, sichelförmigen Tresen, Bodenvase. Große Bodenvase.

Greven folgte nicht ihren Fingern, sondern ihren Augen, die nicht mehr leuchteten, sondern zu glühen schienen. Gegen dieses Fieber hatte er keine Chance. Es hatte sie einfach erwischt. Vielleicht war sie auch schon länger infiziert, und erst jetzt, nach einer unbestimmbaren Latenzzeit, war das Fieber ausgebrochen. Ob es mit dem Alter zu tun hatte? Diese Idee, sich noch einmal neu einzurichten? Er wusste es nicht. Er wusste nur, dass er Mona nicht würde ausbremsen können. Wenn ihre Augen derart glühten, war sie nicht mehr zu stoppen. Sie würden ein neues Wohnzimmer bekommen, und es würde in etwa so aussehen, wie sie es zusammen mit Christian entworfen hatte. Nicht, dass es ihm nicht gefiel. Er war kein Gegner von Veränderungen. Das Wohnzimmer konnte tatsächlich eine Kur vertragen. Die Beistelltische waren wirklich Relikte, die auf den Sperrmüll gehörten.

»... und dadurch haben wir viel mehr Platz. Der Raum wirkt noch größer«, setzte Mona ihren Vortrag fort.

Greven musste sich vorläufig mit der Rolle des Publikums begnügen, von dem Zustimmung erwartet wurde. Und in vielem war ihm dies auch möglich. Was ihn störte, waren nicht etwa einzelne Vorschläge, sondern die Radikalität, mit der Mona ans Werk ging. Wie bei ihren Bildern setzte sie ihre Ideen konsequent und ohne Kompromisse um. Für sie kam das neue Wohnzimmer einem Kunstwerk gleich. Ihre Entwürfe auf dem Skizzenblock folgten ästhetischen Kriterien, denen sich pragmatische unterzuordnen hatten. Einstweilen blieb ihm nichts anderes übrig, als sich zu fügen. Ganz abgesehen von der simplen Tatsache, dass der Gulfhof vom First bis zu den umliegenden Weiden ihr gehörte. Nüchtern betrachtet, war er letztendlich nur ein Gast. Ein Dauergast, der alle laufenden Kosten mit trug, der putzte, kochte, wusch und sogar bügelte.

Andererseits wusste er, dass Monas Fieberattacken und emotionalen Ausbrüche nie von langer Dauer waren. Und so begann er noch während ihres endlos scheinenden

Vortrags nach plausiblen Argumenten zu suchen, die für den Verbleib seiner englischen Standboxen sprachen. Gerade deren modernes Design mit den aufgesetzten kugelförmigen Hochtönern und der ovalen Grundform passte doch hervorragend in das Konzept. Wenn man zwei Nischen in der Regalwand freiließ, sah er da kein Problem, auch kein ästhetisches. Im Gegenteil, richtig und in exponierter Lage platziert, konnten die Boxen sogar ungeahnte Akzente setzen.

Als Mona eine Pause machte, ließ er sich die Gelegenheit nicht entgehen. Mit sanftem Druck dirigierte er seine Lebensgefährtin zur Couch: »Wollen wir uns nicht lieber hinsetzen? Der Bacchus ist wirklich klasse. Warte, ich hole dir schnell ein Glas. Lass uns die Skizzen noch einmal in Ruhe durchgehen. Ich weiß jetzt, worauf es dir ankommt. Okay?«

7

»Von hier aus hat er geschossen«, erklärte Kirsten Resemius. »Wir haben einen Zeugen aufgetrieben, der sich an einen Arbeiter mit Schutzhelm erinnern kann, der kurz nach dem Mord den Bauwagen verlassen hat. Aber am Sonnabend wird hier nicht gearbeitet. Nicht einmal die Tür brauchte der Täter aufzubrechen, denn das Schloss ist schon länger kaputt. Wollen Sie sich den Wagen von innen ansehen?«

»Gerne«, antwortete Greven und folgte seiner Kollegin. Schon am Telefon hatte ihre Stimme sympathisch geklungen. In natura fand er sie noch sympathischer. Zwar war der Anlass, endlich die Neue aus Wilhelmshaven kennenzulernen, ein kaltblütiger Mord, aber dennoch freute er sich. Etwa über die Jeans, deren Bewegungen ihn in den alten Bauwagen leiteten. Endlich einmal eine Jeans, die perfekt saß und nicht irgendwelche Falten auftürmte, schlabberte oder jeglichen Kontakt mit der Haut vermied.

»Hier muss er gesessen oder gestanden haben. Im hinteren Teil des Wagens und somit im Dunkeln. Wie ein professioneller Scharfschütze. So war er von außen nicht zu sehen und konnte trotzdem das Fenster als Schießscharte benutzen.«

Greven riss sich von ihrem Haar los, das rötlich im einfallenden Sonnenlicht schimmerte, und konzentrierte sich auf den Bauwagen, der sich nicht von anderen Wagen dieser Art unterschied. Er war in der Tat ein ideales und gut gewähltes Versteck. Da der Täter offenbar in passender Verkleidung erschienen war, hatte er den Bauwagen nicht zufällig oder spontan gewählt.

»Konnte Ihr Zeuge den Arbeiter näher beschreiben?«

»Leider nicht«, antwortete die Kommissarin, die er auf Ende dreißig, Anfang vierzig schätzte. »Der Zeuge hat auch nicht weiter auf ihn geachtet, sondern nur im Vorbeigehen gesehen, dass ein mittelgroßer Mann unbestimmten Alters in blauer Arbeitskleidung und mit gelbem Schutzhelm den Bauwagen verlassen hat. An mehr kann er sich nicht erinnern. Ich bin froh, dass sich überhaupt jemand gemeldet hat.«

»Natürlich. Andererseits schade. Ein paar Details hätten uns sehr helfen können«, brummte Greven und sah aus dem Fenster. An einer Mauer unweit des Tatorts hatten Unbekannte einige Kerzen aufgestellt und Blumen abgelegt. Sonst war Hooksiel der Vorfall nicht anzusehen. Einheimische wie Touristen nutzen das gute Wetter, um einzukaufen, zu bummeln oder Tee zu trinken. Nur vereinzelt blieben Passanten vor der improvisierten Gedenkstätte stehen. Eine ältere Frau schüttelte den Kopf, bevor sie weiterging.

»Da wir weder Fingerabdrücke noch DNA-Spuren gefunden haben, gehen wir von einem Profi aus«, erklärte Resemius selbstbewusst. »Dafür sprechen auch die Verwendung eines Schalldämpfers und der präzise Schuss. Ein rational agierender, professioneller Killer.«

»Zumindest hat der Täter, sofern es tatsächlich ein Mann war, sehr professionell gehandelt. Wenn wir keine weiteren Spuren finden, sieht es wirklich schlecht für uns aus. Zumindest wissen Sie, dass er von diesem Bauwagen aus geschossen hat. In Carolinensiel ist diese Frage noch offen. Dr. Behrends hat immerhin anhand des Wundkanals rekonstruiert, dass der Schuss von unten abgegeben wurde.«

»Also von einem der Schiffe?«

»Wahrscheinlich. Aber von welchem? Trotz einer

großangelegten Befragung haben wir keinerlei Hinweise finden können. Das Problem ist, dass noch am Samstag viele Schiffe und Segelboote den Hafen verlassen haben.«

»Uns bleiben ja noch die Opfer«, sagte die Kommissarin kühl. »Ein professioneller Täter trifft doch keine derart sorgfältigen Vorbereitungen, um zwei ihm unbekannte Frauen zu erschießen. Nein, beide Opfer müssen eine Gemeinsamkeit, eine Verbindung haben, auch wenn wir sie noch nicht kennen. Aber sie haben sie. Das garantiere ich Ihnen.«

Greven wandte sich seiner Kollegin zu, verfing sich kurz mit seinem Blick in ihren Haaren, musterte ihre Nase und ihr schmales Kinn. Ein paarmal hatte er nun schon die beiden Morde in Gedanken durchgespielt und nach möglichen Motiven oder Hintergründen gesucht. Natürlich auch nach der noch unbekannten Gemeinsamkeit, die die Opfer verband. Aber eine erfahrene innere Stimme hatte Bedenken angemeldet. Ihn störte schlicht die Ähnlichkeit der Opfer. Sie waren etwa gleich groß, schlank und hatten beide mittellanges, glattes, dunkles Haar. Auch den Mordanschlägen lag ein einfaches, aber erkennbares Muster zugrunde.

»Vielleicht aber ist diese Gemeinsamkeit beschränkt auf ihre äußere Erscheinung?«, erwiderte er vorsichtig.

»Sie meinen, er hat beim ersten Mal die falsche Frau erwischt?«

»Warum nicht? Das wäre immerhin möglich.«

Seine Kollegin schüttelte den Kopf: »Nein, nein. Aus demselben Grund, warum wir weder Spuren noch Zeugen haben. Weil unser Killer ein Profi ist. Der braucht keinen zweiten Versuch. Abgesehen davon hält sich meiner Meinung nach die Ähnlichkeit der beiden Opfer in

Grenzen. Zugegeben, auf den ersten Blick ist die Größe auffällig. Aber letztendlich sind die beiden Frauen auch wieder sehr verschieden. Denken Sie bloß mal ans Alter. Einundvierzig und dreiundfünfzig sind zwei Paar Schuh. Nein, der Schlüssel liegt bei den Opfern. Sobald wir die Verbindung kennen, kennen wir auch das Motiv.«

Greven wandte sich wieder von ihr ab und sah aus dem Fenster. »Wenn ich Sie richtig verstehe, gehen Sie von einem Auftragsmord aus. Jemand hat die beiden Frauen von einem bezahlten Killer beseitigen lassen, der längst wieder in Bukarest oder Kiew auf seinen nächsten Auftrag wartet.«

»Etwas holzschnittartig, aber so ungefähr hat sich das abgespielt.«

»Dann sind unsere Chancen gering, den Killer zu schnappen.«

»Ja. Leider. Aber wenn wir das Motiv finden, können wir vielleicht den Auftraggeber erwischen. Oder haben Sie eine bessere Hypothese?«, sagte Resemius mit sanftem provokantem Unterton.

»Nein. Habe ich nicht«, musste Greven zugeben. Er hatte lediglich Zweifel an ihrem Theoriegebäude, das ihm viel zu schnell zusammengezimmert worden war. Sie hatte sich bereits für ein Erklärungsmodell entschieden. Was nicht automatisch bedeutete, dass sie falsch lag. Es barg nur das Risiko, die Ermittlungen einzuengen. Ein klassischer und keineswegs seltener polizeilicher Fehler. Er brauchte nur an die Morde der rechten Terrorgruppe NSU zu denken. Da vorwiegend Türken die Opfer gewesen waren, waren die Ermittler ihren Vorurteilen erlegen und hatten auf eine Art Türkenmafia gesetzt. Viel zu spät hatte sich dann mehr oder weniger zufällig erwiesen, dass die sogenannten ›Dönermorde‹ nicht etwa von Türken, sondern von Nazis begangen worden waren. Die voreilige Festlegung auf eine Grundannahme hatte den Blick auf die Realitäten komplett verstellt.

Auf dem Siel fanden sich wieder einige Passanten ein. Zwei Ruheständler näherten sich dem improvisierten Altar, zeigten auf den Boden und begannen zu diskutieren. Aus ihren Körperbewegungen schloss Greven, dass ihr Disput in einen Streit überging. Wortfetzen erreichten den Bauwagen. Aus dem Hintergrund lösten sich zwei Frauen, tippelten auf die Männer zu und begannen ihrerseits, auf sie einzureden.

Greven beschloss, seine Zweifel für sich zu behalten. Solange er keine eigene Hypothese hatte, schien ihm Zurückhaltung angebracht zu sein. Ihm waren einfach die Fakten noch viel zu dürftig. Wenn man ganz ehrlich war, so hatten sie nur die zwei Toten, die rein äußerlich eine gewisse Ähnlichkeit aufwiesen. Und die Sielorte.

»Haben Sie noch Zeit für einen Espresso?«

»Warum nicht?«, lächelte Resemius zufrieden. »Eine gute Idee.«

Wenige Minuten später spazierten sie an den zwei Paaren vorbei, die klare Fronten gebildet hatten. Ein Paar plädierte offenbar für die Todesstrafe, was sich aus fast gebrüllten Forderungen wie »Rübe ab, sag ich dir!« und »An die Wand stellen!« unschwer ableiteten ließ. Das zweite Paar konterte mit Menschenrechten und möglichen Justizirrtümern. Mehrere Zuschauer hatten sich eingefunden und verfolgten die Debatte auf dem Siel.

»Ich kann es nicht mehr hören«, kommentierte Greven die Szene. »Nach jedem Mord mutieren scheinbar friedfertige Menschen zur Scharfrichtern und Racheengeln. Ich weiß nicht, ob Sie Nietzsche kennen? Von ihm stammt jedenfalls einer meiner Lieblingswarnungen: Wer mit Ungeheuern kämpft, mag zusehen, dass er nicht dabei zum Ungeheuer wird. Mögen muss man Nietzsche trotzdem nicht. Aber in diesem Fall ...«

Von der jungen Frau, die neben ihm ging, blieb jegliche Reaktion aus. Sie schien seine Äußerung überhört zu haben. Ihr Blick war auf einen freien Tisch in der Sonne gerichtet, auf den sie zielstrebig zusteuerte. Entweder hatte sie der Szene keine Aufmerksamkeit geschenkt oder sie zog es vor, auf eine Stellungnahme zu verzichten, um nicht selbst eine Kontroverse auszulösen. Greven war ebenfalls nicht nach Zoff zumute. Er schwieg und folgte ihren schnellen Schritten.

»Haben wir ein Glück«, strahlte seine Kollegin, als sie sich die Stühle zurechtrückten.

Das hatten sie auch, denn kaum saßen sie bequem und hatten ihr Umfeld kurz sondiert, als auch schon eine Kellnerin neben ihnen stand.

»Zwei Espresso!«, orderte Greven.

»Wäre das alles?«

Resemius nickte, die Kellnerin verschwand.

Seine Kollegin besaß ein zartes, kleines Gesicht. Ein Gesicht, das ihren entschlossenen und schroffen Charakter nicht preisgab. Die kleine Frau neben ihm hatte vor wenigen Monaten die Schlagzeilen nicht nur der regionalen Presse beherrscht. Weil sie eine Geiselnahme beendet hatte. Mit einem riskanten, aber präzisen Schuss hatte sie einen Bankräuber daran gehindert, mit einer Bankkundin zu entkommen. Sie hatte sich dem Maskierten einfach in den Weg gestellt, ihn aufgefordert aufzugeben und ihm dann in den Kopf geschossen. Trotz der Pistole, die der

Täter der Geisel an die Schläfe gehalten hatte. »Es gab keine andere Lösung«, hatten sie die Zeitungen zitiert. Mehr hatte sie nicht zu sagen gehabt, auch dem umgehend hinzugezogenen Psychologen nicht.

»Rauchen Sie?« Resemius hielt ihm eine Zigarettenschachtel entgegen.

»Nein. Ich bin lebenslanger Nichtraucher.«

»Schade. Darf ich?«

»Selbstverständlich.«

Während sich seine Kollegin eine Zigarette anzündete, den Rauch begierig inhalierte und ihn ebenso genussvoll wieder aus den Lungen entließ, versuchte Greven, eine Frage zu formulieren. Seit er von ihrem tödlichen Schuss wusste, hatten sich Fragen in seinem Kopf festgesetzt, Fragen nach ihren Emotionen, nach ihren Gedanken, nach dem Empfinden der Zeit während der entscheidenden Sekunden. Es waren andere Fragen als jene, die Psychologen für gewöhnlich stellten. Dafür waren sie nicht so leicht in Worte zu fassen. Sätze blitzten in schneller Folge auf, aber es waren nicht die richtigen. Gleichzeitig wunderte er sich, dass seine Kollegin neben ihm schwieg, in den Hafen stierte und Rauchwolken ausstieß.

Als er endlich mit einer Formulierung zufrieden war, kam sie ihm zuvor. Offenbar hatte sie nicht gedankenverloren die wenigen Hooksieler Kutter auf sich wirken lassen, sondern ebenfalls an einer Frage gebastelt, die, wie sich zeigte, der seinen nicht unähnlich war. Ihre Blicke klatschten aufeinander. Fast hätte man es hören können.

»Wie war das damals in Hamburg? Als … als du angeschossen wurdest?«

Greven entschloss sich, ehrlich zu antworten. »Grauenhaft. Das Schlimmste, was mir je passiert ist. Nicht zu vergleichen mit allem anderen, mit allen kritischen Situationen. Ich war mir einfach des Risikos nicht bewusst. Trotz aller Erfahrung war ich naiv und bin in eine billige Falle getappt. Das war eben das Schlimme. Es gab keine Vorwarnung, keine Gelegenheit, sich mit den möglichen Konsequenzen vertraut zu machen.«

Resemius ließ ihn nicht aus den Augen, nicht mal, als sie die Zigarette wechselte.

»Der Täter hat einen Schalldämpfer benutzt. Ich habe ihn weder gesehen noch den Schuss gehört. Nur gespürt habe ich ihn. Was heißt gespürt? Als hätte eine Axt mein Knie getroffen.«

»Das rechte, habe ich gehört.«

»Ja, das rechte.«

»Träume?«

Ihre Blicke korrespondierten kurz.

»Bis heute. Es ist nicht nur der Schmerz. Ich höre meinen eigenen Schrei. Ich höre mich selbst durch Straßen und Fleete schreien. Handys gab es noch nicht. Wenn mich nicht ein angetrunkener Freier gefunden hätte ...«

Die Rothaarige blies eine Rauchwolke die Luft und nickte. Greven erwartete eine weitere Frage, nämlich die nach der angeblichen Mordfühligkeit seines mühsam von begnadeten Chirurgen zusammengeflickten Knies. Aber sie kam nicht. Seine Kollegin begnügte sich mit den wenigen Worten, die er ihr angeboten hatte. Esoterik war offenbar nicht ihre Sache.

»Darf ich ... dir eine Gegenfrage stellen?«

»Na klar. Ich kann es mir fast schon denken.«

Wieder sprachen ihre Blicke miteinander und tauschten Positionen aus, bevor Greven seinen Satz bereit hatte. Doch er kam nicht dazu, ihn auszusprechen, denn sein

Handy meldete sich. Am Klingelton erkannte er Peter Häring, der endlich eine positive Nachricht hatte. Greven lauschte konzentriert, bedankte sich und teilte die Neuigkeit sofort Resemius mit.

»Mein Kollege. Ein holländischer Segler hat kurz nach der der Tat einen Einbruch an Bord seines Bootes bemerkt. Die Kajütentür war aufgebrochen worden. Da aber alles an Bord an seinem Platz stand, hat er es nicht gemeldet. Das kaputte Schloss war ihm den Aufwand und die Bürokratie wohl nicht wert. Also ist er einfach zurück nach Termunterzijl gesegelt. Erst dort hat er dann von dem Mord erfahren und sich gemeldet.«

8

Es hörte nicht auf zu regnen. Ununterbrochen klatschten schwere Tropfen mit einem dumpfen Geräusch gegen die Frontscheibe. Außerdem war es kalt geworden, das Display zeigte bloß noch zwölfeinhalb Grad an. Der ostfriesische Sommer machte eine Pause, deren Länge nicht einmal Meteorologen abzuschätzen vermochten. Jedenfalls vermied der Wetterbericht des Norddeutschen Rundfunks jeden Hinweis auf eine baldige Besserung.

Der Fahrer schaltete das Radio aus und konzentrierte sich auf die Straße, die vor ihm lag. Er war sie seit Jahrzehnten nicht mehr gefahren und suchte nach einer Abzweigung, die ihn auf einen schmalen, aber gepflasterten Feldweg führen sollte. Den hatte er früher ab und zu gewählt, um möglichen Alkoholkontrollen nach Partys am Deich zu entgehen. Heiner hatte ihn damals ein paarmal dazu überredet, mit an den Deich zu kommen. Bilder von Lagerfeuern, von billigen Wermutflaschen und tanzenden, torkelnden, bekifften Menschen, deren Namen er längst vergessen hatte, kamen ihm in den Sinn. Zu einem Gesicht fiel ihm doch ein Name ein. Kanne. So hatten ihn alle genannt. Kanne. Das war alles. Mehr hatte die Zeit nicht überdauert.

Quietschend fuhren Scheibenwischer in der schnellsten Stufe über die Frontscheibe, zeigten aber keine große Wirkung. Die Kanten der Gummis waren schon lange stumpf und hinterließen Schlieren. Der Mann ärgerte sich über sich selbst, denn er hatte die Wischer schon vor Wochen austauschen wollen. Dann aber hatte sich das Hoch breitgemacht ihn sein Vorhaben vergessen lassen. Neben der schlechten Sicht nervte ihn vor allem das quietschende Geräusch, das die Wischer bei jedem Hub machten.

Endlich erreichte er eine Kreuzung, die er für die richtige hielt. Ohne den Blinker zu setzen, bog er rechts ab und folgte der Straße. Viel sehen konnte er nicht, der Regen düpierte die alten Wischblätter. Bald tauchten unbekannte Gebäude auf. Ein Gulfhof, der hier nicht stehen durfte. Er war falsch abgebogen. Sein Navi hatte er zwar eingeschaltet, folgte aber nicht den Anweisungen der Frauenstimme, denn er suchte nach einem geeigneten Anfahrts- und Fluchtweg, den kein Chip ahnen konnte. Jedenfalls nicht nach dem bisherigen Stand der Technik.

Der Mann entschied sich an der nächsten Kreuzung für links und sah bald darauf den Deich. Den aber hatte er ganz woanders vermutet, was nur einen Schluss zuließ: Er war zu lange nicht mehr in Bensersiel gewesen. Schon passierte er das Tief, links trotzten moderne Balkone dem Regen. Unter einer Fußgängerbrücke, die aussah wie ein Walskelett, bog er nach rechts in den Hafen ein. Wie Perlen auf der Schnur lagen die Segelboote im Wasser. Keine alten Plattbodenschiffe wie in Carolinensiel, sondern moderne Fahrzeuge. Er verlangsamte die Fahrt und schlich im Schritttempo an den Booten vorbei. An sich keine schlechten Verstecke, aber sie waren ihm zu klein und lagen zu dicht nebeneinander. Außerdem dümpelten sie unruhig im Wasser, obwohl nur ein schwacher Wind wehte.

Er gab wieder Gas und drehte eine Runde über den Campingplatz, vorbei am Schwimmbad, an der verwaisten Skaterbahn und am Tennisplatz. Gegenüber lag ein einzelner Kutter. Er hielt kurz an und schätzte die Entfernung. Zu weit. Für ihn und für sein Gewehr. Nach einer weiteren Runde über das Gelände wechselte er auf die östliche Seite des Hafens. Mit dicken Tauen an zwei große Poller gefesselt, lag ein einsames Frachtschiff an der Pier, dessen Ladung für Langeoog bestimmt war. Am Fährhaus wartete eine Inselfähre. Dreimal fuhr er die Pier ab, ohne ein für seine Zwecke geeignetes Gebäude oder einen Platz zu finden. Er hielt an und spielte die Möglichkeit durch, von einem Auto aus zu schießen. Nicht von seinem Wagen aus, sondern von einem gestohlenen Fahrzeug, am besten einem Bus mittlerer Größe. Den könnte er dann einfach stehen lassen, in seinen Wagen steigen und verschwinden. Andererseits sah er die Risiken, sah er die Gefahr, die ein derartiger Diebstahl mit sich brachte. Schon spielte er eine weitere Variante durch, als sein Smartphone eine banale Melodie anstimmte.

»Verflucht!«, zischte der Mann und führte das Gerät zum Ohr. »Nein, ich bin gerade fertig. Bin eigentlich schon auf dem Rückweg. Ist bei dir alles klar? Gut, dann bis um sieben bei Mario. Um halb sieben …? Ja, das schaff ich spielend. Gut, dann bis nachher. Tschüss.«

Der Mann schlug mit der flachen rechten Hand einmal kurz aufs Lenkrad. Ohne Zweifel hatte er einen schlechten Tag erwischt. Er war viel zu spät gestartet, hatte zu lange gebraucht, um nach Bensersiel zu kommen, das sich auch noch als ungeeignet herausgestellt hatte. Zumindest konnte er hier nicht so einfach agieren wie in Hooksiel und Carolinensiel. Sollte Bensersiel auf seiner Liste bleiben, musste er umfassende Vorbereitungen treffen. Dafür aber benötigte er Zeit, die sich bis zum Wochenende jedoch kaum auftreiben ließ. Sein Terminkalender war mehr als voll.

Während draußen der Regen nicht nachließ, fragte

sich der Mann, inwieweit der Ausfall von Bensersiel seinen Plan beeinflussen könnte. Die Finger seiner rechten Hand tanzten nervös auf dem Lenkrad, trugen aber nicht zu einer Lösung bei. In anderen Sielorten war er ebenfalls länger nicht gewesen, einige, wie Hilgenriedersiel, fehlten komplett in seiner Sammlung. Was immer er sich zurechtlegte, es war undurchführbar oder bestenfalls für Dilettanten geeignet. Seine Gedankenspiele liefen immer wieder auf dieselbe Diagnose hinaus. Sein Plan war ihm zu spät eingefallen, er hatte die Entscheidung zu lange hinausgezögert. Das rächte sich jetzt, die Zeit lief ihm davon. Seine Finger beendeten den Tanz, streckten sich und landeten samt der Hand erneut auf dem Lenkrad.

»Verflucht!«

Ein rhythmisches Geräusch störte abrupt das monotone Prasseln der Tropfen. Der Mann zuckte zusammen. Finger klopften wild gegen die Scheibe des Seitenfensters. Sie gehörten einem Mann in grüner Öljacke mit passendem Südwester auf dem Kopf.

»Se düren hier nich parken! Maken Se Bott, ik mutt hier vörbi!«

Im Rückspiegel sah der Mann die verschwommene Silhouette eines großen Lieferwagens. Ohne ein Wort oder eine Geste richtete er den Blick nach vorn und trat aufs Gaspedal. Er hatte wirklich einen schlechten Tag erwischt.

9

Die kleine Kompaktanlage hatte Greven in einem Kaffeeladen gekauft. Sie war kaum größer als ein Schuhkarton und passte hervorragend auf das Vertiko im Bad, in dem Handtücher, Shampoo und Seife auf ihren Einsatz warteten. Wie befürchtet, war der Klang dürftig – verglichen mit den englischen Standboxen im Wohnzimmer. Andererseits war der Klang verblüffend gut – wenn er an die Größe und den niedrigen Preis dachte. Und er konnte jetzt im Bad Musik hören, dem letzten Reservat, dem letzten Schutzraum des Gulfhofs. Abgesehen von der Küche, die wiederum zum Musikhören nicht geeignet war. Die restlichen Räume, sogar sein Zimmer, versanken im Baustaub oder hinter Plastikplanen. Monas Offensive war nicht mehr aufzuhalten gewesen. Kaum hatte sie die ersten Siege errungen, hatte sie ihre gesamten Reserven in Marsch gesetzt. Selbst ihr Architekt hatte schließlich auf die Bremse getreten, war aber ebenso kläglich gescheitert wie er. Ihre Offensive hatte längst jene Eigenschaft gewonnen, die im Feuilleton gern Eigendynamik genannt wurde.

Greven hatte sich in den Panic Room zurückgezogen und ein Bad eingelassen. Da die Minianlage nur CDs und Sticks schluckte, hatte er sich nicht frei entscheiden können. Nach schweren Kämpfen mit den allgegenwärtigen Folien war es ihm gelungen, einen kleinen Stapel CDs im Wohnzimmer zu requirieren. Darunter befand sich zufällig auch das Debüt-Album von Hatfield and the North aus dem Jahr 1974. Mit dem inzwischen verstorbenen Pip Pyle am Schlagzeug. Genau die richtige Begleitmusik für einen längeren Aufenthalt in der Wanne. Hätte er freie Wahl gehabt, dann hätte er ein anderes Album mit Musikern der Canterbury Scene aufgelegt, nämlich Septober Energy der Bigband Centipede von 1971. Das andere weiße Album, wie es in England von vielen Musikfans in Anspielung auf das bekannte Beatles-Album genannt wurde. Aber das einzige Werk der fünfzigköpfigen Bigband hatte er nicht auf CD. Also Hatfield and the North. Benannt nach einem blauen Hinweisschild bei London, das er nie gesehen hatte.

Im heißen Wasser, das ihn von dem quälend langen Regentag erlöste, kam ihm unvermittelt Kanne in den Sinn. Kanne hieß eigentlich Jürgen Möller und war lange Zeit ein Stammgast bei Meta gewesen, dem inzwischen fast schon weltberühmten Musikschuppen in Norddeich. Ein langhaariger Freak und leidenschaftlicher Kiffer, der ihm zufällig im vergangenen Jahr in Oldenburg über den Weg gelaufen war. Mit viel Glück hatten sie sich wiedererkannt. Kanne war zum Chef einer Coaching-Agentur mutiert und hatte die langen Haare gegen eine Fastglatze und die Lederjacke gegen ein italienisches Sakko eingetauscht. Warum auch nicht, Greven kannte andere Biografien. Nachdem sie ihre Leben verglichen hatten, waren sie schnell auf das Thema Musik gekommen, von der Kanne ebenso wenig hatte lassen können wie er. Doch im Gegensatz zu Greven hatte die einstige Szenefigur ihren gesamten musikalischen Bestand längst auf Festplatte gespeichert, Kopien inklusive. Streaming sei noch besser, hatte er geschwärmt, aber da gäbe es fast nur Mainstream und akustischen Sondermüll.

Wie auch immer, Greven sah über den Wannenrand auf die Minianlage, die ihr Bestes gab, und dachte über die

Möglichkeiten nach, die ihm eine Festplatte bieten könnte. Zumindest im derzeitigen Belagerungszustand hatte sie bestimmt große Vorteile. Nur musste man vorher alles überspielen. Von LP und CD. Und alles akribisch auflisten, um es später auch wiederfinden zu können. Aber genau das war nicht sein Ding. Wenn er etwas hasste, waren es Listen und Formulare. Ihm reichte es, genau zu wissen, wo bestimmte LPs und CDs standen. Stücke, Musiker und Aufnahmedaten hatte er seit jeher im Kopf. Für die Festplatte sprach natürlich die geringe Größe. In Verbindung mit einem kleinen, aber feinen Verstärker und kleinen, aber feinen Boxen wäre das schon eine echte …

Plötzlich erschien einer der Arbeiter in der Tür, einen dreckigen, blauen Eimer in der Hand. Aus Gewohnheit hatte Greven nicht abgeschlossen.

»Moin«, sagte der Mann in grauer Arbeitskleidung. »Blieven Se man ruhig sitten, ik bruuk blot en goden Sluck Water.«

»Moin«, erwiderte Greven und betrachtete irritiert den Arbeiter, der zum Waschbecken stapfte und seinen Eimer füllte.

»Klingt all wat scheev, wa'?«, meinte der Mann. »Is hör Radio kött?«

»Nee, dat hört so!«, antwortete Greven und gab sich größte Mühe, in der Wanne sitzen zu bleiben.

»Sowat mögen Se hören?«

»Sonst hätte ich es ja wohl kaum aufgelegt«, antwortete Greven mit unmissverständlichem Ton. Seine Hände hatten die Ränder der Wanne fest im Griff. »Würden Sie jetzt bitte gehen?«

»Bün al weg«, sagte der Arbeiter und schleppte den vollen Eimer aus der Tür. Als die Tür ins Schloss gefallen war, stieg Greven aus der Wanne und drehte den Schlüssel um. Kaum hatte er sich wieder der wohltuenden Wärme übergeben, begann die Klinke zu tanzen. Ein lautes Klopfen störte Hatfield and the North bei der Arbeit.

»Maken Se de Döör open! Ik bruuk noch mehr Water!«

»Aber nicht aus dem Bad!«, brüllte Greven zurück. »Im Haus gibt es genug Hähne!«

»Man de sünd kött! Mien Baas, de harr en lüttjen Malör. Blot de in d' Köken un de in 't Baadkamer lopen noch.«

»Dann gehen Sie gefälligst in die Küche!«

»Daar passt de Emmer neet drunner!«

»Mir doch egal! Ich sitze in der Wanne, Mann! Schon vergessen?«

Die Tür schwieg, Greven sank zurück und versuchte, möglichst schnell wieder in die Musik zurückzufinden. Steve Miller ließ gerade sein Keyboard aufjaulen. Eine der besten Stellen. Greven schloss die Augen.

»Gerd! Mach bitte auf!«

Greven öffnete die Augen und hob sich langsam aus dem Wasser.

»Gerd! Die Männer brauchen das Wasser! Dringend!«

»Ich brauche das Wasser ebenso dringend!«, antwortete er.

»Nun mach schon auf!«

Greven wollte schon nachgeben, hatte die Hände bereits wieder am Wannenrand, als ihm die britische Band zu Hilfe kam und nach einer ruhigeren Passage an Lautstärke zulegte. Mühelos überbot das Schlagzeug das Klopfen an der Tür.

»Ich verstehe kein Wort!«, brüllte Greven. »Bin aber sowieso bald fertig! Wasch mir nur noch die Haare! Okay?«

»Gerd?!«, hörte er noch durch den Siebziger-Jahre-

Sound hindurch, dann zogen sich die Angreifer zurück. Er rollte mit den Augen und ließ die Hände ins Wasser gleiten. Sofort suchte er neue Bilder, neue Gedanken, um sich von der Außenwelt abzuschotten. Weit weg, am besten in eine andere Zeit, in ein anderes Universum. Mit Warp-Antrieb. Den hatte es ja schon in den sechziger Jahren gegeben. Als das All noch von Helden wie James Tiberius Kirk und Cliff Allister McLane erobert wurde. Those were the days. Auch ein Song aus den Sechzigern. Mary Hopkin. Produziert von Paul McCartney. Those were the days.

Greven schloss die Augen und sackte ins Wasser. Klingonen, Froggs und Romulaner ließ er hinter sich. Dafür schoss er nun mit Warp-Geschwindigkeit durchs All.

Oder auch nicht. Aliens aus den Sechzigern konnte er vielleicht abschütteln, nicht aber Maurer und Mörder. Ohne sein Zutun tauchte der Bauwagen, tauchte seine Kollegin Kirsten Resemius vor ihm auf, stand er wieder auf dem alten Siel von Carolinensiel. Wie durch ein Wurmloch war er in wenigen Sekunden zurückgekehrt zu jenen Orten, die er eigentlich und vorsätzlich hatte verlassen wollen. Seine Flucht mit Hilfe der Wanne war gescheitert. Immerhin saß ihm jetzt seine Kollegin mit dem zarten, kleinen Gesicht gegenüber. Es kostete ihn keine Mühe, sich einzugestehen, dass ihm diese Frau gefiel, sogar ihre etwas schroffe Art. Sie besaß eine ungewöhnliche Ausstrahlung, eine merkwürdige Aura, die er keineswegs esoterisch definierte. Sie war zart und hart zugleich. Vielleicht war es das? Er wusste es nicht. Nur ihre schnellen Urteile sagten ihm nicht zu, ihre rasche Fixierung auf den Auftragskiller.

Die Musik wurde wieder ruhiger und leiser. Aber das

nahm Greven nicht wahr, denn er stand auf den beiden Sielen, auf denen die Opfer gestorben waren. Es waren diese beide Orte, an denen er sich rieb. Wenn ein Profikiller den Auftrag erhielt, zwei Frauen zu töten, warum sollte er sie dann ausgerechnet beide auf einem Siel erschießen? Und wie schaffte er es, dass sie dort überhaupt erschienen? Das galt auch für die Variante, dass der Mörder zunächst die falsche Frau erschossen hatte.

Greven rutschte in der Wanne hin und her. Je mehr er darüber nachdachte, umso mehr störten ihn die Siele, störte ihn die Öffentlichkeit, die der Schütze gewählt hatte, störte ihn das damit verbundene Risiko, das dieser eingegangen war. Es sah fast so aus, als habe er die Frauen demonstrativ erschossen. Doch falls seine Vermutung zutraf, was hatte der Mörder demonstrieren wollen? Dazu fehlte ihm jede Idee.

»Gerd!?«

Mit einem Wort und einem Klopfen verscheuchte Mona den Mörder, aber auch das kleine, zarte Gesicht.

Greven gab auf. Er fuhr sich mit der Hand durch das nasse Haar, zog an der Messingkette und ließ das längst nicht mehr heiße Wasser ab. Zum zweiten Mal an diesem Tag verließ er die Wanne. Widerstandslos öffnete er die Tür, hinter der Mona mit zwei Mitgliedern ihres Einsatzkommandos wartete.

»Bist du endlich fertig?«

»Nein.«

»Und was machst du so lange?«

»Das weißt du doch. Ich versuche, für ein paar Minuten dieser Welt zu entfliehen.«

»Diese Welt braucht aber Wasser«, entgegnete Mona und gab den Weg für ihre Wasserträger frei, die sofort und mit

Eimern bewaffnet an ihm vorbeistapften. Der erste, der ihn vorhin schon einmal beehrt hatte, sagte kein Wort. Der zweite Mann sah ihn kurz von oben bis unten an, grinste, gab einen merkwürdigen, kurzen Grunzlaut von sich und folgte dem ersten.

»Wohl noch nie einen nackten Mann gesehen!?«, kommentierte Greven laut.

»Jetzt komm mal wieder auf den Teppich!«, ermahnte ihn umgehend Mona mit hochrotem Kopf. »Während du hier in aller Ruhe deine geschundene Seele baumeln lässt, bindet in der Mischmaschine der Beton ab.«

»Das mag ja sein, aber hatten wir nicht früher mehrere Wasserhähne?«

»Die mussten wir abstellen. Einer der Handwerker hat eine Leitung beschädigt. Das passiert eben auf einer Baustelle. Und jetzt zieh dir bitte etwas an!«

Hinter seinem Rücken füllten zwei Männer kichernd ihre Eimer.

10

»…damit genug des Lobes. Jetzt bleibt nur noch eines, nämlich dir, lieber Heiner, einen angenehmen Ruhestand zu wünschen!«

Applaus schwoll an, alle Anwesenden richteten ihre Augen auf einen unscheinbaren Mann mit leicht gerötetem Kopf, der sich nickend nach allen Seiten hin verbeugte. Als der Redner sein Glas erhob, schossen auch die anderen Gläser in die Höhe. »Holl di fuchtig!«, rief einer aus der Menge. Dann begann das große Händeschütteln und Geschenkeüberreichen.

Auch Greven, Häring, Jaspers und Harding zählten zu den Gratulanten. Nach längerer Diskussion hatten sie sich für eine Frontbremsrolle entschieden, da ihr scheidender Kollege ein passionierter Angler war.

»Erst Wencke Tydmers, jetzt Heiner Siemen«, meinte Häring nachdenklich.

»Das ist der Gang der Dinge«, kommentierte Greven. »Immerhin hat Wencke Karriere gemacht und musste sich nicht die Abschiedsrede vom Chef anhören. Wo hat der bloß diese Metaphern her?«

»Wer die hört, kommt garantiert nicht wieder«, stimmte ihm Jaspers zu. »Prost!«

»Wem haben wir eigentlich die Alkoholfreigabe zu verdanken?«, fragte Häring.

»Der verehrten Frau Staatsanwältin«, wusste Greven. »Ihr wisst ja, sie hatte immer ein Faible für Heiner.«

»Kein Wunder, denn Heiner hatte seinerseits ein Faible für alles Bürokratische«, ergänzte Jaspers.

»Wenn man vom Teufel spricht…«, flüsterte Häring und

mischte sich hastig unter die Gäste. Jaspers sah sich kurz um und fand in Herbert Pütthus vom Raub einen neuen Gesprächspartner. Dr. Wilms steuerte schnurstracks auf Greven zu, hob ihr Glas, in dem Orangensaft schwappte, und sagte: »Auf Heiner Siemen.«

Greven erwiderte die Geste mit seinem Glas, das noch einen letzten Schluck Rotkäppchensekt enthielt: »Auf Heiner! Einen wirklich netten Kollegen.«

Er wusste natürlich, dass Dr. Wilms ihn nicht ausgewählt hatte, um auf Heiner Siemen das Glas zu erheben. Die Staatanwältin zählte zu jenen Menschen, die immer im Dienst waren, die immer ein Ziel verfolgten. Lange brauchte er daher auch nicht zu warten. Nach einer bescheidenen Dosis Smalltalk kam sie auf den Punkt.

»Wenn ich Sie schon sehe …: Gibt es eigentlich etwas Neues aus Carolinensiel?«

»Nicht viel«, antwortete Greven. »Die Tote heißt Karin Hasselfeld und stammt aus Oldenburg. Sie hat zusammen mit zwei Freundinnen einen spontanen Ausflug gemacht, um sich das Spektakel im Hafen anzusehen. Freie Architektin, ledig, mit stattlichem Bankkonto.«

»Konnten Sie schon eine Verbindung zwischen den beiden Opfern herstellen?«, fragte Dr. Wilms und bezog sich dabei auf den Mord in Hooksiel.

»Bislang nicht. Keine geschäftlichen Kontakte, keine gemeinsamen Freunde. Auch die Kollegen in Wilhelmshaven sind noch nicht fündig geworden.«

»Das habe ich schon vermutet. Dieser Fall wird eine harte Nuss. Sollten wir es wirklich mit einem Auftragskiller zu tun haben, müssen wir die Ermittlungen unbedingt besser koordinieren. Ich schlage die Bildung einer Sonderkommission vor. Die Leitung übernehmen

Sie. Mit Kirsten Resemius verstehen Sie sich doch, oder?«

»Bestens.«

»Na also. Und dann schicken Sie bitte jemanden nach Oldenburg und nach ...?«

»Düsseldorf«, ergänze Greven.

»Ja, genau, nach Düsseldorf. Ich werde mich ebenfalls mit den Kollegen dort in Verbindung setzen. Vielleicht kommen wir auf diese Weise voran. Was meinen Sie?«

»Wenn wir keine weiteren Spuren finden, bleibt uns vorerst nur das Motiv. Wie Sie wissen, ist es für einen Auftraggeber sehr schwer, sein Motiv zu verbergen. Erst recht bei zwei Morden.«

»Sehr gut«, lächelte Dr. Wilms, die er lange nicht hatte lächeln sehen. Langsam beugte sie sich vor und fragte in vertraulichem Ton: »Was halten Sie von ... SoKo Siel?«

»SoKo Siel? Klingt fast poetisch«, antwortete Greven, der genau wusste, dass Widerstand zwecklos war.

»Ausgezeichnet, Herr Greven, ausgezeichnet. Sie halten mich auf dem Laufenden?«

»Selbstverständlich, Frau Dr. Wilms.«

»Sehr gut«, freute sich seine Vorgesetzte, die in den letzten Jahren nicht gerade vom Glück verfolgt worden war. Vor zwei Jahren war sie von ihrem Mann wegen einer anderen verlassen worden, kurz darauf war ihre Mutter gestorben, die lange an Demenz gelitten hatte. Diese Schicksalsschläge hatten Spuren in ihrem Gesicht und in ihrem Umgangston hinterlassen. Auch Greven hatte diesen Ton zu spüren bekommen. Ihr ungewohntes Lächeln war einem neuen Partner zu verdanken. Der Flurfunk hatte die Nachricht bereits vor Wochen verbreitet.

»Jetzt sollten wir aber den Dienstweg verlassen«,

scherzte Dr. Wilms unbeholfen und wählte eine neues Thema: »Wie kommt eigentlich Ihr Umbau voran? Ich frage das nicht ohne Grund, denn auch wir tragen uns mit dem Gedanken, das Haus meiner Eltern zu renovieren.«

»Ist das Haus in einem derart schlechten Zustand?«

»Also eigentlich nicht, aber man will ja …«

»Dann lassen Sie es«, brummte Greven. »Wenn Sie mich schon fragen: Ziehen sie einfach ein. Streichen Sie die Wände, putzen Sie die Fliesen, stellen Sie Ihre Möbel rein und genießen Sie das Leben.«

Dr. Wilms erstarrte für einen Moment. »Ist es so schlimm?«

»Sie können es sich nicht vorstellen. Alleine schon der Staub. Ich meine diesen feinen, heimtückischen Baustaub aus Ziegelstein, Putz und Beton, der in jede Ritze kriecht, der alles mit einer grauen Schicht überzieht. Kennen Sie diesen Typus Staub?«

Die Staatanwältin schüttelte mit erschrockener Miene den Kopf.

»Dann wissen Sie nicht, was Ihnen bevorsteht. Der legt sich noch nach Wochen auf jeden Tisch und jeden Schrank. Den werden Sie einfach nicht los. Und wenn Sie versuchen, ihm mit einem feuchten Lappen zu überlisten, dann rächt er sich mit einem grauen Schmierfilm, der noch schlimmer ist als der Staub.«

»Lassen Sie sich bloß keine Horrorstorys erzählen!«, riet im Vorbeigehen Ackermann, der einige Wortfetzen aufgeschnappt hatte.

»Horrorstorys?«, wiederholte Greven und sah Dr. Wilms tief in die Augen. »Kommen Sie vorbei. Ich lade Sie ein. Bringen Sie Ihren Freund mit und sehen Sie sich das Chaos an. Überzeugen Sie sich selbst.«

»Meinen Sie wirklich?«

»Mein Angebot steht. Wann haben Sie Zeit?«

Dr. Wilms zückte ihr Smartphone und hatte schnell einen Termin parat: »Am Donnerstag nach Dienstschluss? Achtzehn Uhr?«

»Abgemacht. Donnerstag um sechs«, tönte Greven vollmundig und hob sein leeres Glas.

»Also dann bis Donnerstag«, verabschiedete sich die Staatsanwältin, denn Heiner Siemen war in ihre Nähe gerückt und forderte ihre Zuwendung ein.

Greven atmete durch und blickte in sein leeres Glas. Er brauchte dringend Nachschub. Denn er hatte gerade Dr. Wilms eingeladen. Dr. Hannelore Wilms, spröde Schönheit und ihn dirigierende Staatsanwältin. Und sie hatte zugesagt. Wie sollte er das Mona erklären? Noch dazu hatte er Dr. Wilms auf Untergang eingestimmt. Mona aber würde keinen Versuch auslassen, sie vom Gegenteil zu überzeugen. Wie hatte ihm das passieren können? Er zog den Blick aus dem Glas und suchte nach den Rotkäppchenflaschen. Fündig wurde er am Eingang des Besprechungsraums, doch auf dem kleinen Tisch, an dem er sein Glas in Empfang genommen hatte, standen nur drei leere Flaschen. Orangensaft war hingegen noch literweise vorhanden.

»Ganz schön mutig!« Häring klopfte ihm auf die Schulter.

»Seit wann bis du beim Geheimdienst?«

»Das war gar nicht nötig, die halbe Mannschaft konnte mithören. Aber welcher Teufel hat dich denn da geritten?«

»Wenn ich das so genau wüsste«, stöhnte Greven. »Wahrscheinlich der Umbauteufel. Du solltest Mona mal sehen. Die lebt seit Wochen einfach in einer anderen Welt, in der sich alles ums Einrichten dreht, um Ausstattung, um

Design, um Marcel Breuer, Mies van der Rohe und die anderen Bauhäusler.«

»Und ich dachte, ihr wärt bald fertig?«, sagte Häring erstaunt, in dessen Glas Orangensaft klebte.

»Ich bin bald fertig«, klagte Greven, »völlig fertig sogar. Noch dazu hat mich die Wilms auch noch zum Leiter einer SoKo gemacht. Der SoKo Siel. Der Name sagt alles.«

»Endlich mal wieder eine SoKo«, freute sich Häring. »Das sieht nach Dienstreisen aus.«

»Die letzte SoKo hat mich mein Knie gekostet«, kommentierte Greven die Reaktion seines Kollegen. »Aber von mir aus kannst du reisen. Oldenburg oder Düsseldorf?«

»Düsseldorf natürlich!«

Greven brauchte nur das aktuelle Outfit seines Kollegen zu betrachten, um zu wissen, warum ihm Düsseldorf mehr lag. Aber das auffällige italienische Jackett erregte nur kurz seine Aufmerksamkeit, denn er spürte plötzlich sein gerade erwähntes Knie. Ohne es belastet oder eine unbedachte Bewegung gemacht zu haben, hatte sich der vertraute Schmerz eingeschlichen, war einfach da, als wäre er nie weg gewesen. Greven konnte auch nicht rekapitulieren, wann sein Knie wieder aktiv geworden war. Er wusste nur, wann der Schmerz in sein Bewusstsein eingedrungen war.

»Was hast du?«, fragte Häring. »Geht's dir nicht gut?«

»Doch, doch«, beruhigte ihn Greven. »Es ist nur mein Knie.«

»Das hat sich aber lange nicht gerührt.«

»Gut beobachtet. Es wundert mich auch. Hoffentlich hat es nichts zu bedeuten.«

»Ich dachte, du glaubst nicht an die Mordfühligkeit deines Knies?«

»Natürlich nicht«, brummte Greven. »Wie du weißt, ist die Spökenkiekerei nun gar nicht mein Ding. Es wird wohl an unserer Baustelle liegen. Ich habe in letzter Zeit einfach zu viel gehoben. Aber sonderbar ist es schon: Die Wilms verpasst mir eine SoKo, und mein Knie meldet sich.«

11

Die Einrichtung der SoKo Siel hatte es erforderlich gemacht, in den großen Besprechungsraum umzuziehen, in dem sie Heiner Siemens Abschied gefeiert hatten. Neben Grevens Mitarbeitern kamen nun auch regelmäßig zwei oder drei Kollegen aus Wilhelmshaven zu den anberaumten Sitzungen.

Als Greven am Montag mit leichter Verspätung eintraf, standen Kirsten Resemius und Peter Häring bereits vor der großen Schautafel, die letzterer mit enthusiastischer Akribie betreute. Kein Foto hing schief, kein Pfeil war verrutscht. Selbstverständlich fotografierte Häring die Tafel regelmäßig, um die Entwicklung zu dokumentieren. Böse Zungen behaupteten, er mache jede halbe Stunde ein Foto, und das selbst dann, wenn sich an der Tafel nichts verändert hätte.

An diesem Montag, der auf ein verregnetes Wochenende folgte, hatte sich etwas verändert. Greven, der eine gute halbe Stunde zu spät eintraf, stach der große Schwarzweißkopf sofort ins Auge. Er warf seine Jacke über die Lehne seines Bürostuhls, begrüßte seine Kollegen mit einem zurückhaltenden »Moin« und nahm Kurs auf das neue Foto. Die entsprechende Frage brauchte er gar nicht erst zu stellen.

»Moin, Gerd. Das ist Harald Jepsen«, legte Häring umgehend los, »der langjährige Lebensgefährte von Karin Hasselfeld. Sie haben sich vor etwa einem halben Jahr getrennt. Jepsen ist wegen Körperverletzung vorbestraft.«

»Was für eine Filmfresse«, kommentierte Greven das merkwürdig aufgedunsene Gesicht des etwa fünfzigjährigen Mannes. »Der könnte glatt aus einem alten französischen Krimi stammen. Einer mit Lino Ventura oder Jean Gabin. Da gibt es solche Typen.« Je länger er den schwarzweißen Schnappschuss betrachtete, woher der auch immer stammte, desto unsympathischer wurde ihm der Mann. »Was hat er in Düsseldorf gemacht?«

»Er hat auf einer Auktion ein japanisches Teegeschirr erstanden. Für schlappe 18 500 Euro.«

»Wie hast du das so schnell ... in Erfahrung gebracht«?

»Wenn Google schon Daten sammelt und auswertet, brauchen wir es nicht selbst zu tun«, erklärte sein Assistent mit spürbarer Ironie. »Hier ist der Zeitungsartikel, den ich vorhin ausgedruckt habe.«

Auf dem Foto unter der Schlagzeile war zu sehen, wie der Auktionator das auf einem Tablett aufgebaute Porzellan an einen Mann mit ausdrucksloser Miene und vollem Gesicht übergab.

»Harald Jepsen ist nicht nur ein erfolgreicher Importeur von allem Möglichen, er ist auch ein Sammler von allem Möglichen«, erklärte Häring, während Greven den Artikel überflog.

»Der kommt auf jeden Fall auf unsere Liste«, nickte Greven. »Auch wenn er nie in einem französischen Gangsterfilm mitgespielt hat.«

»Aber wir haben noch einen Neuzugang«, schaltete sich Resemius ein. Obwohl das Sonnenlicht fehlte, schimmerte ihr Haar wieder rötlich. Ihr Blick signalisierte die gewohnte Entschlossenheit, doch ließ er nun auch Vertrautheit zu. Während sie sprach, griff sie sich mit der rechten Hand ins Haar, als wolle sie es wie einen Teig kneten. Ein dünnes Lächeln wurde spürbar, das Greven als verschämt interpretierte.

Resemius ging zwei Schritte zurück und blieb vor dem Foto des Neuzugangs stehen. »Dr. Siegbert Hammerstein.

Gehört zum Freundeskreis von Verena Engelmann, unserem ersten Opfer. Seine Anwaltskanzlei hat sie mehrfach vertreten.«

Das gestochen scharfe Bild, das jederzeit als Autogrammkarte hätte dienen können, zeigte einen selbstbewussten Siegertypen mit schwarzer Fliege, vollem Haar, etwa Mitte vierzig.

»Was verschafft ihm die Ehre?«, fragte Greven neugierig.

»Hammerstein sitzt in Düsseldorf im Landtag und hat derzeit ein Problem«, erläuterte Resemius. »Sein Name taucht nämlich in der Steuersünder-CD auf, die der Finanzminister von Nordrhein-Westfalen jüngst erstanden hat. Aber unser Anwalt hat in der Schweiz nicht fünfzigtausend oder hunderttausend Euro gebunkert, wie man hätte vermuten können, sondern gleich fünfeinhalb Millionen.«

»Ach, der«, dachte Greven laut. »Das ging ja durch die ganze Presse. Und das ist dieser joviale und überaus distinguierte Advokat?«

Resemius nickte: »Es kommt aber noch besser. Einige Journalisten haben den Verdacht geäußert, die Summe sei deswegen so hoch, weil Hammerstein gar nicht sein eigenes Geld in die Schweiz transferiert hat.«

»Ich zitiere«, klinkte sich Häring in das Gespräch ein und las aus dem frischen Ausdruck eines Onlineartikels vor: »… legt den Schluss nahe, dass es sich bei Siegbert Hammerstein auch um ein kleines Rad in einer großen Geldwaschmaschine handeln könnte …«

»Das klingt zwar durchaus plausibel«, übernahm Greven wieder, »sichert Hammerstein aber nicht zwangsläufig einen Platz auf unserer Liste.«

»Ich bin ja auch noch nicht fertig«, entgegnete seine

junge Kollegin. »Hammerstein verbringt seinen Sommerurlaub nicht auf Sylt oder Korsika, sondern in Greetsiel. Und das schon seit vielen Jahren.«

»Und das steht auch in dem Artikel?«

»Nein, auf seiner Homepage«, erklärte Häring. »Dort findest du auch wunderschöne Urlaubsfotos von ihm und seiner Familie. Du wirst zu Tränen gerührt sein. Hammerstein beim Joggen auf dem Deich. Hammerstein beim Pilsumer Leuchtturm. Hammerstein mit Frau und Tochter beim Krabbenpulen. Auf Facebook gibt es noch mehr Fotos. Aber ich glaube nicht, dass du so viel Harmonie auf einmal verträgst.«

»Sag das nicht. Im Moment könnte ich durchaus etwas Harmonie vertragen. Und wenn das so weitergeht, können wir die Täter in Zukunft einfach googeln«, bemerkte Greven. »Also rauf auf die Liste mit ihm. Ach ja, weiß das Internet auch, wann er hier wieder mal eintrifft?«

»Aber selbstverständlich. In drei Tagen kommt unser strahlender Anwalt. Nicht zuletzt, um der Welt zu demonstrieren, dass er sich von der Steueraffäre nicht beirren lässt. Offiziell glaubt er an eine Art Verschwörung und hat sogar Anzeige gegen Unbekannt erstattet.«

»Ein braver Mann, ein aufrechter Bürger«, brummte Greven. »Den nehme ich mir persönlich vor. Wo hat unser MdL Quartier genommen?«

»Im Hohen Haus.«

»Zentral und standesgemäß. Hätte ich mir denken können. Habt ihr noch weitere Kandidaten ausgemacht?«

»Nein, das war's für heute«, antwortete Resemius. »Aber es werden bestimmt nicht die letzten sein. Wenn die Kollegen in Oldenburg und Düsseldorf in dem Tempo weitermachen, reicht unsere schöne Schautafel bald nicht mehr. Und wir sind ja auch nicht untätig. Es muss eine Verbindung zwischen Verena Engelmann und Karin Hasselfeld geben. Es muss sie geben und damit ein gemeinsames Motiv«, unterstrich Resemius, als wolle sie einen Widerspruch Grevens von vornherein unterbinden. Aber sie verfehlte ihr Ziel.

»Eine Fahrt zu einer Auktion nach Düsseldorf reicht aber wahrscheinlich nicht aus«, konterte Greven umgehend. »Warum bestehst du eigentlich so auf einer Verbindung im persönlichen Umfeld? Ich finde nach wie vor, wir sollten offener mit dem Fall umgehen und alternative Möglichkeiten nicht vorschnell ausschließen.«

Ein auflodernder, strafender Blick traf ihn, ihre rechte Hand klatschte unüberhörbar auf die Tafel. »Und was soll diese Alternative sein? Etwa ein Psychopath? Ein Irrer, der große Frauen mittleren Alters hasst? Ist unser Mann dazu nicht ... ein wenig zu gut präpariert ... ein wenig zu professionell?«

»Die Kriminalgeschichte kennt genügend Fälle, in denen Irrsinn und Präzision wunderbar harmonieren. Ich sehe da keinen Widerspruch«, hielt Greven dem Blick stand, der ihm imponierte.

»Also ein Psychopath? Müsste er dann nicht weitermorden? In immer kürzeren Abständen? Schließlich braucht er diesen Kick und kann ohne ihn nicht mehr leben. Also erschießt er immer wieder und immer öfter ein und dieselbe Frau. In gewisser Weise jedenfalls. Aber es waren nur zwei Morde. Im Abstand von einer Woche. Wir haben nur diese zwei Morde, diese zwei Opfer. Und ich sage dir, um die ist es auch gegangen. Unser Täter hat diese beiden Frauen erschossen, weil er ihre Fotos, ihre Aufenthaltsorte, ihre Namen und ein Bündel Bargeld aus einem Umschlag gezogen hat. Ganz abgesehen von der Tatsache, dass Serienmörder dieser Art eine echte Rarität in der Kriminalgeschichte sind.«

Der Besprechungsraum versank in Stille, während sich sämtliche Augen auf Greven und Resemius richteten. Nicht einmal Häring wagte es, einen Kommentar abzugeben.

Greven suchte den Blickkontakt mit seiner Kollegin, suchte in ihren Augen nach einer Antwort auf die Frage, warum sie keinen Widerspruch duldete. Natürlich war er nur ein Amateurpsychologe, dennoch glaubte er, in ihrem Blick nicht nur Trotz und Durchsetzungsvermögen zu erkennen, sondern auch eine Fassade, hinter der sie etwas verbarg. Je länger er sich in ihre Augen vergrub, umso sicherer war er sich, dass sie etwas vor der Welt versteckte. Aber was es war, ließ sich allenfalls erahnen. Greven tippte auf ein traumatisierendes oder zumindest verletzendes Erlebnis. Vielleicht war sie sogar selbst einmal zum Opfer irgendeiner Tat geworden. Ihre Hand knetet erneut ihr Haar, ihre Wangen wurden wieder etwas weicher.

»Zugegeben«, begann Greven seine Antwort, »es spricht viel für diesen Tathergang. Sehr viel sogar. Wir sollten also diese Möglichkeit intensiv verfolgen. Ohne jedoch andere Möglichkeiten außer Acht zu lassen. Wir können es nicht riskieren, einen klassischen Fehler zu begehen und uns zu früh festzulegen.«

»Kannst du uns denn eine Alternative anbieten?«, fragte Resemius.

»Auch wenn du es nicht gerne hörst, aber der Psychopath bleibt eine Möglichkeit, auch wenn diese Spezies noch so selten ist«, hielt ihr Greven entgegen. »Wie wir als eifrige Fortbildungsseminaristen wissen, folgen Psychopathen zwar gerne einem Muster, doch müssen wir diese keineswegs immer in Reinkultur vorfinden. Es gibt Täter, die Pausen zwischen ihren Taten einlegen, in einigen bekannten Fällen sogar Jahre. Und es gibt Täter, die ihre Taten variieren. Dass unseren beiden Morden kein dritter gefolgt ist, genauer gesagt, bislang noch kein dritter gefolgt ist, besagt also zunächst einmal gar nichts. Unser Täter könnte diese Woche zuschlagen oder erst nächsten Sommer. Daher bleibt der Psychopath eine Alternative.«

Während Resemius zögerte, richteten sich alle Blicke auf sie. Greven erwartete eine harsche Erwiderung, doch die blieb aus. Seine junge Kollegin strich sich über den Mund und sah auf den Boden. Sie dachte also über seine Worte nach und ruderte schließlich zurück, wenn auch nicht sehr weit.

»Du hast recht. Der Auftragskiller ist zweifelsfrei unser Favorit, aber wir sollten dennoch an den Psychopathen denken. Mag die Wahrscheinlichkeit auch noch so gering sein, so ist sie doch vorhanden.«

Erleichterung machte sich in Form von leisen Kommentaren der Kollegen bemerkbar. Die Stille schlich sich wieder aus dem Raum.

»Das wäre dann ja wohl geklärt«, stellte Resemius fest.

»Noch nicht ganz«, hielt sie Greven zurück. »Denn es gibt noch eine weitere Möglichkeit.«

In Sekundenbruchteilen besann sich die Stille und eilte zurück.

»Und wie soll die aussehen?«, bohrte Resemius.

»Genau das ist die grundlegende Frage unserer dritten Möglichkeit«, erläuterte Greven, ohne einen genauen Plan zu haben. »Denn beide Modelle gehen ja von vertrauten Mustern aus, denen die Täter folgen. Diese Muster glauben wir erkannt zu haben. Ein Auftragskiller oder vielleicht auch ein Psychopath. Was aber ist, wenn wir es mit keinem dieser Muster zu tun haben?«

»Gerd! Ich bitte dich!«, fixierte ihn seine Kollegin streng.

»Was ist, wenn dieses Muster reine Interpretation ist? Wir sehen zwei Samstage, zwei Siele, zwei Frauen, und schon schließen wir daraus auf ein Muster. Dieses Muster gibt dann die Zielrichtung unserer Ermittlungsarbeit vor. Was aber ist, wenn wir es mit einem Täter zu tun haben, der genau dies beabsichtigt, um seine wahren Motive zu kaschieren?«

»Das klingt ja alles sehr akademisch und belesen«, entgegnete Resemius, »aber könntest du uns das auch mit einfachen, klaren Worten sagen?«

Ein unterdrücktes, kaum hörbares Kichern, dessen Herkunft nicht zu orten war, drang an Grevens Ohr.

»Gut. Mir geht es nach wie vor darum, dass wir schlicht offen bleiben sollten. Wie auch immer diese dritte Möglichkeit aussehen könnte. Ich will lediglich verhindern, dass wir sie vor vornherein ausschließen.«

Seine Kollegin entließ ihn nicht aus ihrem Blick, dem er aber nach wie vor standhielt. Während ihr Mund regelungslos und eben blieb wie ein Brett, begann er vorsätzlich zu lächeln. Er strahlte sie an und neigte den Kopf leicht zur Seite. Langsam wich die Biestigkeit aus ihrem Gesicht, wie auch immer sie in deren Besitz gelangt war. Ihre Züge wurden sanfter, ihr Blick verlor die Strenge.

»Okay, aber deine Offenheit landet auf Platz drei«, sagte sie schließlich.

»Ich könnte ja einen kleinen Bereich auf unserer Tafel dafür einrichten?«, schlug Häring vor und erntete ein Kichern aus der Runde.

»Gut«, nickte Greven. »Wer immer eine Alternative sieht, meldet sich bei Peter. Ansonsten versuchen wir erst einmal, Indizien für einen Auftragsmord zu finden.«

Resemius' Hand fuhr durch die Haare. Sie begann ebenfalls zu lächeln und kam ihm für einige Sekunden abwesend vor. Irgendein Gedanke, irgendein Bild war ihr in den Sinn geraten, das sie schmunzeln ließ. Als sie auch ein paarmal ganz leicht ihren Kopf schüttelte, hätte Greven zu gerne gewusst, welcher Gedanke diese Reaktion ausgelöst hatte. Die Rothaarige gab ihn nicht preis, kehrte zur Tafel zurück, betrachtete kurz die Fotos und ging zu ihrem Schreibtisch, um zu telefonieren.

Greven ließ sich von Häring die Nummer von Hammersteins Büro geben und griff ebenfalls zum Hörer.

12

Greven trat aufs Gas, denn er hatte die Zeit vergessen. Ausgerechnet an dem Tag, an dem Dr. Wilms Monas Baustelle inspizieren wollte. Und das dank seiner Einladung. Selten hatte er so wenig Verständnis für eine seiner eigenen Taten aufbringen können. Er trat aufs Gas, obwohl er genau wusste, dass er die vergessene Zeit nie mehr würde einholen können. Aber seinem Gewissen gefiel das eigentlich sinnlose Verhalten. Er schnitt plötzlich Kurven, die er sonst immer brav absolvierte, er fuhr noch bei Hellrot über eine Kreuzung, er ließ die Reifen quietschen, er hupte. Und es machte ihm Spaß.

Spät und effektvoll bremste er auf dem Schotter hinter dem Hof und bahnte sich den Weg durch metallene Baustellentüren und schmutzig schwitzende Folien. Im Atelier, gewissermaßen der Keimzelle der Großbaustelle, hielt er an und horchte in den Hof hinein. Als erste Stimme erkannte er die von Dr. Wilms. Sie war also bereits eingetroffen. Selbstverständlich war sie es, denn sie war die Pünktlichkeit in Person. Also war sie eine gute Stunde vor ihm gekommen. Dann hörte er Mona, die eher zu singen schien denn zu sprechen. Kurt Simmering, der neuen Lebensgefährte von Dr. Wilms, blieb indes stumm.

Statt sich schnell zu ihnen vorzuarbeiten, ging Greven spontan auf Schleichfahrt, schlich sich durch den Foliendschungel. Vielleicht war es der verdächtig euphorische Klang der beiden Frauenstimmen, der ihn zögern ließ.

»Die Terrakottafliesen sind einfach wundervoll«, hörte er Dr. Wilms schwärmen. »Und die hast du wirklich von Fliesen-Arnold?«

Nur ein Wort reichte aus, um Grevens Mund ohne sein Zutun fast ruckartig zu öffnen. Es war nicht etwa »Fliesen-Arnold«, sondern das so vertraut klingende »du«. Hatte es Dr. Wilms tatsächlich ausgesprochen, oder hatten ihn seine Ohren zum Narren gehalten? Seine Frage wurde umgehend von Mona beantwortet.

»Ja, die sind tatsächlich von Fliesen-Arnold, Lore.«

Lore? Vor Jahren hatte Greven zufällig durch den Flurfunk erfahren, dass Dr. Hannelore Wilms von einigen wenigen Freunden Lore genannt wurde, doch gehört hatte er diese Koseform noch nie. Ohnehin war ihm niemand bekannt, der die Staatsanwältin duzte. Sogar Heiner Siemen siezte die First Lady. Und soweit er wusste, waren sich Dr. Wilms und Mona allenfalls drei- oder viermal begegnet, ohne dabei mehr Worte gewechselt zu haben als die üblichen Begrüßungsformeln.

»Hast du dich schon für eine Fugenfarbe entschieden, Mona?«

»Für mich kommt nur Schwarz in Frage. Der Raum wirkt so breiter. Und der Blick des Betrachters wird verstärkt auf die Fliesen gelenkt. Jede einzelne Fliese kommt so zur Geltung. Ich habe diese Farbkombination schon in der Toskana gesehen, in Lucca, glaube ich. Du wirst begeistert sein!«

»Das kann ich mir sehr gut vorstellen. Auch für meinen Flur.«

»Wenn du willst, sehe ich ihn mir mal an.«

»Das wäre fantastisch! Du hast als Künstlerin ja ein viel sensibleres Auge. Das würde mir sehr helfen, Mona.«

Langsam schloss Greven seinen Mund und seine Augen. Er atmete tief durch, griff einige Male geräuschvoll in die allgegenwärtigen Folien, um nicht unvermittelt im Raum zu stehen, und versuchte, abgehetzt zu wirken.

»Mensch, Gerd! Wo bleibst du denn so lange!?«, begrüßte ihn Mona. »Du hast Lore doch selbst eingeladen!«

»Guten Abend, Frau Dr. Wilms«, sagte Greven und reichte der Staatanwältin wie gewohnt artig die Hand. »Bitte entschuldigen Sie meine Verspätung. Sie kennen ja die Unwägbarkeiten der Ermittlungsarbeit.«

»Die geht natürlich vor, Herr Greven«, antwortete Dr. Wilms mit einem seltenen Lächeln. »Außerdem hat mir Mona schon alles gezeigt. Wirklich ein spannendes Projekt, so einen alten Kasten in eine zeitgemäße Moderne zu überführen.«

»Ja, das ist wirklich sehr spannend«, bestätigte Greven und hatte Sorge, dass seine Ironie auffliegen könnte. Schnell wechselte er daher das Thema: »Wo ist eigentlich Ihr Partner? Wollte er nicht auch kommen?«

»Kurt musste noch zu einem Termin. Leider. So hat er Monas Traum verpasst.«

»Aber ihr könnt doch jederzeit wiederkommen«, bot Mona an und nahm dabei die Hand der Staatanwältin.

»Darüber wird sich Kurt freuen«, lächelte die eigentlich Unnahbare. »Sind Sie heute vorangekommen, Herr Greven?«

»Wenn Sie unsere SoKo Siel meinen, muss ich Sie leider enttäuschen. Wir haben noch immer keine Querverbindung zwischen den beiden Opfern ausmachen können. Dabei haben wir das geschäftliche und private Umfeld eigentlich komplett vorliegen.«

»Die berühmte Nadel im Heuhaufen.«

»Vielleicht«, erwiderte Greven vorsichtig. »Vielleicht aber können wir diese Querverbindung auch nur deshalb nicht finden, weil sie gar nicht existiert.«

»Da hat mir Frau Resemius aber etwas ganz anderes erzählt. Sie ist der festen Überzeugung ...«

»Jetzt werdet aber bitte nicht dienstlich«, unterbrach Mona das Gespräch. »Der Tag ist gelaufen. Morgen habt ihr genügend Zeit, den Fall zu besprechen, der mich sowieso nichts angeht. Lasst uns lieber eine Flasche Roten öffnen. Ich habe einen ganz tollen Wein, der perfekt zu den Fliesen passt.«

»Da hast du natürlich recht«, nickte Dr. Wilms. »Einen so schönen Abend sollten wir nun wirklich nicht einem Mörder überlassen.«

Während Mona in die Küche verschwand, machte Dr. Wilms zwei Schritte auf Greven zu. »Ich habe ihr nichts gesagt.«

»Was haben Sie Mona nicht gesagt?« Greven verstand kein Wort.

»Na, die Sache mit dem Baustaub.«

»Baustaub?«

»Also ganz so schlimm, wie Sie ihn geschildert haben, ist er nun wirklich nicht. Auf den Folien hier ist er ja nur in homöopathischen Dosen anzutreffen. Und Mona hat ihn mit keinem Wort erwähnt. Ich habe ihn also auch nicht thematisiert. Warum auch, denn er ist wohl kaum geeignet, diesem Traum Schaden zuzufügen.«

Endlich kam ihm das Gespräch auf Siemens Verabschiedung in den Sinn. Sofort loderte in ihm der Wunsch auf, sie vom Gegenteil zu überzeugen. Er wollte ihr Stellen zeigen, an denen sich der Staub über Bücher und CDs gelegt hatte wie Vulkanasche über Wälder und Dörfer. Sein schärfstes Geschütz aber waren seine Schallplatten, in deren Cover der Baustaub mühelos bis in die hintersten

Ecken gekrochen war. Doch er kam nicht dazu, denn Mona kehrte mit der geöffneten Flasche Rotwein und drei Gläsern zurück. Außerdem sah Dr. Wilms nicht so aus, als hätte er sie überzeugen können. Das war ganz offensichtlich längst Mona gelungen, ihre Perspektive hatte sich durchgesetzt. Also hielt er seinen Mund und lächelte dem Rotwein zu.

Mona manövrierte das kleine Grüppchen in eine improvisierte Sitzecke im Wohnzimmer, die als eine Art Notquartier diente.

»Ich hoffe, es macht dir nichts aus?«, sagte sie zu Dr. Wilms.

»Aber nein, aber nein, ganz im Gegenteil. Ich finde sogar, diese alten Sessel haben Charme. Eben den Charme einer Baustelle, den Charme des ... Übergangs.«

Den Charme einer Baustelle? In welchem Film war er gelandet? Greven sah sich inmitten einer futuristisch wirkenden Folienlandschaft, die jedem Science-Fiction-B-Picture gerecht geworden wäre. Plan 9 aus dem Weltall, Phantom from Space oder etwas in der Art. Hinter den Folien schlummerte das Neue, das Exotische, das Grauen eines unbekannten Planeten. Noch nicht wirklich sichtbar, aber sich dennoch abzeichnend. In dem diffusen Licht einer alten Stehlampe erschienen die Konturen und Formen auf sonderbare Weise unwirklich und fern. Als handele es sich um Trugbilder oder bloße Projektionen. Was auch immer zu erkennen oder zu empfinden war, Charme konnte Greven beim besten Willen nicht wahrnehmen. Dafür sah er den Baustaub, der ihm längst wieder die Ärmel hinaufkroch. Auch auf den Haaren von Dr. Wilms schimmerte er bereits, er schreckte vor nichts zurück, auch nicht vor Staatsanwältinnen. Denn der Baustaub war der wahre Herrscher dieses Planeten, er war das Alien, das Ding aus einer anderen Welt, die nicht die seine war. Und er, Greven, der Security Chief, war das einzige Crewmitglied, das sich nicht blenden oder hypnotisieren ließ. Die anderen aber, inklusive Commander und Quartermaster, waren den geheimnisvollen Kräften des Herrschers willenlos ausgeliefert.

»Herr Greven?«

Wir sind der Baustaub! Deaktivieren Sie Ihre Schutzschilde und ergeben Sie sich. Wir werden Ihre biologischen und technologischen Charakteristika den unsrigen hinzufügen. Ihre Kultur wird sich anpassen und uns dienen. Widerstand ist zwecklos!

»He, Gerd, wo bist du denn? Wir wollen anstoßen.«

»Ja, auf Ihr neues Zuhause!«

Es stimmte. Widerstand war zwecklos. Greven erhob sein Glas, lächelte, sah erst Mona, dann Dr. Wilms in die Augen.

»Jetzt sagen Sie mir doch mal, wie Ihnen dieser Traum gefällt«, forderte ihn die Staatsanwältin im Zwielicht der alten Stehlampe heraus. Er nahm einen kräftigen Schluck. Auch die beiden Frauen tranken.

»Der ist ja fantastisch! Was für ein Brombeeraroma!«, bemerkte Dr. Wilms. »Wo hast du den denn her?«

Das verschaffte ihm etwas Zeit. Er legte sich schnell ein paar diplomatische Worte zurecht.

»Aus Oldenburg. Da kenne ich einen klasse Weinladen, die auch Weine von weniger bekannten, aber engagierten Winzern haben«, freute sich Mona. »Ich gebe dir die Adresse.«

Die Blicke schwenkten auf Greven. Es war so weit.

»Wissen Sie … anfangs war ich schon leicht … irritiert,

als mir Mona ihre Pläne unterbreitet hat. Schließlich ging es ja ursprünglich nur um ihr Atelier. So hatte ich, das gebe ich auch gerne zu, anfangs meine Zweifel.«

Monas Blick wurde auf schwer zu beschreibende Weise intensiver.

»Aber nachdem mir Mona ihre Träume erst einmal ausführlich erklärt hatte, und ich darin auch meine englischen Lautsprecherboxen integrieren konnte, wurde ihr Projekt auch zu meinem.«

Monas intensiver Blick entließ ihn nicht.

»Ja, die Männer und ihre Hobbys«, lächelte Dr. Wilms. »Bei meinem Kurt sind es elektrische Eisenbahnen. Sein ganzer Keller ist voll von allen möglichen Anlagen und Modellen. Ganze Landschaften, sage ich dir. Ganze Landschaften.«

»Wem sagst du es«, kommentierte Mona. »Und dabei verlieren sie schnell den Blick auf das Ganze. Ich höre ja auch gerne Musik …«

»Ich weiß genau, was du meinst«, pflichtete ihr Dr. Wilms bei. »Kurt hat sich auch noch keine Gedanken gemacht, wo wir das alles im neuen Haus unterbringen sollen.«

»Das kann ich mir denken, denn wenn ich …«, sagte Mona, ohne den Satz zu beenden. Mit eingefrorener Miene starrte sie auf die Folienwand. Dr. Wilms ließ einen kurzen, halblauten Aufschrei folgen.

In der Folienwand stand, in ein wahrhaft gespenstisches Licht getaucht, regungslos ein großer, breitschultriger Mann. Zu erkennen war eigentlich nur seine Kontur, nicht aber sein Gesicht oder die Farbe seiner Kleidung. Er war einfach nur ein riesiger Schatten.

Also doch. Das Ding aus einer anderen Welt, dachte

Greven und erhob sich. Oder der tumbe Riese von Fliesen-Arnold.

»Moin. Kurt Simmering. Ich hoffe, Sie entschuldigen mein spätes Erscheinen«, sagte der Schatten.

»Mein Gott, Kurt, hast du uns einen Schrecken eingejagt!«, keuchte Dr. Wilms und stand auf.

Auch Mona verließ ihren Sessel. »Kommen Sie doch zu uns.«

»Leichter gesagt als getan. Irgendwie habe ich mich in diesem Folienwald verirrt.«

»Warten Sie, ich helfe Ihnen«, sagte Greven und stürzte auf den Schatten zu. Er schob eine der Folienbahnen zur Seite, so dass der Riese eintreten konnte. Kaum hatte er den halbfertigen Wohnraum betreten und war dem gespenstischen Licht entflohen, schrumpfte er. Aus dem breitschultrigen Riesen wurde ein mittelgroßer Mann mit einer Durchschnittsfigur.

»Sie müssen der Hauptkommissar sein«, sagte Simmering und reichte ihm die Hand. Greven registrierte nicht nur einen zwar kräftigen, aber nicht demonstrativ übertrieben kräftigen Händedruck, sondern auch ein sympathisches Lächeln. Der neue Lebensgefährte von Dr. Wilms war etwa in seinem Alter, verfügte aber im Gegensatz zum ihm noch über volles Haar.

Monas Reaktion nach zu urteilen, war sie ebenso überrascht und beeindruckt wie Greven. Auch sie reichte dem Neuzugang die Hand, während ihn Dr. Wilms schüchtern kurz in ihre Arme schloss.

»Jetzt weiß ich, warum du dir das Haus unbedingt ansehen wolltest.« Simmering sah sich um. »Beeindruckend, Frau Jenns. Das habe ich wirklich nicht erwartet. Das wird ja ein Palast.«

»So schlimm ist es nun auch wieder nicht«, stapelte Mona tief. »Es sind nur ein paar kleine, längst überfällige Modernisierungsarbeiten.«

»Aber die lohnen sich. Um das zu beurteilen, reicht schon das Wenige aus, was gesehen habe. Nein wirklich, das wird beeindruckend. «

»Freut mich sehr, dass es Ihnen gefällt«, strahlte Mona. »Soll ich Sie kurz herumführen?«

»Wenn es Ihnen nichts ausmacht? Schließlich bin ich zu spät gekommen.«

»Nicht im Geringsten«, antwortete Mona. »Es ist mir ein Vergnügen.«

Greven wusste, dass es sich wirklich um ein Vergnügen handelte. Wie viele Führungen sie in letzter Zeit absolviert hatte, konnte er dagegen nur ahnen.

»Einen Wermutstropfen muss man natürlich bei einem solchen Unterfangen in Kauf nehmen«, sagte Simmering. »Und damit meine ich nicht den finanziellen Aufwand.«

»Sondern?« Mona blickte ihn fragend an.

»Den Baustaub«, schmunzelte der neue Gast mit verständnisvoller Miene. »Bis man den wieder aus dem Haus hat …! Da kann man noch so viele Folien aufhängen und auslegen. Ich habe da auch so meine Erfahrungen machen müssen.«

Ein Lächeln huschte über Grevens Gesicht.

13

Ein warmer Wind aus Südwesten hatte die schweren Wolken verscheucht, die Sonne konnte sich wieder über der Küste behaupten. Zwar stiegen die Temperaturen nur langsam, aber sie stiegen. In Scharen kehrten die Touristen aus ihren Unterkünften an die Deiche zurück, enterten Boote und Schiffe, überschwemmten Strände und Cafés.

Aber nicht nur sie kehrten zurück, sondern auch ein Mann, auf den niemand achtete, weil er keine besondere Kleidung trug und aussah wie ein Seemann, der sich eine Auszeit genommen hatte, um sich in Neuharlingersiel den Rettungsschuppen der Deutschen Gesellschaft zur Rettung Schiffbrüchiger anzusehen. In dem eher unscheinbaren Backsteingebäude war ein kleines Museum untergebracht, das vor allem Väter und Kinder anzulocken schien.

Der Mann betrachtete die alten Fotos von Vormännern, die ihr Leben eingesetzt hatten, um Seeleute und Fischer von sinkenden Schiffen zu holen oder der tobenden Nordsee zu entreißen. Er schlenderte an Schweinwerfern und Steuerrädern aus längst vergangenen Zeiten vorbei, begutachtete einige Schiffsmodelle und umrundete die Ulrich Steffens, ein hölzernes Rettungsboot aus dem Jahr 1945. Freundlich und hilfsbereit erklärte er den Einsatz der ausgestellten Hosenboje einem Jungen, der große Augen machte, als der Mann den Flug der Rakete beschrieb, die eine erste, feste Schnur zum gestrandeten Schiff trug. Erst danach konnten Seile gezogen und Laufrollen verankert werden. Der etwa Zehnjährige war beeindruckt und bedankte sich artig. Ihm fiel zwar auf, dass mit dem Bart des Mannes etwas nicht stimmte, denn der schien unterhalb der Nase auf einem Pflaster zu wachsen, doch das interessierte ihn nicht. Vielleicht hatte er sich beim Rasieren geschnitten, das war seinem Vater auch schon mal passiert. Viel wichtiger war ihm, jemanden getroffen zu haben, der ihm die Hosenboje genau erklären konnte. Bestimmt war es ein Seemann. Ja, dachte der Junge, es muss ein Seemann sein.

Das eigentliche Interesse des Mannes mit dem grauen Bart und der schwarzen Schiffermütze vom Typ Elbsegler, die eben noch in einem Souvenir-Laden gehangen hatte, galt keineswegs der Hosenboje. Sein Augenmerk richtete sich auf den kleinen Aussichtsturm, der in das Gebäude integriert war wie die Insel in einen Flugzeugträger. Dass die Kommandobrücke eines Flugzeugträgers Insel genannt wurde, hatte er vor ein paar Tagen aus einer Nachrichtensendung erfahren. Große Panoramafenster erlaubten vom Turm aus eine ausgesprochen gute Sicht auf den Hafen. Auch von außen inspizierte der Mann das Gebäude, vor allem jedoch die separate Tür, die in den kleinen Turm führte. Als sich eine vierköpfige Familie näherte, spazierte der Mann auf den Kutter zu, der hinter dem Gebäude auf einer Slipanlage lag. Zwei Männer waren gerade damit beschäftigt, den Rumpf zu pönen. Den markanten blauen Streifen unterhalb der Reling hatten sie bereits vollendet und setzten ihre Arbeit mit einem kräftigen Braun fort.

Da die beiden Maler bereits einige Zuschauer hatten, konnte der Mann den Kutter in aller Ruhe in Augenschein nehmen. Auch der schien ihm geeignet zu sein, sollte er sich keinen Zugang zu dem Aussichtsturm verschaffen können. Besonders gut gefiel ihm der große Parkplatz vor dem Gebäude, der unzählige Fahrzeuge beherbergte. Unentwegt trafen neue Autos ein, während andere den

Platz verließen. In einem solchen Durcheinander wäre es keine große Herausforderung, schnell und unauffällig zu entkommen. Er brauchte nur die Straße unterhalb des Deiches zu nehmen und im Strom der Fahrzeuge mitzuschwimmen.

Der Mann betrachtete noch kurz die beiden Handwerker, dann ging er zu Fuß in den Hafen. Er war zwar mit dem bisherigen Ergebnis zufrieden, wollte sich aber noch nach Alternativen umsehen. Denn letztendlich waren ihm die Entfernung und die Scheibe des Turms doch zu groß. Wollte er sein Ziel an einer vergleichbaren Stelle treffen wie in Hooksiel und Carolinensiel, musste er näher ans Schöpfwerk heran. Andererseits war er sich sicher, dass man seine Botschaft jetzt auch verstehen würde, wenn er sein Ziel an anderer Stelle treffen würde. Solange es nur im Hafen war. Ein Siel oder der alte Standort eines Siels wären natürlich symbolträchtiger.

Ohne Eile schlenderte er durch den Hafen, besah sich die wenigen Boote und Kutter, verfolgte das Anlegemanöver der Spiekeroogfähre und registrierte jedes Fenster und jede Tür der Häuser, die dem Hafenbecken als Kulisse dienten. Er schüttelte den Kopf über eine Gruppe Senioren, die sich in wechselnden Besetzungen mit den beiden Bronzefischern fotografierten. Der alte und der junge Fischer waren eine Art Wahrzeichen des Hafens. Sogar den berühmten Sielhof sah er sich an, auch wenn dieser gar nicht am Hafen lag, denn an diesem Tag hatte er Zeit, richtig viel Zeit. Sie reichte sogar für eine Kanne Tee, die ihm die Entscheidung erleichterte.

Der Mann war von der Idee, vom Aussichtsturm aus zu schießen, wieder abgerückt. Stattdessen hatte er sich für ein kleines Fenster entschieden, das ihm auf seinem

Rundgang aufgefallen war. Es hatte die richtige Höhe und befand sich in einem Haus, das einen mehr als attraktiven Hintereingang besaß. Auch von dort war der Weg zum Parkplatz nicht weit. Im Schutz des Mützenschirms taxierten seine Augen die Entfernungen. Hinter dem Fenster vermutete er einen Dachboden. Für ein touristisches Quartier war es zu klein und zu alt. Aber das wollte er nicht dem Zufall überlassen. Er winkte die Kellnerin zu sich her, die mit sächsischem Akzent abkassierte. Der Mann bedankte sich mit verstellter Stimme und moderatem Platt. Betont langsam verließ er den Tisch, der umgehend von einem älteren Paar okkupiert wurde.

In der darauffolgenden Nacht, kurz nach zwei, tauchte der Mann erneut im Hafen auf. Wieder war er langsam unterwegs und mied auch nicht das Licht der Straßenbeleuchtung. Jeder, der auf ihn aufmerksam geworden wäre, hätte mit größter Wahrscheinlichkeit auf einen Seemann oder Fischer getippt, der auf dem Heimweg war. Aber fast alle Fassaden lagen im Dunkeln. Nur hinter zwei Fenstern brannte Licht. Dennoch achtete der Mann auf jeden seiner inszenierten Schritte. Fast hatte er den Souvenir-Laden erreicht, über dem sich das kleine Fenster befand, als ihm ein Betrunkener entgegentaumelte. Offenbar ein Tourist, denn das gelb gemusterte Hawaiihemd, die kurzen Hosen und die fast leuchtend weißen Socken sprachen nicht für einen Küstenbewohner. Das wichtigste Indiz aber war der Gesang des Betrunkenen, der ihn als Kölner outete. Die Melodie erinnerte entfernt an *La Paloma*, dann tendierte sie jedoch mehr und mehr zu *Wo die Nordseewellen* …

Als sich ihm der Kölner Hawaiianer näherte und ihn

entdeckte, stimmte auch der Mann ein Lied an, »Heel away, hool away«, und begann ein wenig zu schwanken. Der Betrunkene unterbrach seinen Gesang, kam auf ihn zu und lallte ihm eine paar unverständliche Worte entgegen. Der Mann lallte zurück und setzte seinen Weg fort, während sein Gesprächspartner eine neue Melodie suchte. Schon nach wenigen Minuten war er nicht mehr zu hören.

Der Mann mit dem Elbsegler auf dem Kopf entzog sich taumelnd dem diffusen Licht einer Laterne und war umgehend wieder stocknüchtern. Er huschte um die Ecke eines Hauses und stand wenig später vor dem verschlossenen Hintereingang des Ladens. Das einfache Zylinderschloss war keine Herausforderung für jemanden, der einen passenden Satz Dietriche besaß. Zwar fehlte ihm die Routine, dennoch brauchte er keine Minute, um die Tür zu öffnen, hinter der sich ein kleiner Abstellraum befand. Eine Glastür führte zu einer Treppe, die in der nächtlichen Dunkelheit verschwand. Er spitzte die Ohren, hörte aber keinen Laut. Auf leisen Sportschuhsohlen tastete er sich die Stufen hinauf. Eine Taschenlampe wäre ihm zu auffällig gewesen. Auch im ersten Stock rührte sich nichts. Nach einer kurzen Orientierungspause ging er weiter und erreichte schließlich die letzte Tür. Nach kurzem Zögern drückte er die Klinke herunter. Die Tür war nicht verschlossen, knarrte jedoch. Der Mann zog eine kleine Spraydose Waffenöl aus einer Tasche und sprühte die Scharniere ein, die gleich darauf verstummten.

Wie er vermutet hatte, befand sich hinter dem Fenster ein Dachboden. Zu klein, um ihn auszubauen und darin Touristen schlafen zu lassen. Aber groß genug, um einen gezielten Schuss abzugeben. Ein paar Kartons, ein alter Röhrenfernseher, eine kaputte Stehlampe und einige

Plastiktüten standen herum, versperrten aber nicht den Weg zum Fenster. Im Licht der Straßenlaterne sah er Spinnweben, die anzeigten, dass es lange nicht geöffnet worden war. Er nahm eine der Plastiktüten und wischte sie damit weg, in der Hoffnung, dass keine Spinne auftauchte. Griff und Scharniere besprühte er mit Öl, hatte aber dennoch Mühe, das alte Fenster zu öffnen. Nur widerwillig ließ es die kühle Nachtluft in den kleinen, muffigen Raum. Der Mann verzichtete auf einen Blick in den Hafen, denn das Fenster lag im Lichtkegel einer Laterne. Doch auch so konnte er sehen, dass er einen idealen Hochsitz gefunden hatte.

14

Hammerstein hatte sich wirklich das passende Quartier ausgesucht. Denn in dem 1696 erbauten *Hohen Haus* hatte einst der Rentmeister des Greetsieler Amtes residiert, ein Mann des Geldes, ein Mann der Macht. Greven steuerte mit leichter Verspätung und schnellen Schritten auf die Rezeption zu, zückte seinen Ausweis und fragte nach der Zimmernummer des Anwalts.

»Herr Dr. Hammerstein erwartet Sie im Restaurant«, antwortete eine junge Frau. »Wenn Sie mir bitte folgen würden.«

»Danke, nicht nötig, ich kenne den Weg.«

Natürlich kannte er ihn. Als Kind und als Jugendlicher war er hier ein- und ausgegangen. Als das Hohe Haus noch den Warkmesters gehört hatte. Mit seinem Vater war Greven oft hier gewesen, um an Versammlungen teilzunehmen, deren Anlässe längst vergessen waren. In Erinnerung geblieben waren ihm dagegen die exotischen Gegenstände in der Wirtschaft, allen voran die riesige Säge eines Sägefisches, die über dem Tresen gehangen hatte. Die hatte er als Kind sehen wollen, und war daher gerne mit zu den Versammlungen gegangen. Später hatte der Sohn des Wirts zu seinen Freunden gehört. In dessen Zimmer, irgendwo unterm Dach, hatten sie autodidaktisch das Rauchen und Wermuttrinken erlernt, aber auch die ersten wirklich guten Scheiben gehört. Wer sie mitgebracht hatte, wusste er nicht mehr. Es waren vor allem Hamburger Bands. Tomorrow's Gift und Frumpy. Beide mit starken Sängerinnen. Ellen Meyer und Inga Rumpf. Prayin' to Satan und How the Gipsy was born zählten zu den Hymnen der frühen siebziger Jahre.

»Ja«, wiederholte Greven auf dem Weg zum Restaurant, ohne dass ihn jemand hörte, »ich kenne den Weg. Und wie ich ihn kenne.«

Im Restaurant waren sämtliche Tische besetzt. Dennoch brauchte Greven nicht lange zu suchen, denn nur eines der vielen Gesichter war auf ihn gerichtet und lächelte ihn souverän an. Kaum hatten sich ihre Blicke gefunden, erhob sich der etwa gleich große Mann. Sein volles, fast schwarzes Haar ließ ihn jünger erscheinen, als er tatsächlich war. Sein Anzug war ebenso grau wie konservativ und signalisierte mit Hilfe einer dunkelblauen Krawatte samt goldener Nadel Seriosität und beruflichen Status. Von Urlaub keine Spur. Inmitten der anderen Gäste wirkte der Anwalt wie ein Fremdkörper, wie ein Alien. Er machte einen Ausfallschritt und streckte ihm die Hand mit sanftem, aber nicht zu übersehenden Schwung entgegen. Greven kannte nicht nur den Weg, er kannte auch dieses manuelle Ritual.

»Kommissar Greven?«

»Hauptkommissar«, korrigierte Greven betont gelassen. Der Händedruck fiel erwartungsgemäß kräftig aus. Aber Greven war darauf vorbereitet

»Angenehm. Dr. Siegbert Hammerstein. Setzen Sie sich doch bitte. Darf ich Ihnen etwas bringen lassen? Die Seezunge hier ist ausgezeichnet.«

»Nein, vielen Dank«, entgegnete er und setzte sich schnell, denn es missfiel ihm, dass die kleine Szene immer mehr Blicke auf sich zog.

»Aber doch wenigstens ein Glas Wein?«

»Also gut, einen Espresso.«

Mit einer ausholenden Handbewegung zitierte der Anwalt einen Kellner an den Tisch und gab die Bestellung auf.

»Es stört Sie doch nicht, wenn ich weiteresse?«

»Aber nein, Fisch wird schnell kalt.«

Der Mann schob sich einen Bissen in den Mund, kaute genüsslich, schlürfte etwas Weißwein, lehnte sich zurück und fragte dann gönnerhaft: »Wie kann ich Ihnen helfen?«

»Es geht um den Mord an Verena Engelmann.«

»Ach ja, natürlich«, antwortete Hammerstein, als sei ihm der telefonisch übermittelte Anlass gerade erst wieder eingefallen. »Ein tragisches Ereignis. Eine Katastrophe.«

»Kannten Sie sie gut?«

»Sie war eine Mandantin von mir. Über viele Jahre. Daraus hat sich eine … eine kleine Freundschaft entwickelt, wenn Sie wissen, was ich meine. Keine enge Freundschaft, eher eine lose. Wir haben uns ab und zu zum Essen getroffen, und sie gehörte auch zu den Gästen meines letzten Geburtstagsempfangs. Viel kann ich Ihnen trotzdem nicht über sie sagen.«

Hammerstein löste ein Filet von der Gräte und schluckte es fast ohne zu kauen herunter.

»Aber sagen Sie mal, Herr Hauptkommissar, warum wollen Sie das überhaupt von mir wissen? Wenn Sie jeden befragen, der Verena Engelmann gekannt hat, haben Sie noch viel vor sich. Soweit ich weiß, hatte sie einen sehr großen Freundes- und Bekanntenkreis. Also warum ausgerechnet ich? Jetzt sagen Sie bloß nicht, es hätte etwas mit meinem Faible für Ostfriesland zu tun.«

»Sie treffen den Nagel auf den Kopf«, gab Greven trocken zu. »Da wir noch keine heiße Spur haben, sind wir gezwungen, das private Umfeld des Opfers unter die Lupe zu nehmen. Und so sind auch Sie auf unserer Liste gelandet.«

»Aber doch wohl nicht als Verdächtiger?«, lächelte der

Anwalt und leerte sein Glas, sein Gegenüber nicht aus dem Blick entlassend.

Greven gab keine Antwort, sondern fuhr nach einer kurzen Pause mit einer weiteren Frage fort. »Haben Sie Frau Engelmann hier getroffen?«

»Sie meinen, hier an der Küste?«

Greven nickte.

»Nein«, antwortete der Anwalt sehr bestimmt. »Ich wusste nicht einmal, dass sie überhaupt nach Ostfriesland fahren wollte. Ich war absolut überrascht, als ich die Nachricht von ihrem Tod hörte.«

»War sie denn früher schon einmal in Ostfriesland?«

»Nicht, dass ich wüsste. Sie hat mal von einem Urlaub in Florida erzählt. Mehr kann ich Ihnen nicht sagen. So gut waren wir nun auch wieder nicht befreundet. Das sagte ich doch schon.«

Hammerstein sezierte eine zweite Seezunge und goss sich flüssige Butter auf die Kartoffeln. Als der Kellner den Espresso brachte, orderte der Anwalt ein zweites Glas Wein.

Greven gab Zucker in die Crema und betrachtete sein Gegenüber. In letzter Konsequenz bewunderte er den Mann sogar, der offenbar jedem Sturm trotzte. Die Steuerbehörden waren ihm auf den Fersen, seine Immunität im Landtag bröckelte zusehends, Mitglieder seiner eigenen Partei distanzierten sich von ihm, während er bei der Opposition schon lange auf der Abschussliste stand. Aber Hammerstein saß im Hohen Haus, pulte genüsslich an der Gräte einer Seezunge herum und schlürfte einen Riesling, als sei seine Welt in Ordnung. Auch Grevens Besuch hatte ihn in keine Weise aus der Ruhe gebracht. Zumindest nicht äußerlich. Entweder war er ein Meister der Täuschung oder verfügte über ungewöhnliche Nehmerqualitäten. Greven hingegen zwang bereits Monas Baustelle in die Knie.

»Das war doch wohl nicht alles?«, unterbrach der Anwalt seine Gedanken.

»Nein«, antwortete Greven und setzte die Tasse ab, die auf seiner Oberlippe einen schmalen Moustache aus Crema hinterließ. »In welchen Rechtsfragen haben Sie Frau Engelmann eigentlich beraten oder vertreten?«

Hammerstein lächelte. »Sie wissen genau, dass ich Ihnen diese Frage nicht beantworten kann.«

»Auch nicht nach ihrer Ermordung?«

»Ich halte mich an die mir von Rechts wegen auferlegte Verschwiegenheitspflicht«, erwiderte Hammerstein in routiniertem Juristendeutsch. »Außerdem kann ich da keinerlei Zusammenhang sehen.«

»Es gibt da diese CD aus der Schweiz«, sagte Greven fast im Flüsterton.

»Seit wann arbeiten denn ostfriesische Kommissare für die nordrheinwestfälischen Steuerbehörden?«

»Hauptkommissare«, korrigierte Greven.

»Mit diesen nur absurd zu nennenden Vorwürfen hat Frau Engelmann nun wirklich nichts zu tun. Nicht einmal ich habe etwas damit zu tun«, entgegnete Hammerstein. »Mehr kann ich dazu nicht sagen. Von einem laufenden Verfahren werden sie ja schon etwas gehört haben. Erkundigen Sie sich doch bei Ihren Kollegen in Düsseldorf.«

»Gut. Versuchen wir es einmal so: Hatte Frau Engelmann Feinde?«

»Nicht, dass ich wüsste«, antwortete Hammerstein und nahm das Weinglas in Empfang, um es sofort zum Mund zu führen. »Verena hatte eine Boutique, wie Sie ja wissen.

Angesagte und teure Teile für Frauen mit Geld. Mit viel Geld. Das ist alles. In dieser Branche hat man Konkurrenten, aber wohl kaum Todfeinde.«

»Daher hat sie auch keinen Anwalt benötigt.«

Hammersteins Mundwinkel verzogen sich für Sekunden. Seine Gesichtsfarbe änderte sich. Greven war erleichtert.

»Ein Lieferant, der erst falsche Waren liefert und sie nicht zurücknehmen will, ist zwar keine große Sache, bedarf aber dennoch juristischer Hilfeleistung. So viel dazu. Noch was?«

»Wo waren Sie am Dienstag, dem 24. Juni, zwischen neun und zehn Uhr?«

»Also doch«, raunte Hammerstein. »Das musste ja kommen.«

»Dann sind Sie ja darauf vorbereitet.«

»Bin ich. In der Tat. Ich war im Landtag in Düsseldorf. Zeugen sind in ausreichender Zahl vorhanden. Eine entsprechende Liste stelle ich Ihnen gerne zur Verfügung. Genügt Ihnen das?«

»Natürlich. Hier ist meine Karte. Die Liste mailen Sie mir bitte.«

»Herr Greven«, sagte Hammerstein betont leise und mit leicht gerötetem Kopf. »Wissen Sie eigentlich, warum ich hier meinen Urlaub verbringe? Mit meiner Familie? Weil mich hier niemand kennt, weil ich hier einer von vielen bin und nicht permanent von windigen Journalisten belagert werde. Ich komme hier her, um meine Ruhe zu haben und auszuspannen. Verstehen Sie das? Darum bitte ich Sie jetzt, mir genau diese Ruhe zu lassen. Mit dem Tod von Frau Engelmann habe ich nicht das Geringste zu tun. Nicht das Geringste.«

Greven folgte der Sielstraße bis zur Galerie von Adolf Korth. Obwohl das Haus restauriert aussah, war es erst wenige Jahre alt. Der Galerist hatte es im Stil des Dorfes neu errichten lassen und bot nicht nur Zeichnungen, Drucke und Grafiken an, sondern auch Wein. Und genau auf den hatte es Greven abgesehen. Wie unter Strom stieß er die Tür auf, flog an zwei Kunden vorbei, baute sich vor Adolf auf und sah ihm in die Augen.

»Ärger?«, fragte der Galerist.

Greven hob seine linke Braue.

Adolf drehte sich um, zog ein Rotweinglas aus dem Regal, wählte eine Flasche aus, entkorkte sie und füllte etwa zwei Zentimeter in das Glas. »Langsam.«

»Keine Sorge«, antwortete Greven und zog das Glas unter seine Nase. »Italien.«

Adolf nickte.

»Ein venezianischer Wein.«

Wieder nickte Adolf.

»Mehr weiß ich nicht«, sagte Greven und sog den Wein langsam in sich hinein.

»Besser?«

»Viel besser«, schnaufte Greven und reichte Adolf das Glas.

»Die zwei Frauen?«

»Die zwei Frauen.«

Der Galerist, ein Mann Ende fünfzig mit schmalem Gesicht und auffälligem Schnurrbart, goss Wein ins Glas. »Was haben die mit Greetsiel zu tun?«

»Wer?«

»Die zwei Frauen.«

»Ich hoffe, nichts«, antwortete Greven und leerte das Glas.

»Spricht dein Knie nicht mehr mit dir?«

Greven stellte das Glas auf den Tresen und spürte tatsächlich sein Knie. Es war kein starker Schmerz, mehr ein unterschwelliger, mehr einer, der sich im Hintergrund hielt, aber dennoch aktiv war. Wie ein vermeintlich erloschener Vulkan.

»Das sieht nicht gut aus«, brummte Adolf. »Und das mitten in der Saison.«

»Mal den Teufel nicht an die Wand.«

»Das brauche ich gar nicht, das macht dein Knie schon selbst«, sagte Adolf trocken. »Das hat schließlich einen Ruf zu verteidigen.«

»Esoterischer Blödsinn. Es meldet sich einfach ab und zu«, winkte Greven ab. »Das weißt du genau. Ein Schuss und tausend OPs. Das ist der Grund.«

»Warten wir es ab«, meinte Adolf leise.

»Im Moment haben wir auch keine andere Wahl. Das ist ja der Mist.«

Von hinten näherten sich die beiden Kunden.

»Was bin ich dir schuldig?«

»Nichts«, antwortete Adolf. »Das geht aufs Haus. In der Hoffnung, dass sich dein Knie irrt.«

»Hm«, brummte Greven und verließ die kleine Galerie am Deich.

»Was war denn das für einer?«, fragte einer der Kunden, eine Frau um die vierzig in aktueller Sommergarderobe. Ihr Mann oder Freund hinter ihr schüttelte den Kopf und warf Greven einen Blick hinterher.

»Ein schwieriger Fall«, antwortete der Galerist mit ernster Miene.

»Das ist mir nicht entgangen!«, stellte die Frau fast empört fest. »Der belästigt Sie doch nicht etwa öfter?«

»Nein, er schafft es nur selten, sich in Aurich aus dem Staub zu machen und nach Greetsiel zu flüchten.«

»Ach, so einer ist das?«, meinte der Mann, ebenfalls um die vierzig, führte seine rechte Hand mit einer schnellen Bewegung zur Innentasche seiner Jacke und atmete erleichtert auf.

Der Galerist nickte bedächtig.

Greven war längst auf dem Deich. Er ließ den alten Rettungsschuppen hinter sich und passierte wenig später das kleine Doppelhaus, in dem er vor ein paar Jahren Ohrenzeuge eines Mordes gewesen war. Der Deich war gut besucht, doch nach der Biegung nach Westen sah er weniger Fußgänger und Radfahrer.

Natürlich war ihm bewusst, einen Verfolger abschütteln zu wollen. Hammerstein allein hätte ihn nicht in diese Stimmung versetzen können, aber der Anwalt gesellte sich in Grevens Kopf zu den vielen anderen Hammersteins, die seit Schülertagen seinen Weg gekreuzt hatten. Es war die spezifische Arroganz, die augenzwinkernd zelebrierte Selbstgefälligkeit, die weltliche Bigotterie, die einstudierte Opferrolle, die er nach all den Begegnungen immer schwerer verdauen konnte. Hammerstein wäre eine ideale Besetzung für Konsul Karsten Bernick in Ibsens Die Stützen der Gesellschaft gewesen. Nur dass er am Ende in keiner Weise einsichtig gewesen wäre. Hammerstein hätte sich nie dem Urteil der Gesellschaft anvertraut. Das hatte Greven an Ibsens Stück schon immer missfallen. Schon in der Schule. Denn die Hammersteins, also die wirklichen Bernicks, waren aus ganz anderem Holz geschnitzt als der norwegische Reeder. Die gaben sich nicht so schnell preis. Die hatten immer noch irgendwo ein geheimes Konto, eine Immobilie oder eine Geliebte. Selbst wenn man sie in flagranti erwischte, hatte man sie immer noch nicht. Deshalb war er auf dem Deich.

Unterhalb der Biegung hatte in seiner Kindheit das Sielke gestanden, ein kleines Siel zur Entwässerung des Deichvorlandes. Riskante Sprünge kamen ihm in den Sinn, denn im Sommer war das Sielke ein ebenso beliebter wie gefährlicher Platz zum Baden gewesen. Wobei Gefahren aller Art damals ganz anders definiert worden waren als heute. Damals hatten wenige Zurufe auf dem Schulhof ausgereicht, um sich nachmittags am Sielke zu treffen. Heute würde eine entsprechende Verabredung schon allein an den permanenten Terminänderungen per SMS scheitern. Und selbst wenn Mutige einige Sprünge von den Sieltoren wagen würden, so stünde ihnen schnell Ärger ins Haus, da jede Einzelheit auf unzähligen Fotos im Netz zu bewundern wäre. Früher behielt man bestimmte Dinge einfach für sich, vor allem, wenn Eltern oder Lehrer in der Nähe waren. Das Verbot, im Sielke zu baden, war also folgenlos geblieben.

Das Sielke war heute ebenso verschwunden wie das Geheimnis. Gebadet wurde in der globalen Öffentlichkeit, nicht in einem schlickigen Siel.

Jetzt brauchte er nur noch die Parade der Ferienhäuser hinter sich zu bringen, die nach seinem Wegzug unmittelbar hinter dem Deich aus dem Kleiboden gestampft worden waren, und er hatte seinen Verfolger wenigstens für eine halbe Stunde abgeschüttelt. Wie oft hatte er diesen Kurs gewählt, war er diese Strecke gelaufen, allein oder mit Freunden …! Greven wollte sich gerade in diese Bilder vertiefen, um sich von den Hammersteins noch weiter zu entfernen, als sein Handy Alarm schlug.

Es war ein elektrisierter Peter Häring. »Jetzt halt dich

fest! Die Kollegen in Delfzijl haben sich die Nynke vorgenommen. Das Boot von diesem Holländer, der sich erst nicht gemeldet hat.«

»Ich weiß, ich weiß«, maulte Greven.

»Sie haben das Haar einer Frau gefunden.«

»Na und?«

15

Im Besprechungsraum fand Greven nur Peter Häring vor, der vor seinem Laptop saß. Ein gewohntes Bild. Nackt konnte er sich seinen Kollegen durchaus vorstellen, nicht aber ohne Computer oder Smartphone. Ihm diese Geräte zu entreißen, käme einer Amputation gleich.

»Was macht deine Laune?«, begrüßte ihn Häring, ohne aufzustehen oder ihn anzusehen.

»Was soll mit meiner Laune sein?«, entgegnete Greven barsch.

»Du warst auf dem Deich«, antwortete Häring. »Du hast diesen Hammerstein im Hohen Haus besucht, hast dir von ihm dein altes Feindbild bestätigen lassen und bist auf den Deich gegangen. Halt! Unterwegs hast du bei Herrn Korth noch einen Wein getrunken.«

»Seit wann arbeitest du für die NSA?«

»Das brauche ich gar nicht«, sagte Häring trocken und hob endlich seinen Kopf. »Ich bin lange genug dein Partner. Sofern man das bei dir so nennen kann.«

»Okay. Ich war auf dem Deich. Ich hab mich ein paar Minuten ausgeklinkt, habe ein bisschen nachgedacht. Dafür ist der Deich der beste Ort, den ich kenne. Du hast dafür das Internet. Was geht dich das überhaupt an?«

»Wenn deine miese Laune nicht wäre, gar nichts. Aber du warst bei diesem aalglatten Anwalt und hast anschließend auf dem Deich in der Vergangenheit gekramt oder dich deinem Weltschmerz hingegeben. Oder beides. So oder so, das Ergebnis ist dasselbe: Deine Laune ist im Keller.«

»Du arbeitest doch für die Amerikaner«, brummte Greven.

»Und wenn man das Pech hat, dich in so einem Moment anzurufen …«

»Tut mir leid. War nicht so gemeint.«

»Ich weiß das«, sagte Häring. »Weil ich dich kenne. Aber die anderen wissen es nicht. Letzte Woche hast du den Karl vom Rauschgift derart geputzt …«

»Komm du erst mal in mein Alter …«

»Sehr originell! Auf diesen Spruch habe ich gewartet!«, spottete Häring. »Und ich dachte, du hast noch ein paar Jahre, bevor du reif bist für Lebensweisheiten dieser Art. Die stammen übrigens von Leuten, gegen die du früher mal auf die Barrikaden gestiegen bist. So viel zu deinem Faible für alte Geschichten.«

Häring hatte ihn erwischt. Ein Blattschuss. Eine Antwort auf seine harschen Worte vor einer guten Stunde. Greven suchte nach Deckung.

»Jeder braucht seine Bilder. Du hast dafür deine Cloud, ich meinen Kopf. Du gibst ein Passwort ein, ich gehe auf den Deich. Deine kann man hacken, meine nicht.«

»Lenk nicht ab«, parierte Häring. »Es geht doch gar nicht ums Eingemachte, es geht um deine miese Laune. Und seit Mona deine Höhle auf den Kopf stellt, ist sie noch mieser geworden. Ich sag dir das in aller Freundschaft und weil wir hier unter uns sind. Da musst du was machen. Das geht so nicht weiter. Damit demotivierst du dein gesamtes Team. Du bist ein alter Weltverbesserer, okay. Aber warum bist du dann ausgerechnet zur Polizei gegangen? Wir schnappen doch nur ein paar kleine Dealer, hier und da einen unprofessionellen Einbrecher, und sind ganz gut im Aufklären von Morden. Aber diese Hammersteins, an die kommen wir nicht ran. Und wenn, dann äußerst selten und mit viel Glück. Etwa mit einer CD aus der Schweiz.

Die anderen aber, und davon gibt es unzählige, die machen munter weiter. Die sitzen sogar bei uns. In den eigenen Reihen. Das weißt du doch. Also komm runter!«

Greven starrte eine Weile auf den beigefarbenen Linoleumboden und suchte nach einer Erwiderung, ohne wirklich fündig zu werden. Häring hatte das ausgesprochen, was ihm in irgendeiner Gehirnwindung längst bewusst gewesen war. Der Blick auf das Linoleum konnte daran auch nichts ändern. Auch nicht an dem Ärger, den er selbst über diese, über seine Widersprüche empfand.

»Ja, ja, du hast ja recht. Ich muss da was tun. Nur in einem irrst du dich. Ein bisschen zumindest. Denn es hat wirklich etwas mit dem Älterwerden zu tun, an das ich mich noch nicht gewöhnt habe und vielleicht auch nie gewöhnen werde. Es geht eben doch ums Eingemachte. Wir bestehen ja aus nichts anderem. Und jeden Tag kommt ein neues Glas dazu, wenn du so willst. Schließlich hat man den ganzen Keller voll, und weiß nicht, wofür. Aber lassen wir das. Okay, ich werde mich bemühen. Versprochen.«

»Sorry, das musste mal sein«, beendete Häring die von ihm anberaumte Standpauke.

»Schon gut«, brummte Greven. »Lass uns da weitermachen, wo ich dich am Deich weggedrückt habe. Wie war das mit dem Frauenhaar?«

»Die Spurenleser der Holländer haben sich das Boot von diesem Langevoort gründlich vorgenommen.«

»Äußerst lobenswert«, stimmte Greven zu.

»Dabei haben sie eben besagtes Frauenhaar gefunden.«

»Womit bewiesen wäre, dass es in Holland Frauen gibt«, kommentierte Greven, nicht ohne sich im selben Moment über seine spontane Äußerung zu ärgern.

»Womit bewiesen wäre, dass du nicht zuhörst. Denn

Cees Langevoort, unser Skipper aus Termunterzijl, ist schwul und schwört Stein und Bein, dass seit Jahr und Tag keine Frau sein Boot betreten hat. Außerdem hat er einen Sauberkeitsfimmel. Das haben die holländischen Kollegen bestätigt. Wenn eine Kajüte sauber ist, dann ist es die von Langevoort. Da kannst du vom Boden essen und hast trotzdem kein Haar in der Suppe, schon gar kein Frauenhaar.«

»Ein Frauenhaar«, wiederholte Greven irritiert.

»Es hat sich auf der Tischdecke geräkelt.«

»Was hat sich geräkelt?«, fragte Kirsten Resemius, die unvermittelt in der Tür stand. Weder Häring noch Greven hatten sie kommen hören.

»Ein Frauenhaar«, antwortete Greven.

»Ein braunes Frauenhaar«, spezifizierte Häring. »Es wurde an Bord der Nynke gefunden. Aber der Skipper ist schwul und verweigert Frauen jeglichen Zutritt.«

»Unser Mann könnte also auch eine Frau sein«, erklärte Greven, als sei die Konsequenz des Fundes nur ihm bewusst. »Dass wir daran nicht schon eher gedacht haben! Die Zeugenaussage, es habe sich in Hooksiel um einen Bauarbeiter gehandelt, hat ausgereicht, uns gar nicht erst mit dieser Möglichkeit zu befassen. Das ist genau das, was ich mit der Offenheit der Ermittlungen gemeint habe.«

»Das trifft natürlich durchaus zu«, sagte Resemius, zog die Tür hinter sich zu und baute sich vor Greven auf. »In einem entscheidenden Punkt muss ich dich aber korrigieren, denn unser Zeuge hat durchaus betont, wie sehr das ganze Erscheinungsbild unseres mutmaßlichen Mörders dem eines älteren Bauarbeiters entsprochen hat, vor allem sein Gang. Unser Mann war verkleidet, aber ohne Zweifel ein Mann. Zur Verkleidung werden übrigens, wie allgemein bekannt, sehr gerne Perücken benutzt. Und die Haare für Perücken stammen selten von Männern. Aber das werden unsere holländischen Kollegen schon noch herausfinden. Was gibt es Neues? Wie war es bei diesem Anwalt?«

Resemius sah Greven mit einem kühlen Lächeln an, auf das er spontan keine Antwort wusste. Zu schnell, zu routiniert hatte sie den Fund der Holländer in einer unbedeutenden Schublade entsorgt. Während er noch nach passenden Worten suchte, bot ihm sein Kopf ohne sein Zutun einen Sekundenclip an, eine Sequenz weniger Bilder, die ihn in seinen Sessel zwangen. Wie ein Sack ließ er sich fallen und starrte seine Kollegin fragend an. Denn sie hatte er gerade gesehen. Wie sie mit einem Gewehr in einem Bauwagen hantierte.

»Geht's dir nicht gut?«, reagierte Resemius besorgt auf Grevens ungewöhnliches Verhalten, auf seinen unerklärlichen Blick. »Du siehst irgendwie komisch aus.«

»Gerd? Alles klar?«, bemühte sich auch Häring um ihn.

»Alles bestens«, antwortete Greven, der sich schon wieder gefangen hatte. »Aber komisch ist das richtige Stichwort. Es war einfach nur ein komischer Tag, und ich habe noch nichts gegessen. Mein Blutzuckerspiegel ist längst im Keller angekommen. Ich glaube, ich lasse euch kurz mal allein und verschwinde in die Kantine. Hammerstein hat Zeit, war sowieso nicht ergiebig.«

»Und dir geht es wirklich gut?«, hakte seine Kollegin nach.

»Ja, mir geht es gut«, bekräftigte Greven, drehte sich um und griff zur Klinke. »Bis gleich.«

Auf dem Gang atmete er erst einmal tief durch. Der komische Tag war alles andere als eine Ausrede gewesen, wenn er an Hammerstein, Härings Abmahnung und das Frauenhaar dachte. Der eigentliche Abgrund aber war das Bild, das ihm gerade durch den Kopf gegangen war. Es war so absurd, dass er sich nicht erklären konnte, wie sein Gehirn es überhaupt hatte erzeugen können. Zugleich aber enthielt es keine erkennbaren Widersprüche. Das Bild als solches war in sich stimmig, auch wenn es keinerlei Motiv erkennen ließ.

In der Kantine ging Greven auf Nummer sicher und ließ sich eine Tagessuppe über den Tresen reichen, laut Aushang eine Hühnerbrühe mit Einlage.

Kaum hatte er sich an einen der vielen leeren Tische gesetzt, nahm Herbert Pütthus vom Raub Kurs auf ihn. Er hatte offenbar auch verspätet gegessen und gerade sein Geschirr zurückgegeben.

»Moin, Gerd. Wie siehst du denn aus? Hast du gestern schlechten Wein erwischt oder warst du bis zwölf bei Meta?«

Greven löffelte erst etwas Suppe, bevor er seinem Kollegen antwortete, den er als einzigen wirklichen Freund in der Auricher Polizeiinspektion ansah. »Moin, Herbert. War ein bisschen viel in letzter Zeit. Das ist alles.«

»Mona?«

»Das auch. Du kennst sie ja.«

»Kopf hoch. Sie ist bestimmt schneller fertig als die Berliner mit ihrem Flughafen«, kommentierte Pütthus, der Mühe hatte, einen ironiefreien Satz zu sagen.

»Danke für den Trost. Geht mir jetzt schon viel besser«, entgegnete Greven und löffelte weiter seine Suppe, die dem Koch gut geraten war. Selbst an den Eierstich hatte er gedacht.

»Freut mich, dass ich helfen konnte.«

»Du kannst mir vielleicht wirklich helfen«, sagte Greven zu seiner eigenen Überraschung, legte den Löffel zur Seite und beugte sich vor. Für einen Moment hielt ihn noch ein unbestimmtes Gefühl zurück

»Deinem Gesichtsaudruck nach zu urteilen, handelt es sich um etwas Konspiratives«, vermutete Pütthus mit skeptischem Blick und beugte sich ebenfalls über den Tisch. »Wieder einmal.«

»So ist es«, gestand Greven mit gedämpfter Lautstärke. »Aber diesmal kann ich dir den Grund nicht nennen.«

»Hat dir etwa dein Knie einen Tipp gegeben?«

»So etwas in der Richtung. Mehr habe ich auch nicht.«

»Da bin ich aber gespannt«, raunte Pütthus und sah sich kurz um. Aber die Kantine war faktisch leer.

»Es geht um Kirsten Resemius«, rang sich Greven nach einer letzten Besinnungspause durch.

»Das is' ja 'n Ding!«

»Oder auch nicht. Ich will da nur etwas ausschließen. Und halt bloß deinen Mund! Ich komm sonst in Teufels Küche!«

»He, Gerd, ich bin's! Herbert!«

»Bon. Was weißt du über sie?«

»Eine schöne Frau«, lächelte Pütthus ernst.

»Das ist mir bereits bekannt.«

»Eine harte Frau, eine ... kalte Frau«, fuhr Pütthus fort. »Habe ich in Wilhelmshaven auf dem Flur gehört. Viel mehr weiß ich eigentlich nicht. Von ihren Schießkünsten brauche ich dir ja bestimmt nichts zu erzählen. Was die treffen will, trifft sie auch. Am Schießstand steckt die jeden in den Sack. Sogar unsern Karlheinz.«

»Auch das ist mir bekannt. Aber das reicht nicht.«

»Habe ich mir schon gedacht«, sinnierte der für einen Polizisten ziemlich kleine Mann.

»Ihr soziales Umfeld, ihre Familie, ihre Freunde, ihre Freizeit«, erklärte Greven leise. »Du kennst doch das Programm. Siehst du da eine Chance? Und unauffällig natürlich. Absolut unauffällig.«

»Du hast immer Wünsche!«

»Ja oder nein?«

»Du weißt schon, was du mir da ans Bein bindest?«

»Ja oder nein?«

Pütthus machte ein belangloses, abwesendes Gesicht. »Ich könnte ... Winni fragen. Der hat eine Ein-Mann-Detektei in Wilhelmshaven und ist mir noch einen Gefallen schuldig. Der kennt die dortigen Kollegen bestens.«

»Du meinst Klingel-Winni? Ist das nicht sehr riskant? Was willst du dem denn erzählen?«

Pütthus grübelte ausgiebig. »Herz, Schmerz. Das geht immer. Was meinst du? Ein Auricher Kollege, der verständlicherweise nicht selbst in Erscheinung treten will, hat sich ausgerechnet in die Resemius verknallt. Ein schüchterner, ein penibler, leicht neurotischer Typ, der keinen Fehler machen will.«

Greven begann zu lächeln.

»Der möchte ein bisschen mehr wissen, bevor er ihr seine erhabenen Gefühle gesteht«, fuhr Pütthus fort. »Völlig harmlos, die ganze Sache. Liebe treibt bekanntlich komische Blüten. Das schluckt Winni, wenn ich ihm das richtig verkaufe.«

»Klingel-Winni als Amors Assistent«, schmunzelte Greven. »Klingt gut. Geht das klar?«

»So gut wie erledigt. Das gibt aber viele Striche auf ’m Deckel. Und deiner ist schon ziemlich voll, das weißt du?«

»Alles auf eine Rechnung. Du hast bei mir einiges gut, ich hab’s nicht vergessen«, bedankte sich Greven.

»Sag Bescheid, wenn du was hast. Ich muss jetzt wieder zurück.«

»Hätte ich dich bloß nicht getroffen«, meinte Pütthus.

»Hast du aber«, entgegnete Greven, stand auf, nahm die halbvolle Suppentasse und ging zur Geschirrabgabe.

Sein Kollege vom Raub bewegte sich in gewohnter Langsamkeit auf die Tür zu und führte dabei ein lautes Selbstgespräch: »Einmal geht man in die Kantine, einmal in hundert Jahren, und denkt an nichts Böses. Und dann trifft man diesen verrückten Greetsieler mit seinem denkenden Knie.«

Als Greven die Tür zum Besprechungsraum öffnete, flogen alle Blicke auf ihn. Die Mannschaft war inzwischen fast komplett und hatte sich vor der großen Schautafel versammelt. Er war sich sicher, dass er mitten in einen Vortrag seiner Kollegin geplatzt war.

»Was macht dein Blutzucker?«, fragte Häring.

»Besser, viel besser.« Greven versuchte, sich nicht von den Bildern bedrängen zu lassen und einen positiven Eindruck zu machen. »Mir haben nur ein paar Kalorien gefehlt.«

»Wie war es bei Hammerstein?«, griff Resemius ihre letzte Frage zum Fall wieder auf.

»Nichts Greifbares. Einer dieser aalglatten Profis im Politgeschäft. Und ich fürchte, in allen anderen Geschäften auch. Verena Engelmann gehörte zu seinem weiteren Freundeskreis und seine Kanzlei hat sie vertreten. Das ist eigentlich auch schon alles. Dass sie ausgerechnet nur ein paar Kilometer von seinem Urlaubsort ermordet wurde, ist allerdings schon ein merkwürdiger Zufall. Aber …«

»Das war bestimmt kein Zufall«, fiel ihm Resemius ins Wort. »Ich habe ein paar Informationen über Hammersteins Kanzlei und seine Klientel bekommen. Der ist wirklich ein Profi in vielen Geschäften. Da wäre zum Beispiel ...«

Greven ließ sie dozieren und ignorierte Härings vorwurfsvollen Blick. Von der Seite betrachtete er ihre strengen Gesichtszüge, ihre Bewegungen, ihre Hand, die immer wieder durch die langen dunklen Haare fuhr, ihren Mund, der mühelos einen Satz nach dem anderen absonderte, ohne ins Stocken zu geraten. Mit dem Zeigefinger tippte sie auf Namen und Fotos, die auf der Tafel unter Hammersteins Namen klebten.

Wen auch immer sie schließlich identifiziert, er hat keine Chance, dachte Greven, selbst wenn er nicht einen Schuss abgegeben hat. Kirsten wird ihn zur Strecke bringen, so oder so. Sie wird ihn irgendwo auf dieser Tafel aufspüren, seinen Namen, sein Foto aufspießen, ihn verhaften, spektakulär verhaften, und mühelos Dr. Wilms überzeugen. Und wenn sich im Büro nebenan der wahre Täter freiwillig stellt und ein umfassendes Geständnis ablegt, selbst davon wird sich Kirsten nicht beirren lassen. Denn sie will gar nicht den Täter. Sie will ihren Täter. Im Prinzip weiß sie schon jetzt, wer es ist. Nur seinen Namen kennt sie noch nicht.

16

Greven hing der Magen in der Kniekehle. Die Hühnerbrühe hatte nicht lange vorgehalten, zumal er ohnehin nur die Hälfte gegessen hatte. Aber dank der Vorfreude konnte ihm der mahnende Magen nichts anhaben. Denn Mona hatte ihm am Morgen versprochen, endlich einmal wieder ein richtiges Menü zu kochen. Als deutliches Zeichen, dass sich die Umbauarbeiten langsam dem Ende näherten. Sehr langsam, wenn er an die große Diele, die Gästezimmer, ihr Atelier und Fliesen-Arnold dachte. Immerhin standen im Wohnzimmer die neuen Regale, wenn auch ohne Türen.

Er hatte den Küchenduft schon fast in der Nase, den Duft von angeschmorten Zwiebeln, von Knoblauch und frischen Kräutern, von der Seezunge, die Mona angekündigt hatte. Allein schon dieser Duft entschädigte für den miesen Tag. Und dazu ein auf den Punkt temperiertes Glas Weißwein. Einen Bacchus oder einen Chablis. Unwillkürlich trat er aufs Gas.

Erst als er die Tür seines in die Jahre gekommenen VW Passat abschloss, bemerkte Greven das unbekannte Auto, das neben seinem auf dem großen Platz hinter dem Hof stand. Dort hatte noch vor gar nicht so langer Zeit ein stattlicher Misthaufen vor sich hin gedampft. Mona hatte den Mist nach dem Kauf des Gulfhofs nach und nach auf einen Acker streuen lassen und die freigewordene Fläche zum Parkplatz erklärt.

Ein dunkelroter Jaguar XJ aus den siebziger Jahren mit Kölner Kennzeichen. Ein schönes Auto. Aber auch eines, das seine Vorfreude in eine unbestimmte Vorahnung umschlagen ließ. Mit flauem Gefühl im Bauch ging er ins

Haus und tastete sich durch die immer noch vorhandene Folienbarriere, hinter der ihm Mona mehr oder weniger entgegenstürzte.

»Mensch, wo bleibst du denn so lange?«

»Hallo, Mona. Wir suchen einen Killer. Schon vergessen? Das kann schon mal bis um kurz nach sieben dauern. Sag mir lieber, was der Jaguar zu bedeuten hat. Wir wollten doch ...«

»Am Wochenende. Versprochen! Am Wochenende! Jetzt beeil dich! Und wie du wieder aussiehst! Dass du immer dieses olle Hemd anziehen musst! Die Socken passen doch gar nicht zu den Schuhen!«, meckerte Mona, wischte und rieb an seiner Jacke herum und reichte ihm ein Taschentuch. »Du hast da was an der Nase.«

»Das sagst du immer.«

»Weil da auch immer was ist.«

Greven folgte ihr in das schon fast fertige Wohnzimmer, in dem Gisbert Wilhelm, ein Freund und Malerkollege von Mona, und drei unbekannte Gäste gerade das Regal bewunderten, das zum Teil auch schon gefüllt war.

»Darf ich vorstellen«, sagte Mona mit zumindest für ihn spürbarer Nervosität. »Gerd Greven, mein Lebensgefährte. Und das sind Veruschka und Paul van der Kerk aus Köln und ihr Partner Dr. Franko Lemberg.«

Greven reichte seine Hand in die kleine Runde und vergaß auch Gisbert nicht. Paul van der Kerk. Den Namen hatte er schon oft gehört. Der Mann war eine lebende Legende. Er war einer der wenigen Galeristen, dem es gelungen war, die deutsche Kunstlandschaft maßgeblich zu prägen. Vor allem in den siebziger und achtziger Jahren hatte Paul van der Kerk immer wieder neue Künstler entdeckt und sie in der Szene etabliert. Auch die sogenannten

Neuen Wilden gingen zum Teil auf sein Konto. Greven schätzte den Galeristen und seine Frau auf Anfang siebzig. Beide hatten sich jedoch viel Jugendlichkeit bewahrt. Vor allem Paul wirkte dank seiner langen und ebenso vollen grauen Haare zehn Jahre jünger. Entfernt erinnerte er ihn an David Crosby, wobei van der Kerk deutlich schlanker war. Seine Frau punktete mit einer ausgefallenen blonden Kurzhaarfrisur mit grünen Strähnen und fast untertassengroßen Ohrringen. Ihre Kleidung war bunt, urban und unkonventionell. Zwei, die nicht vom Land kamen, nicht aus der Provinz. Ein Paar, das in der Welt zu Hause war. Gisbert sah aus wie immer, hatte aber ein paar Kilo verloren.

»Ihr entschuldigt uns? Es dauert nicht lange«, beendete Mona das kleine Ritual und dirigierte Greven mit sanftem Druck in die Küche.

»Ich kann nichts dafür«, flüsterte sie. »Sie waren bei Gisbert. Der hat mal in jungen Jahren für van der Kerk gearbeitet. Und als er mich erwähnte, sind sie spontan auf die Idee gekommen, mich zu besuchen.«

»Die übernachten doch nicht etwa hier?«

»Nein. Das ginge ja auch gar nicht. Sie wohnen im Hohen Haus in Greetsiel. Aber sie essen mit uns«, sagte Mona leise, als sie in der Küche eintrafen.

Greven sah sich um. Kein Topf stand auf dem Herd, keine Zutat wartete auf ihren Einsatz, kein Weinglas war bereit, einen Koch in kreative Stimmung zu versetzen.

»Hast du etwas bestellt? Doch nicht etwa bei Marcello?«

»Nein«, gestand Mona mit einem Blick ein, den er mühelos zu deuten wusste.

»Was? Ich soll jetzt aus dem Nichts …?«

»Bitte, bitte. Es ist Paul van der Kerk. Ist dir klar, was

das bedeutet? Wir haben Paul van der Kerk zu Gast! Stell dir das mal vor! Und du darfst ihn auch noch bekochen!«

Mona machte ein Gesicht wie eine Oscargewinnerin. Und sie hatte ja auch gewonnen. Das Galeristenpaar aus Köln war für sie ein Hauptgewinn, ein gesellschaftliches Highlight, ein Volltreffer.

»Was haben wir da?«, lenkte Greven ohne große Begeisterung ein.

»Das ist allerdings ein kleines Problem. Ich habe nur etwas für unser Menü eingekauft. Eigentlich nur vier Seezungen. Aber wir haben ja noch ein paar Muscheln im Eis. Du machst das schon. Ich decke dafür auch den Tisch.«

»Toll. Aber wie soll ich aus vier Seezungen...«, wollte Greven loslegen, doch Mona flatterte bereits davon. So sah es zumindest aus. Sie ging nicht, sie flatterte. Ihr langes, rotes Sommerkleid verstärkte diesen Eindruck. Wie ein Schmetterling flog sie zurück ins Wohnzimmer.

Greven sah auf die Uhr. Es war bereits zu spät, noch bei den nächstgelegen Supermärkten vorstellig zu werden. Ihm blieben nur die üblichen Vorräte und die Zungen. Nachdem er Schränke und Regale sondiert hatte, hätte er am liebsten einen Schrei ausgestoßen, unterdrückte aber den heftigen Impuls, sondern öffnete eine Flasche Bacchus von einem fränkischen Winzer. Ein fruchtiger Wein, dessen Kühle allein schon fast ausreichte, ihn zu besänftigen. Den Rest besorgte die Einsicht, ohnehin keine Wahl zu haben. Also fügte er sich seinem Schicksal.

In Tiefkühlschrank fand er eine Handvoll Jakobsmuscheln und ein paar Riesengarnelen, die er umgehend in handwarmes Salzwasser legte. Nicht gerade die feine Art, aber auch hier blieb ihm keine Wahl. Außerdem war er außer Sichtweite der Gäste. Er teilte also das Glück fast aller Köche.

Der Kühlschrank spendierte drei rote und zwei gelbe Paprika, die er farblich getrennt in zwei Töpfen mit gehackten Zwiebeln andünstete, mit Gemüsebrühe aufgoss, einige Zeit köcheln ließ, pürierte und mit Hilfe eines Spitzsiebs von den Schalen befreite. Die rote Suppe verlängerte er mit Tomatenmark, die gelbe mit Speisestärke und Curcuma. Chili, Knoblauch und andere Gewürze verliehen den Suppen die gewünschte Note. Auf Creme fraiche verzichtete er. Ein kräftiger Schluck Wein verlieh ihm Kraft für die noch vor ihm liegenden Aufgaben.

Während die Paprikas köchelten und die Meeresfrüchte auftauten, stiftelte er Kartoffeln, Karotten, Sellerie und schnitt Lauch in Streifen. Und schnitt sich dabei in den linken Zeigefinger, was ihm seit Jahren nicht passiert war. Der Schnitt erwies sich als tief. Dicke Bluttropfen schlugen auf dem Lauch, der Arbeitsfläche, dem Holzfußboden, seinem Hemd und seiner Jeans auf, bevor Küchenkrepp Schlimmeres verhinderte. Mit mehreren leisen Flüchen auf den Lippen schlich er ins Bad, um zwei breite Pflaster auf seine undichte Stelle zu kleben. Als die sich die in Sekundenschnelle rot färbten, erhöhte er den Druck mit einem dritten Pflaster. Allerdings konnte er den Zeigefinger nun kaum noch bewegen.

In das gestiftelte Gemüse gab er eine gekochte Kartoffel vom Vortag und knetete und formte aus der Masse Kartoffelplätzchen, die er in der Pfanne briet. Auf einer anderen Platte garten schwarze Belugalinsen, die sie immer im Haus hatten. In einer Kasserolle bereitete er eine schnelle, aber dennoch raffinierte Currysauce mit Gewürzen aus dem Mörser zu, vor allem Bockshornkleesamen,

Kreuzkümmel, Fenchel und Curcuma. Apfelmus versorgte die Soße mit einer leichten, sauren Süße. Kurioserweise hatte er dieses Rezept vor Jahren in einem französischen Kochbuch entdeckt.

Sein Zeigefinger kam in Fahrt und schien erst jetzt den kleinen chirurgischen Eingriff so richtig zu bemerken. Auch schien ihm die erzwungene Küchenarbeit zu missfallen, der Schmerzpegel stieg mit jeder Bewegung an. Daran konnte der Bacchus nichts ändern.

»Mist!«, zischte Greven und ließ, nachdem er auf die Uhr gesehen hatte, einen amerikanischen Fluch folgen, den er irgendwo aufgeschnappt hatte: »Double shit!«

In diesem Augenblick lugte Mona in die Küche, ohne sie zu betreten. Aus dem Wohnzimmer war harmlose Klaviermusik zu hören, ohne dass Greven sie zuordnen konnte.

»Alles klar? Was meinst du, wann es losgehen kann?«

»Sobald ich fertig bin«, brummte Greven.

»Was hast du denn gemacht?« Mona hatte seinen bepflasterten Zeigefinger entdeckt.

»Meinen Job«, antwortete er und klatschte eine Seezunge auf ein Küchenbrett, um sie zu filieren.

»Schlimm?«

»Das Filieren? Nein, das kann ich, seit ich neun oder zehn war.«

»Ich meine den Finger«, sagte Mona und machte eine Handbewegung, mit der sie zu verstehen gab, ihn nicht genauer betrachten zu wollen.

»Halb so wild. Ist ja zum Glück die linke Hand.«

»Der Tisch ist gedeckt. Platzteller.«

»Wir fangen mit Paprikasuppe an.«

»Sehr gut«, lächelte Mona und zog die Tür hinter sich zu.

Greven rollte mit den Augen, gönnte dem Schmerz eine

Pause und kontrollierte Teller und Töpfe. Das kleine, improvisierte Menü stand. Bis auf die Nachspeise. Aber das war das geringste Problem. Aus zwei Tüten Vanillepudding, einer Vanillestange, Orangensaft, Ingwer, Chili und geraspelter Zartbitterschokolade mixte er eine exotische Creme, die er in Kaffeetassen füllte. Die Tassen verschloss er mit Frischhaltefolie, damit sich keine dicke Haut bilden konnte.

Ein zweites Mal schlich er sich ins Bad, um die Pflaster zu wechseln, die komplett durchgeweicht waren. Die Schnittwunde blutete noch immer, wenn auch nicht mehr so stark wie vorhin. Der Schmerz hatte sich wieder etwas beruhigt, aber stabilisiert. Dann warf er noch einen schnellen Blick in den Spiegel. Die wenigen Haare klatschnass, die Augen erschöpft, die Haut der Wangen schlaff. Wie immer hatte er die Schürze vergessen, sein Hemd ähnelte Monas Malerkittel, nur dass die roten Kleckse nicht von Farbe stammten, sondern von Paprika und Blut.

Vom Bad huschte er ins Schlafzimmer und streifte ein frisches Hemd über, um gleich darauf vor dem Spiegel seine Haare mit einem Handtuch zu bearbeiten und in eine halbwegs akzeptable Form zu bringen, was nur ansatzweise gelang.

»Aber besser als vorher«, murmelte er und schlich sich zurück in die Küche.

Die Suppe gab er vorsichtig mit zwei Kellen gleichzeitig so in die Teller, dass die rote und die gelbe ein Yin und Yang-Symbol ergaben. Die erforderlichen Punkte ersetzte er durch zwei Basilikumblätter. Fast hätte er noch ein paar Spritzer Balsamico auf die Suppe gegeben, fand ihren Auftritt dann aber ausreichend. Wie so oft war weniger mehr.

»Setzen Sie sich bitte!«, sagte Mona erleichtert, als

Greven mit den ersten beiden Tellern ins Wohnzimmer kam, wo der provisorische Esstisch stand. »Nur eine Kleinigkeit.«

»Das sieht aber nicht nach einer Kleinigkeit aus«, stellte Veruschka van der Kerk überrascht fest.

»Gerd wollte heute sowieso kochen«, spielte Mona die Einladung herunter. »Noch ein Glas Wein?«

Greven brachte die letzten beiden Teller und holte noch schnell einen Korb mit etwas Brot. »Fangen Sie bitte an. Die Suppe wird schnell kalt.«

Nach zwei, drei Löffeln wurde er mit Lob eingedeckt. Vor allem Frau van der Kerk fand nicht genug Worte für die letztendlich einfache Suppe.

»Und die haben Sie wirklich in der kurzen Zeit gekocht?«, fragte die schrille Galeristin, ohne die Antwort abzuwarten. »Haben Sie ein Glück, Frau Jenns. Mein Mann kann nicht einmal ein Spiegelei braten.«

»Was ist mit deinem Finger?«, fragte Gisbert, als Greven nach dem ersten Gang aufstand und die Teller einsammelte.

»Das ist Ihnen doch nicht etwa im Dienst passiert?«, schloss sich Paul van der Kerk Gisberts Interesse an.

»Eine harmlose Messerattacke«, erklärte Greven. »So etwas kommt leider immer wieder vor. Berufsrisiko.«

Mona warf ihm einen missbilligenden Blick zu, den außer ihm nur Gisbert verstand.

Der zweite Gang bestand aus je einem Kartoffelplätzchen, auf die Greven die schwarzen Belugalinsen geschichtet hatte, auf denen wiederum die Seezungenfilets thronten, rechts und links von einer Jakobsmuschel und einer Riesengarnele eskortiert. Die Currysauce lag in Serpentinen darüber.

Veruschka van der Kerk war schlicht begeistert. Doch auch der bislang schweigsame Dr. Lemberg, ein unauffälliger, komplett in Schwarz gekleideter Kunsthistoriker, dem die van der Kerks ihre Kölner Galerie anvertraut hatten, kam plötzlich aus sich heraus. Ihm hatte es die Sauce angetan, die nicht nach dem gelben Pulver schmeckte, das man überall als Curry kaufen konnte.

Greven genoss den Lohn für seinen Kraftakt und gab die Rezepte zum Besten, nicht ohne sie verbal aufzuwerten und deren Raffinesse herauszustellen. Mona hatte ihre anfängliche Nervosität verloren und fachsimpelte ausgelassen mit Dr. Lemberg. Greven war von Veruschka van der Kerk in Beschlag genommen worden, der er die Geschichte seines Knies in allen Einzelheiten erzählen musste. Regelrecht fasziniert war sie von dem zweifelhaften Ruf des Knies, mordfühlig zu sein.

»Espresso?«, unterbrach Mona irgendwann die nun aufgetaute Runde.

Greven sammelte die Kaffeetassen der Nachspeise ein und fuhr die Espressomaschine hoch.

»Hat doch alles gut geklappt!«, strahlte Mona, die ihm in die Küche gefolgt war. »Die Stimmung könnte besser nicht sein!«

»Kaum«, antwortete Greven knapp, der nicht zum ersten Mal mit der in die Jahre gekommenen Maschine kämpfte. »Der Regler klemmt schon wieder. Irgendwann schmeiß ich das Scheißteil auf den Müll.«

»Ausgerechnet jetzt.«

»Keine Sorge. Es dauert nur etwas länger.« Greven holte aus und bearbeitete die Maschine mit leichten Schlägen auf eine bestimmte Stelle.

»Hast du was? Du klingst so komisch.«

»Nein. Alles bestens. Die van der Kerks sind wirklich außergewöhnliche Menschen. Langjährige Freunde von Andy Warhol. Kaum zu glauben.«

Der Regler rastete mit einem knackenden Geräusch ein, Greven drückte auf den Knopf, Mona griff sich wortlos die Edelstahlschale mit dem braunen Würfelzucker und flatterte zurück ins Wohnzimmer.

Die kleine Runde entschied sich dafür, den Espresso im Stehen zu trinken. Greven steuerte, nachdem er auch seine Tasse gefüllt hatte, auf Paul van der Kerk zu, denn der Galerist hatte seine Platten entdeckt. Immer wieder neigte er den Kopf, um die Titel lesen zu können.

»Eine tolle Sammlung, wie ich sehe«, urteilte der Galerist.

»Noch kann man sie sehen.«

»Wie meinen Sie das?«

»Das Regal bekommt in den nächsten Tagen noch Türen. Die Scharniere rechts und links. Egal, ich konnte sie retten.«

Van der Kerk sah ihn leicht irritiert an.

»Vor der Verbannung. Ich will es mal so formulieren: Vor der Zeit und ihren Mächten.«

»Ach, jetzt verstehe ich. Na, dann beglückwünsche ich Sie. Achten Sie bloß darauf. Sie haben da einen echten Schatz.« Während Greven seinen Espresso trank, stöberte der grauhaarige Galerist weiter in seinen Platten. »Die Canterbury-Scene ist heute ja schon fast vergessen. Aber sagen Sie mal, haben Sie auch die etwas ausgefallenen Gruppen? Henry Cow oder EGG?«

»Was möchten Sie denn hören?«, trumpfte Greven auf.

»Sagen Sie bloß, Sie haben die LPs?« Paul van der Kerk machte ein Gesicht, als sei Andy Warhol von den Toten auferstanden.

»Was Sie wollen«, nickte Greven.

»Vera! Du wirst es nicht glauben, was unsere Gastgeber gleich auflegen werden!«, posaunte der greise Galerist in den Raum. Seine Frau ließ Mona stehen und stand nach wenigen, maskulin wirkenden Schritten neben ihnen.

»EGG. The Polite Force. Aber nicht die CD, sondern die Platte!«

»Fantastisch!«, hauchte Veruschka van der Kerk. »Wo haben Sie die her?«

»Aus einem ganz normalen Plattenladen in Hamburg. Ist allerdings ein paar Jahrzehnte her«, antwortete er und zog die Platte aus dem Regal. Sofort wurde sie ihm von der Frau aus den Händen gerissen.

»Unsere haben wir nach einem Konzert von EGG in London gekauft«, erinnerte sie sich wehmütig. »Einundsiebzig oder zweiundsiebzig? Ich weiß es nicht mehr genau.«

»Beneidenswert«, meinte Greven. »Aber das klingt so, als hätten Sie sie nicht mehr?«

»Sie haben es erraten. In einem plötzlichen Anfall von Morbus Digitalis haben wir gleich nach dem Millennium alle unsere Platten verschenkt. Sie haben richtig gehört: verschenkt. Das waren bestimmt, na, zweitausend? Viele Titel haben wir uns dann als CD gekauft. Aber es ist nicht dasselbe.«

»Als wir das endlich gemerkt haben, war es natürlich zu spät«, ergänzte Paul van der Kerk.

»Die Zeit und ihre Mächte«, wiederholte Greven und legte das schwarze Vinyl auf den Plattenteller. Nach kaum hörbaren Nebengeräuschen setzte die Orgel von Dave Stewart ein.

Die Galeristin streichelte das Cover.

Mona schüttelte den Kopf.

17

»Wie viele?«

»Zweitausend«, wiederholte Häring trocken.

»Bestimmt nicht!«

Aber Häring blieb stur. »Zweitausend. Und ein paar Zerquetschte.«

»Die spinnen. Wann wollen die sich das denn alles ansehen?«

»Keine Ahnung«, antwortete Häring stoisch. »Wir werden sie auf jeden Fall ansehen.«

»Freu dich doch«, warf Harding ein, der erst vor gut einem Jahr nach Aurich gekommen war. »Ohne die Fotos hätten wir gar nichts. In den Häfen gibt es keine Videoüberwachung.«

»Die kommt noch«, brummte Greven. »Sind das wenigsten alle?«

»Ein paar Nachzügler werden sich schon noch melden«, meinte Häring, ohne seinen Blick vom Monitor abzuwenden.

»Zweittausend Fotos von einer Handvoll Menschen«, dachte Greven laut. »Bilderwahn im Endstadium. Nichts wird mehr erinnert, alles kommt auf die Speicherkarte.«

»Dann wissen sie wenigstens hinterher, wo sie im Urlaub gewesen sind«, kommentierte Harding.

»So gesehen«, nickte Greven und dachte mit Grausen an die endlosen Diaabende, zu denen seine Eltern nach jedem Urlaub Verwandte und Freunde eingeladen hatten. Einige skrupellose Gäste hatten selbst Diakästen im Gepäck gehabt und so die bildgewaltigen Abende verlängert. Obwohl er länger hatte aufbleiben dürfen, war er regelmäßig auf dem Weg an die Riviera oder zu einem Campingplatz auf Jütland eingeschlafen. Längst war diese kulturelle Errungenschaft technische und familiäre Vergangenheit, was Greven nicht im Geringsten bedauerte.

»Auf deinem Monitor sind die Fotos aus Carolinensiel«, sagte Häring. »Würde mich freuen, wenn du dich an dem Bilderwahn beteiligen könntest. Ich habe sie nach der Uhrzeit sortiert. Leider haben wir noch keine Software, die Gesichter oder biometrische Charakteristika erkennen kann.«

»Die kommt auch bald«, maulte Greven. »Dann fehlt nur noch der Gedankenscanner, und wir sind arbeitslos. Oder wir bewerben uns bei der Gedankenpolizei. Die bleibt auf jeden Fall übrig.«

»Dich nehmen die bestimmt nicht«, meinte Häring. »Die scannen nämlich auch jeden Bewerber.«

»Also arbeitslos«, schnaufte Greven und setzte sich widerwillig an seinen Tisch. Häring hatte die Datei bereits für ihn geöffnet. Auf dem ersten Foto war ein alter Mann zu sehen, der den Betrachter gelangweilt anglotzte. Ganz so, als habe ihn der Fotograf, vermutlich seine Frau, zu der Fahrt nach Carolinensiel genötigt. Auch das zweite Foto zeigte den Mann, ebenso das dritte und das vierte. Mal stand er vor einem Café, dann vor einem Postkartenständer oder vor einem Segelboot. Aber immer sichtbar gelangweilt.

Greven sah auf die Uhr. Der Tag versprach, länger als andere zu werden. Mit einem Mausklick zog er sich aus dem Leben des offenbar frustrierten alten Mannes zurück und wandte sich den Aufnahmen eines eher nautisch orientierten Menschen zu. Nach gefühlten hundert Klicks war sich Greven sicher, dass der Fotograf keines der Boote im

Hafen ausgelassen hatte. Talentiert war er nicht, aber akribisch. Auch die Nynke hatte er auf seinen Chip gebannt, doch konnte Greven auf dem Foto nichts erkennen, was den Ermittlungen in irgendeiner Weise dienlich war. In Fernsehkrimis hockten die Fahnder oftmals stundenlang vor Fotos oder Videoaufnahmen, getrieben von dem Gefühl, etwas Entscheidendes übersehen zu haben. Aber ihn beschlich dieses Gefühl nicht. Auf dem Foto war nur ein Boot. Ein sehr gepflegtes Boot allerdings. Die Kajütentür schien ordnungsgemäß verschlossen zu sein. Und selbst, wenn er sich irrte und sich der Täter bereits an Bord befand, war nichts von ihm zu sehen. In den Fenstern spiegelten sich Giebel und Hafenbesucher.

Es klopfte.

Froh, seinen Augen eine Pause gönnen zu dürfen, sprang Greven auf und öffnete einem jungen Mann die Tür.

»Moin. Suchen Sie die Fotos?«

»Moin. Hauptkommissar Greven. Ja, da sind Sie genau richtig. Wie viele haben Sie denn?«

»344«, antwortete der schlanke Mann mit schmalem Gesicht und mittellangen, dunkelblonden Haaren.

»Die Dreitausendermarke rückt näher«, meinte Häring.

»Jetzt sagen Sie mir mal: Warum machen Sie so viele Fotos?«, fragte Greven neugierig.

»Weil ich an einem Fotoseminar der Uni teilnehme.«

»Welcher Uni?«

»Oldenburg«, antwortete der Mann.

»Hauptfach?«

Der Student schmunzelte, als würde er erwarten, nicht ganz ernst genommen zu werden. »Philosophie.«

Aber Greven nahm ihn ernst. »Wir gehen also doch noch nicht unter. Aber Ihre Fotos machen Sie hier?«

»An den Wochenenden bin ich oft bei meinen Eltern in Leezdorf. Die Fotos habe ich auf einem Stick.«

»Bon. Kümmerst du dich darum?«, bat Greven Häring, der den Stick entgegennahm.

»Waren Sie in Hooksiel oder Carolinensiel?«, fragte Häring.

»Hooksiel. Von etwa sieben Uhr bis zu dem Mord. Das Licht am Morgen und der leere Hafen, verstehen Sie?«

»Das ist gut. Das ist sogar sehr gut«, freute sich Häring und kopierte die Datei. »Da sieht es bei uns noch sehr dünn aus. Also vielen Dank für Ihre Mitarbeit.«

»Kein Thema«, sagte der Student und nahm seinen Stick wieder entgegen. »War's das?«

»Wir benötigen noch ein paar Angaben«, sagte Greven und schob ihm einen Fragebogen zu. »Das Übliche. Aber vor allem genaue Zeitangaben.«

Der junge Mann setzte sich an einen der Tische und begann mit dem Ausfüllen.

»Wie haben Sie von unserem Aufruf erfahren?«, fragte Greven.

»Von meinen Eltern. Sie haben es aus dem Radio.« Der Student gab den Fragebogen zurück.

»Nochmals danke!«

»Kein Thema«, wiederholte er und verließ den Raum.

»Das nimmt ja gar kein Ende«, stellte Greven fest und vertraute das Formular einem Aktenordner an.

»He, das brauche ich noch«, maulte Häring. »Sonst kann ich die Datei nie mehr zuordnen.«

»Schon gut.«

Harding, der sich nicht an der Übergabeaktion beteiligt hatte, rief sich plötzlich leise in Erinnerung. »Ich … ich hab da vielleicht was.«

Greven legte den Ordner auf den Tisch, den er gerade Häring reichen wollte. Beide bezogen neben Harding Stellung und befragten den Monitor. Im Vordergrund posierten zwei kichernde Teenager, im Hintergrund parkten Autos. Ein typischer Schnappschuss.

»Aufgenommen in Hookiel. Seht ihr den schwarzen SUV ganz hinten?«

»Könnte ein Touareg sein«, meinte Häring.

»Und jetzt …« Harding rief ein anderes Bild auf. Wieder waren Autos auf einem Parkplatz zu sehen. »Carolinensiel. Eine halbe Stunde vor dem Mord. Achtet auf den schwarzen SUV.«

»Den sehen wir«, brummte Greven. »Aber den zeige ich dir auch gleich draußen vor der Tür. Touaregs zählen nicht gerade zu den seltenen Exemplaren dieser Gattung.«

»Dann passt mal auf.« Harding vergrößerte das Heck des Autos, bis ein runder, gelber Aufkleber zu erkennen war.

»Atomkraft? Nein danke«, bemerkte Häring. »Ein ungewöhnlicher Aufkleber für einen SUV. Da weiß jemand nicht, auf welcher Seite er steht.«

»Merkt euch die Stelle.« Harding vergrößerte auch das Heck des SUVs auf dem Hooksieler Foto.

»Atomkraft? Nein danke«, wiederholte Greven. »Es ist tatsächlich derselbe Arztfrauenpanzer. Respekt.«

»Leider ist auf beiden Fotos das Kennzeichen verdeckt. Aber es ist bislang das einzige Auto, das definitiv zur Tatzeit an beiden Tatorten war. Kann natürlich purer Zufall sein.«

»Ich glaube nicht an den Zufall, obwohl es in diesem Fall durchaus sein könnte«, meinte Greven.

»Vielleicht ist er zu schnell gefahren?«, warf Häring ein.

»Das wäre dann wirklich ein Zufall«, sagte Greven.

»Aber sollte es unserem Mann gehören und sollte es sich wirklich um einen Profi handeln, wird er auch professionell gefahren sein. Also korrekt und unauffällig. Aber ihr fragt dennoch mal nach. Und fragt Herbert, ob ein Touareg als gestohlen geführt wird.«

»Und die anderen Fotos«, ergänzte Häring. »Vielleicht haben wir ja Glück.«

»Sie setzen auf das Glück, meine Herren?«, unterbrach eine bekannte Stimme die kleine Runde.

»Hier und da schon.« Greven wandte sich Dr. Wilms zu, die unbemerkt den Raum betreten hatte.

»Und? Hatten Sie welches?«

»Ein auffälliges Auto, das an beiden Tatorten war. Das könnte unserem Täter gehören.«

»Klingt vielversprechend. Wird ja auch langsam Zeit. Gibt es Neues aus Düsseldorf?«

»Frau Resemius hat sich heute noch nicht gemeldet. Aber sie hat gestern noch eine kurze Mail geschrieben«, berichtete Häring. »Das soziale Umfeld von Verena Engelmann ist demnach vielversprechend.«

»Das kann ich mir denken«, nickte Dr. Wilms. »Halb Nordrhein-Westfalen hat auf Facebook kondoliert.«

»Aber genau das ist auch das Problem«, fuhr Häring fort. »Selbst mit Hilfe der dortigen Kollegen könnten die Ermittlungen Wochen dauern.«

»Und dieser Hammerstein?«

»Genießt seinen Urlaub und verbreitet Harmonie. Auch auf Facebook. Gestern hat er der Kunsthalle in Emden seine Aufwartung gemacht«, antwortete Greven. »Das ist alles.«

»Mit anderen Worten: Wir treten auf der Stelle.« Der Staatsanwältin war die Enttäuschung anzusehen.

»Vergessen Sie die Fotos nicht«, gab sich Häring Mühe, ihre Stimmung wenigstens ein bisschen aufzuhellen. »Vor ein paar Minuten sind wieder dreihundert neue eingetroffen. Der Aufruf hat sich mehr als gelohnt. Es wird nicht bei dem Auto bleiben. Kommen Sie doch später noch mal vorbei.«

»Genau das werde ich tun. Verlassen Sie sich darauf. Meine Herren ...!« Dr. Wilms drehte sich um und verließ den Raum, ohne die Tür zu schließen. Ihre Schritte hallten durch den Gang wie ein Countdown. Nur dass die Null erst am Nachmittag erreicht sein würde.

»Na, dann lasst uns bloß etwas auf diesen Bildern finden«, raunte Greven. »Einerseits eine gute Idee von dir, Peter. Jetzt sitzt sie uns nicht im Genick. Aber andererseits sollten wir ihr am Nachmittag auch Resultate präsentieren. Wer weiß, was die sonst auf ihrer PK erzählt.«

Greven schloss die Tür und klickte sich weiter durch die Fotos, die Einheimische und Urlauber gemacht hatten. Vielen sah man an, dass sie nicht mit dem Bewusstsein eines Menschen fotografiert worden waren, der nur 36 Fotos auf einem Kleinbildfilm zur Verfügung hatte. Es waren meist Schnappschüsse ohne ästhetische Ambitionen. Der Student aus Oldenburg war eine Ausnahme. Er hatte außerdem Menschen gemieden, während auf den meisten anderen Fotos Gesichter, Einzelpersonen oder kleine Gruppen zu sehen waren. Die Landratten wiederum hatten es auf Fischkutter und Möwen abgesehen.

Als hätte Harding seine Gedanken gelesen, stöhnte er: »Und schon wieder dieser blöde Kutter. Das hält auf Dauer doch keine Sau aus.«

»Ein paar Stunden musst du schon noch durchhalten«, entgegnete Greven. »Immerhin wissen wir jetzt, wie die

Menschen so ein Fischerdorf sehen. Was sie dort sehen, und wie wenig sie eigentlich sehen.«

»Wie recht du hast. Fotos von Blinden. Könnte man meinen«, ergänzte Harding. »Draufhalten und abdrücken. Mehr ist nicht.«

»Du sagst es«, stimmte ihm Greven zu. »Die Bilder zeigen, wie ein Kutter aussieht, aber mit Sicherheit nicht, was ein Kutter ist.«

»Könntet ihr euren Philosophiekurs vielleicht am Abend abhalten«, beschwerte sich Häring. »Ich kann mich sonst nicht konzentrieren.«

»Auf die Kutter.«

»Genau. Auf die Kutter.«

Es klopfte. Langsam öffnete sich die Tür und der große Kopf einer Frau um die sechzig erschien. »Sind wir hier richtig bei der Fotoaktion?«

»Sind Sie«, antwortete Greven. »Treten Sie ein, wir beißen nicht.«

Die Frau im geblümten Sommerkleid schlüpfte durch die Tür.

»Mein Name ist Greven, Hauptkommissar, und wer sind Sie?«

»Gerda Wintjes. Aus Bottrop.«

»Moin, Frau Wintjes. Na, dann zeigen Sie bitte mal Ihre Fotos.« Er winkte die Frau zu sich rüber.

»Ich hab ja gar keine Fotos gemacht«, entgegnete die Frau.

»Und aus welchem Grund sind Sie dann gekommen, Frau Wintjes?«

»Na, wegen der Fotos. Dat hab ich doch gerade gesagt.«

»Aber Sie haben doch gar keine Fotos gemacht?«

»Nee, aber mein Mann. Der is nämlich in so ne Fotoclub in Bottrop.«

»Dann geben Sie uns doch bitte die Fotos.« Häring erhob sich und ging auf die Frau zu.

»Die hab ich nich«, wehrte sich erneut die Frau. »Die hat mein Mann.«

»Und wo ist Ihr Mann?«, fragte Greven.

»Der steht vor der Tür.«

»Na, dann holen Sie ihn doch rein!«, schlug Häring gereizt vor.

Die vollschlanke Frau drehte sich zur noch immer geöffneten Tür um und rief in hoher Stimmlage: »Jürgen! Mach hin! Hier sind wir richtig!«

Greven schmunzelte unwillkürlich und erwartete einen kleinen, schmächtigen, dressierten Mann. Doch in der Tür erschien ein Riese mit kantigem Schädel und einem Blick, der Selbstbewusstsein signalisierte. Er war ebenfalls um die sechzig, nickte freundlich und legte mit einer Pranke eine CD auf den Schreibtisch.

»Die können Sie behalten. Hab ich extra gebrannt. Sind alles Fotos aus Carolinensiel.«

»Wie viele?«, wollte Greven mit großen Augen wissen.

»Jetzt sach et schon, Jürgen!«

»Genau 844. Ich bin nämlich so ne Art Profi. Bottroper Dunkelkammer. So heißt unser Fotoclub. Und nach Ostfriesland sind wir gefahren wegen meinem Lieblingsmotiv.«

»Und das wäre?«, fragte Greven mit nicht ganz aufrichtiger Neugier.

»Fischkutter!«, strahlte der Mann.

18

Die Spur führt nach Holland.

So hatte eine ostfriesische Zeitung getitelt. Ein Reporter hatte Cees Langevoort in Termunterzijl ausfindig gemacht, von dessen Schiff aus der tödliche Schuss auf Karin Hasselfeld, das zweite Opfer, in Carolinensiel abgegeben worden war. Eine halbe Seite hatte er mit dem Interview des Freizeitkapitäns gefüllt, in dem die Tat kaum Erwähnung fand, dafür aber die bewegte Geschichte der Nynke, die beide Weltkriege nur mit viel Glück überstanden hatte.

Diese Schlagzeile hatte den Mann überhaupt erst auf die Idee gebracht. Es war ihm fast peinlich, den europäischen Gedanken bis dahin übersehen zu haben, und er war froh, dass ihn der Reporter daran erinnert hatte. Termunterzijl war eine willkommene Gelegenheit, die Spur tatsächlich nach Holland zu führen. Außerdem bot das alte Siel mit seinen markanten Bögen aus Sandstein einfach eine traumhafte Kulisse. Der ganze Ort war eine traumhafte Kulisse. Für einen kunstvoll inszenierten Tod. Also hatte er kurz entschlossen umdisponiert. Neuharlingersiel konnte warten.

Der Mann setzte in Termunterzijl auf Bewährtes und hatte sich für einen kleinen Markt entschieden, der Touristen in den Hafen lockte. Dort hatte er sich, wie in Carolinensiel, eines der zahlreichen Boote ausgesucht. Das entsprach auch der holländischen Spur und würde seinen Bekanntheitsgrad steigern. Und auf den hatte er es ja letztendlich abgesehen.

Auf der Schepperbuurt fand er einen geeigneten Parkplatz für seinen Wagen, dem er niederländische

Kennzeichen verordnet hatte. Seine Kostümierung war dieselbe wie in Carolinensiel. Er schlenderte wieder als Freizeitkapitän in den Hafen. Niemand achtete auf ihn, denn die Straßen und Wege waren gut besucht. In aller Ruhe sah er sich das alte Siel an, dem Termunterzijl seinen Namen verdankte, und ging dann ein Stück am Termuntersieltief entlang, als wollte er ohne Ziel nur einmal frische Luft schnappen.

Vor dem Segelboot, das wahrscheinlich seit dem Winter noch keinen Besuch erhalten hatte, sondierte er unauffällig das Terrain, verfolgte zwei Segler mit kritischem Blick, nahm die Nachbarboote in Augenschein. Erst als er sich sicher fühlte, ging er an Bord, zog die kleine Brechstange aus der Jacke und öffnete die Kajütentür fast so schnell, als hätte er einen Schlüssel benutzt. Im Gegensatz zu dem herausgeputzten Schiff in Carolinensiel hatte er diesmal ein völlig verwahrlostes Boot erwischt. Ein kaum zu ertragender Gestank empfing ihn, ein Geruch nach vergammelten Lebensmitteln, nach Erbrochenem, nach Urin. Leere Flaschen, wohin er blickte. Wein, Whisky, Wodka, Bier. Teller voller Schimmel stapelten sich auf dem Kajütentisch, aus denen Zigarettenstummel wuchsen. Über allem schwirrten unzählige Fliegen.

»Scheiße«, fluchte der Mann, denn er hasste Fliegen ebenso, wie er Spinnen hasste. Aber er hatte keine Wahl. Also nahm er sich das Fenster vor, das ihm das Siel zeigte. Die Distanz war ideal, kürzer als in Carolinensiel. Das Boot lag ruhig im Wasser. Und es lag tief im Wasser. Neugierige Blicke von außen blieben ihm von vornherein erspart.

Der Mann zog sein Gewehr aus dem Seesack und versah es mit dem Schalldämpfer und dem Zielfernrohr. Eine

Waffe, die durch einen kuriosen Zufall in seinen Besitz gelangt war. Im Grunde war sie schlicht vergessen, war sie einfach nicht mitgezählt worden. Damals, als die Zeiten noch ganz andere gewesen waren. Nach einer hochprozentigen Übung war er mit einem Riesenschädel und dem Gewehr im Arm von Kühen umzingelt aufgewacht. Dabei war es gar nicht sein Gewehr gewesen, sondern das von Martin. Wochenlang hatte er überlegt, die Waffe zurückzugeben, doch als ihn kein Anruf und kein Brief aus der Kaserne erreichte, hatte er es behalten und stilecht in einem Gitarrenkoffer verstaut, den er auf einem Flohmarkt erstanden hatte. Alle paar Jahre hatte er das Gewehr vorgeholt, zerlegt und gereinigt, um es dann wieder dem Koffer anzuvertrauen. Ab und zu hatte er auch damit geschossen. Im Egelser Wald. Warum er das Gewehr damals nicht zurückgegeben hatte, wusste er heute nicht mehr. Wahrscheinlich war es der Reiz gewesen, eine derartige Waffe samt Munition zu besitzen. Mehr nicht. Dass er einmal Verwendung für das Gewehr haben würde, hatte er nicht im Mindesten geahnt.

Durch das geöffnete Kajütenfenster gelangte frische Seeluft ins Boot. Schwärme von Fliegen nutzten die Gelegenheit zur Flucht. Der Mann aber konnte durchatmen und sich konzentrieren. Im Absehen lag das alte Siel, über das Marktbesucher spazierten. Fast alle hielten eine Tüte mit Pommes frites in der Hand, die ein offenbar beliebter Imbisswagen anbot. Auf einer Tüte konnte er einen großen Haufen Mayonnaise erkennen. Wie hingeschissen. Nur die Farbe passte nicht. Der Besitzer des Haufens besaß einen Kopf wie ein Medizinball und schien Mayonnaise zu lieben. Kinn und Nase zierten kleine weiße Kleckse. Wie hingeschissen. Sein Mund arbeitete ohne Unterbrechung. Ein routinierter Mund, für den die Tüte Pommes frites keine ernstzunehmende Herausforderung darstellte.

Der Mann löste sich von dem Medizinball und startete seine Suche. Zwei Teenager. Groß gewachsen, aber eben Teenager. Eine Nonne. Auch mit Pommes frites. Eine Grauhaarige mit Gehhilfe. Eine Kleine, wenn auch im richtigen Alter. Ein Lesbenpärchen, eng umschlungen. Eine Gebeugte mit Rollator.

Der Mann setzte sein Gewehr wieder ab und atmete tief durch. Er brauchte nur Geduld. Auf dem Siel war genug Verkehr. Er schloss kurz die Augen, konzentrierte sich und legte erneut an.

Eine Frau in einem Tweedkostüm. Wie aus einem Film. Mit dem strengen Gesicht einer Oberstudienrätin. Glatte, graublonde Haare, steife Körperhaltung. Eine echte Antiquität. Statt der weitgehend unverzichtbaren Pommes frites hielt sie einen Reiseführer in der Hand. Niemand schien ihr zu folgen. Eine alte Jungfer, die auch noch im falschen Jahrhundert gelandet war.

Der Mann hatte sich entschieden. Vielleicht war es sogar eine Erlösung für sie. Er regulierte die Atmung, wartete ab, bis sie sich ihm zuwandte, und drückte ab.

Die Frau im Tweed sackte in einer eigenartigen Drehbewegung zu Boden und blieb mitten auf dem Siel liegen. Schnell waren zwei, drei Menschen über ihr. Aber das interessierte den Mann nicht mehr. Er zerlegte sein Gewehr, verstaute es im Seesack und öffnete langsam die Kajütentür. Regungslos wartete er noch zwei Passanten ab, dann verließ er das Segelboot. Ohne jede Eile traf er kurz darauf am Ort des Geschehens ein, warf einen Blick auf die Menschentraube, hörte zwei Entsetzensschreie und sah Schuhe, die Pommes frites und Mayonnaise auf den roten Klinkern verteilten. Dann ging er zu seinem Auto und fuhr zur A7. In Nieuweschans hielt er kurz an und stopfte die niederländischen Kennzeichen in einen großen Müllcontainer. Wieder auf der Autobahn, begann er zu lächeln und schließlich zu lachen. Es war schnell gegangen. Ein Spaziergang. Über eine Stunde hätte er noch gehabt. Eine perfekte Aktion, die in seinem Kopf keine Spuren hinterlassen hatte. Das Gesicht der Frau hatte er bereits vergessen. Dafür kam ihm etwas anderes in den Sinn, für das es nun Zeit wurde.

19

»Nein, ich warte im Wagen«, erklärte Greven. »Wenn wir zu zweit auftauchen, könnte Winni ins Denken verfallen. Es wäre ein Fehler, ihn zu unterschätzen.«

»Du bist der Boss«, sagte Herbert Pütthus und stieg aus. »Das wird aber ein paar Minuten dauern. Winni liebt es, im Mittelpunkt zu stehen.«

»Lass dir Zeit. Mir wird schon nicht langweilig. Hauptsache, du verplapperst dich nicht.«

»Keine Sorge, du kennst mich ja.«

»Eben.«

Pütthus überquerte die Kieler Straße, ging etwa fünfzig Meter und verschwand in einem Hauseingang. Dank seiner geringen Körpergröße, die ihn eigentlich für den Polizeidienst disqualifizierte, seiner inzwischen grauen, aber immer noch schwer zu bändigenden Mähne und seiner auf unerklärliche Weise abgetragen wirkenden Kleidung geriet er in der Öffentlichkeit nur äußerst selten in Verdacht, Polizist zu sein. Greven musste schmunzeln, als sein Blick dem kleinen Mann folgte, den er seit so vielen Jahren kannte.

Klingel-Winni hingegen hatte er nur ein- oder zweimal gesehen. Der Privatdetektiv verdankte seinen Namen einem uralten Trick, sich Zutritt zu Wohnungen zu verschaffen, um sie einer schnellen Inspektion zu unterziehen. Ihm eilte der Ruf voraus, diesen simplen Klingeltrick derart perfekt zu beherrschen und zu variieren, dass selbst erfahrene Kollegen darauf hereingefallen waren. Angeblich hatte Winni sogar entsprechende Wetten gewonnen. Seiner kleinen Ein-Mann-Detektei war der große

Erfolg dennoch versagt geblieben. Ein gutes Timing beim Klingeln reichte offenbar nicht aus. Soweit Greven von Pütthus wusste, gingen Winnis Geschäfte eher schlecht.

Greven suchte im Radio Hörbares, wurde aber nicht fündig. Auch die CDs im Handschuhfach hatte er schon zu oft bemüht. Mindestens ebenso oft hatte er sich geschworen, sie regelmäßig auszutauschen. Ohne Musik aber wollte er nicht warten, und entschied sich schließlich für Michael Wollny, den er erst vor ein paar Wochen live erlebt hatte.

Doch so fantasievoll die Melodien des jungen Pianisten auch waren, sie verschafften ihm keine Ruhe. Greven bedauerte nämlich längst seinen spontanen Entschluss, Pütthus aufgrund eines kuriosen Gedankenblitzes aufgescheucht zu haben. Das Bild, das irgendeine seiner Gehirnwindungen erfunden hatte, war zwar noch da, verblasste aber zusehends. Es war eben nicht mehr gewesen als ein kurzes Aufbegehren seiner Fantasie. Hätte er Pütthus nicht unmittelbar danach in der Kantine getroffen, hätte er den Mund gehalten. Nun aber war es zu spät. Wie Goethes Zauberlehrling die Macht über die Wassereimer verloren hatte, so war ihm sein Kollege entglitten. Irgendwie hatte die Vorstellung, Kirsten Resemius könnte etwas mit den beiden Morden zu tun haben, Pütthus wie ein Virus infiziert. Also hatte er umgehend Klingel-Winni alarmiert. Und jetzt saß Greven hier in Wilhelmshaven und wartete auf einen heißen Tipp. Seine Erwartungen waren allerdings sehr gedämpft.

»Idiot!«, schimpfte er mit sich, während er Wollny lauschte. »Vollidiot!«

Das dritte Stück der CD war noch nicht zu Ende, da öffnete der kleine Mann vom Raub plötzlich die Autotür.

Greven hatte ihn weder bemerkt noch mit ihm schon nach so kurzer Zeit gerechnet.

»Na, das sieht ja ganz nach einem Schlag ins Wasser aus.«

»Kann man so nicht sagen«, entgegnete Pütthus, in dessen Gesicht Greven las, dass sein Kollege sich mehr erhofft hatte.

»Also, was hat Klingel-Winni in Erfahrung gebracht?«

»Der war heute irgendwie komisch drauf«, begann Pütthus. »So fahrig und unkonzentriert. Der ist wie ein aufgescheuchtes Huhn durch sein Büro gelaufen. Keine Ahnung, was mit dem los war. Ich hatte das Gefühl, mein Besuch hat ihm nicht in den Kram gepasst.«

»Darum bist du so schnell wieder zurück. Und ich dachte, Winni liebt es, im Mittelpunkt zu stehen?«

»Das dachte ich auch«, sinnierte Pütthus. »Egal, diesmal hab ihn in auf dem falschen Fuß erwischt. – Über ihre Familie gibt es nicht viel zu sagen. Ihr Vater ist vor Jahren gestorben, ihre Mutter ist in Rente und lebt bei ihrer Schwester, also Resemius' Tante. Und die Kollegen hier? Die haben die Hosen voll.«

»Na, das wusste ich auch schon vorher«, bemerkte Greven und startete den Motor. Aber er fuhr nicht los, denn in diesem Augenblick meldete sich sein Handy. Es war Häring, den er betont freundlich behandelte. Um einige klare Worte kam er dennoch nicht herum, die aber galten den holländischen Kollegen.

»Und das fällt denen erst jetzt ein? Dilettanten!«

»Ein weiterer Mord?«, fragte Pütthus, obwohl das nicht schwer zu erraten war.

»Ja. Gestern ist eine Frau in Termunterzijl erschossen worden.«

»Auf dem Siel.«

»Auf dem Siel. Aber die lieben Kollegen haben sich erst vor einer halben Stunde gemeldet.«

»Also doch ein Serientäter.«

»Sieht ganz danach aus«, brummte Greven und fuhr aus der Parklücke. »Hast du noch Zeit?«

»Klar. Das weißt du doch. Willst du gleich hin?«

»Und ob ich das will.«

»Dann drück auf die Tube!«

Greven folgte bereitwillig Pütthus' Vorschlag und beschleunigte auf der Autobahn auf hundertfünfzig Stundenkilometer. Mehr traute er seinem alten Passat nicht zu. Für die Route wiederum waren hundertfünfzig fast immer viel zu schnell. Schilder mit dem Argument Straßenschäden lieferten regelmäßig die Begründung für Geschwindigkeitsbegrenzungen. Also pflanzten sie sich ein Blaulicht aufs Dach, in der Amtssprache Dachaufsetzer genannt.

»Macht Spaß«, grinste Pütthus. »Sollte ja ursprünglich auch 'ne Autobahn sein. Mehr schafft die Karre wirklich nicht?«

Vorsichtig erhöhte Greven den Drucks aufs Gaspedal, bis die Nadel hundertsechzig erreichte. Ein nicht zu identifizierendes, gurgelndes Geräusch sorgte jedoch dafür, dass er das Experiment beendete.

»Schade«, meinte Pütthus. »Warst du in den letzten Jahren eigentlich mal zum TÜV? Oder in einer Werkstatt?«

»Erzähl mir lieber, was Winni noch gesagt hat.«

»Ich mach's kurz. Die einzig interessante Figur ist Holger Lambertus, Resemius' Verflossener. Sie haben sich kurz nach ihrem legendären Schuss getrennt.«

»Holger Lambertus? Den Namen kenn ich doch?«

»Keine Ahnung.« Pütthus hob seine Schultern. »Winni sagte nur, er sei Anfang fünfzig.«

Greven bemühte seinen Kopf und hatte bald das blasse, schmale Gesicht eines langhaarigen, pickligen Schülers vor Augen.

»Hogo Lambertus. Das könnte er sein. So häufig ist der Name bestimmt nicht. Oder doch?«, grübelte Greven. »Irgendwann war der aus Norden weg. Ich glaube, seine Eltern sind umgezogen. Das weiß ich aber nicht mehr genau. War ein merkwürdiger Typ. Wenn er es ist. Was hat Winni über ihn gesagt?«

»Nicht viel. Dieser Lambertus war jedenfalls viele Jahre mit der Resemius liiert. Sie haben aber nie geheiratet. Und nach dem Todesschuss war dann Schluss.«

»Das sagtest du bereits.«

»Die Resemius muss die Trennung mehr getroffen haben als besagter Schuss. Kollegen aus Wilhelmshaven haben Winni berichtet, dass die Resemius abhebt wie eine Rakete, wenn man auch nur den Namen erwähnt. Mehr wusste er auch nicht.«

»Du sagtest doch, er sei eine interessante Figur?«

»Ach ja, das hätte ich fast vergessen«, gab Pütthus zu. »Dieser Lambertus hat vor Jahren mal mit der Dienstwaffe von Resemius im Wald herumgeballert. Nur so zum Spaß.«

»Und wurde dabei erwischt.«

»Du sagst es. Zumindest wurde er dabei beobachtet und angezeigt. Aber die Sache ist dann dort verlaufen, wo inzwischen fast alles verläuft, nämlich im Sande. Jedenfalls hat bei Resemius nicht eine Patrone gefehlt. Sie war also aus dem Schneider.«

»Und woher will Winni dann wissen, dass es ihre Dienstwaffe gewesen ist?«, fragte Greven.

»Ein paar Jahre nach dem Vorfall hat sie es einem Kollegen gestanden, der ganz ähnlichen Ärger hatte.«

»Interessant«, brummte Greven. »Diesen Lambertus werde ich mir auf jeden Fall mal ansehen. Vielleicht ist es ja tatsächlich Hogo. Ein merkwürdiger Typ, sage ich dir. Der war nie so richtig dabei, wenn du weißt, was ich meine. Ohne ein echter Außenseiter zu sein. Er war immer da, aber nie wirklich mit von der Partie. Wenn wir am Deich ein Feuer gemacht haben, saß er plötzlich zwischen uns. Aber bei der nicht ganz legalen Beschaffung des Brennmaterials hat er grundsätzlich gefehlt.«

»Den Typ kenn ich. Der ist keine Seltenheit.«

Bei Leer wechselten sie die Autobahn. Auf den blauen Hinweisschildern war Groningen bereits aufgeführt. Bis zur Grenze, die keine mehr war, war es ein Katzensprung. Die einzigen Hindernisse waren der Emstunnel und eine Dauerbaustelle auf der A 31.

»Hast du hier schon mal einen Arbeiter gesehen?«, fragte Greven.

»Nein. Das hätte ich dir bestimmt erzählt und auf Facebook gepostet. So was erlebt man ja nicht alle Tage.«

»Dann wird uns die Baustelle wohl noch eine Weile erhalten bleiben.«

»Darum heißen diese menschenleeren Orte ja auch Dauerbaustellen. Wenn ich eine Leiche loswerden wollte, würde ich so eine Baustelle wählen. Da kommt so schnell keiner hin.«

Auf der A 280 umrundeten sie den Dollart, fügten noch ein Stück Landstraße hinzu, passierten Termunten und erreichten schließlich Termunterzijl.

»Ein Stunde, zwanzig Minuten«, stellte Greven fest. »Gar nicht so schlecht.«

»Nicht für dich«, meinte Pütthus. »Ich glaube, wir sollten jetzt das Blaulicht vom Dach nehmen. Die Kollegen hier könnten pingelig sein.«

»Das hatte ich ganz vergessen.«

Greven parkte das Auto auf der Schepperbuurt, von der es nur ein paar Schritte in den Hafen waren. Mit dem üblichen Flatterband, nur in anderen Farben, hatten die Holländer den Tatort weiträumig abgesperrt. Nur wenige Passanten interessierten sich für die Ermittlungen. Viel gab es ja auch nicht mehr zu sehen.

»Je kann niet doorlopen!«, stellte sich ihnen einen Uniformierter mutig in den Weg.

»Moin. Greven. Kripo Aurich. Wir sind angemeldet«, entgegnete Greven und präsentierte dem Mann seinen Dienstausweis.

Nach eingehender Prüfung und der Aufforderung, erst einmal zu warten, drehte sich der Polizist um und ging zu einem Kollegen in Zivil, der einige Meter entfernt auf den Boden starrte. Kaum hatte der Mann um die vierzig von der Ankunft der ostfriesischen Delegation erfahren, kam er mit freundlicher Miene auf sie zu.

»Moin. Maarten Tammes. Ik ben van de Criminele … van de Kriminalpolizei«, stellte sich der Ermittler vor.

Greven und Pütthus zeigten ihre Ausweise und reichten die Hände.

»Bedankt, dass Ihr so schnell gekommen seid.«

»Wir danken Ihnen, dass Sie uns so schnell informiert haben«, kam Pütthus Greven betont freundlich zuvor.

»Ich weiß, wir hätte schneller sein müssen. Aber ich habe erst heute früh von ein Kollege von den Morden bei euch erfahren. Vielleicht können wir uns zusammentun? Was meint ihr? Wir sind ja Nachbarn in Friesland.«

Pütthus nickte.

Tammes hob das Flatterband hoch und ließ Greven und Pütthus passieren.

»Dann erzählen Sie uns am besten, was passiert ist«, sagte Greven, der seinen Blick längst über das Hafengelände wandern ließ.

»Viel kann ich euch nicht sagen«, begann Tammes. »Es war gestern um etwa vierzehn Uhr. Jemand hat geschossen und eine Frau, Annemiek Fransen, getötet. Sie war tweeënvijftig …«

»Zweiundfünfzig.«

»Ja, sie war zweiundfünfzig Jahre alt, aus Leeuwarden, hatte dort so eine kleine … Winkel voor Antiquiteiten.«

»Ein Antiquitätengeschäft.«

»Genau.«

»Sie war schlank, groß und hatte glatte Haare«, fügte Greven hinzu.

»Genau. Woher …? Ach so, die anderen Opfer. Dann ist es wohl eine Serie?«

»Sieht ganz danach aus«, sagte Pütthus.

»Hier wurde sie getroffen. Genau auf dem alten Siel«, erklärte Tammes und wies mit dem Finger auf die Kreidemarkierung auf dem Boden. Aber den Tatort hätten sie auch ohne die Kreide entdeckt. Der Blutfleck war nicht zu übersehen.

Greven machte ein paar Schritte, sah auf den Boden, auf das Siel, den Deich, die Häuser, die Boote.

»Was ist mit dem Projektil?«, fragte er ohne Hoffnung in der Stimme.

»Het projectiel? Oh, das haben wir sichergestellt.«

Greven riss die Augen auf und lächelte den Mann an. »Sie haben das Projektil? War es kein Durchschuss?«

»Doch, het war ein gladde Durchschuss. Aber das Opfer hat eine rugzak getragen. Mit Sachen darin. Da ist das Projektil drin hängengeblieben. Es hat auch seine Form behalten.«

»Ha, ein Rucksack!«, freute sich Greven und klopfte dem Mann auf die Schulter. »Wozu diese blöden Dinger doch gut sind. Und wenn das Projektil nicht deformiert ist, sind wir einen Schritt weiter. Wissen Sie, von wo er geschossen hat?«

»Leider noch nicht. Bis wir das Projektil hatten, haben wir gedacht, es wäre aus der Nähe passiert. Aber das Projektil ist von ein Gewehr. Wir hatten noch keine Zeit. Und wir haben zu wenig Männer.«

»Dürfen wir uns mal umsehen?«, fragte Greven.

»Na klar. Ich informiere meine Männer, dass ihr hier seid. Geht einfach los. Aber haltet euch zurück. Ich weiß nicht, was unsere Bosse dazu sagen. Ich muss mich hier noch kümmern. Hier könnt ihr mich erreichen.« Tammes drückte jedem von ihnen eine Karte in die Hand. »Habt ihr auch welche?«

»Er nicht. Ich schon«, antwortete Pütthus trocken und öffnete seine Brieftasche.

»Bedankt!«

»Beim nächsten Mal denk ich dran!«, zischte Greven.

»Bestimmt.«

Greven und Pütthus ließen das Flatterband hinter sich und gingen in nordöstlicher Richtung in den Hafen. Ihre beiden Augenpaare interessierten sich nicht für die Idylle des Sielortes, die ohnehin eine trügerische war.

»Was meinst du?«, fragte Greven nach Minuten stiller Orientierung.

»Keine Giebel, kein Bauwagen, keine geeigneten Häuser.

Die Deiche kommen auch nicht Frage. Jeder hätte ihn gesehen.«

»Bleiben also nur die Boote.«

»Wenn er sich an seine Schussdistanz wie bei den ersten Morden hält und auf Bewährtes setzt.«

»Carolinensiel«, nickte Greven. »Sehen wir uns die Boote an. Es sind ja nur etwa zwanzig auf dieser Seite.«

Er sah sich zwar als Experte für durchsuchte Wohnungen an, in denen es ihm schon oft gelungen war, die vom Täter hinterlassenen Spuren zu lesen und zu deuten, aber Pütthus war der Experte für Einbrüche. Andererseits liebt Greven den Wettbewerb. In aller Ruhe nahmen sie sich Boot für Boot vor. Im Hafen war kaum Betrieb, so dass sie sich nur einmal zu rechtfertigen brauchten. Ein Bootsbesitzer wollte ihren Dienstausweis sehen und wunderte sich nicht im Geringsten, deutsche Plastikkärtchen zu sehen.

»Freut mich, dass Sie uns helfen«, sagte er.

»Das war auch nicht immer so«, meinte Pütthus nach ein paar Schritten. »Als ich noch groß, blond und schön war, waren hier Deutsche nicht so gern gesehen.«

»Zum Glück bist du jetzt klein und hässlich. Da fällt es den Holländern leichter, freundlich zu sein. Außerdem liegt der Mann richtig. Wir sind wirklich gekommen, um zu helfen.«

»Im Gegensatz zu unseren Vätern und Großvätern.«

»Leider wahr.«

Nach dem achten Boot, das so gepflegt war wie die anderen, stießen sie auf ein ästhetisches Wrack. Ein Boot, dessen Geruch man schon von weitem sehen konnte. Eine schwimmende Ruine, ein maroder Kahn, den B. Traven Totenschiff genannt hätte.

»Das sieht ja noch schlimmer aus als dein Auto«, meinte Pütthus.

»Allerdings. Dagegen ist mein Passat ein Neuwagen«, wehrte sich Greven. »Aber dieser Schandfleck für die christliche Seefahrt ist ab sofort mein Favorit.«

»Da war seit Monaten niemand an Bord«, analysierte Pütthus.

»Gestern schon«, konterte Greven und ließ sich von Pütthus an Bord helfen. Das Boot lag tief im Wasser, und er musste an sein Knie denken. Mit einem Lächeln wartete er vor der Kajütentür auf seinen Kollegen.

»Du hast gewonnen«, sagte Pütthus. »Die Tür ist mit einer Brechstange aufgebrochen worden. Er hat sie mit einem Streichholz festgeklemmt. Sollen wir reingehen?«

»Etwa nicht? Wir haben es doch auch entdeckt. Mach schon!«

»Ich weiß nicht, was Tammes dazu sagen wird.«

»Nichts.«

»Das ist ja eine schwimmende Mülltonne«, stellte Pütthus fest, als er die Kajüte betrat.

»Es lebt. Könnte man sagen«, ergänzte Greven. »Oder etwa doch nicht? Hier fehlt etwas.«

»Du hast recht. Keine Fliegen. Hier müssten doch Myriaden herumschwirren. Aber ich seh nur eine. Weil er das Fenster geöffnet, aber nicht wieder geschlossen hat.«

Nach wenigen Blicken war sich Greven sicher, den Ansitz des Täters gefunden zu haben.

»Jetzt rufe ich Tammes an.«

Pütthus schüttelte den Kopf. »Viel wird er nicht finden. Unser Mann weiß genau, was er macht.«

»Dafür wird sein Muster deutlicher. Er erschießt wirklich immer dieselbe Frau. Fragt sich nur, warum?«

»Er hasst Frauen. Er hasst seine Mutter. Er hasst seine Lehrerin. Er wurde verlassen, verletzt, erniedrigt, gekränkt. So was in der Art. Ein Profiler oder Psychoonkel kann dir das garantiert erklären. Die können schließlich alles erklären.«

»Das mag ja alles stimmen«, dachte Greven laut, seinen Blick auf das Siel gerichtet. »Aber welche Rolle spielt dabei das Siel? Warum erschießt er diese Frau, die er so sehr hasst, immer auf einem Siel? Und warum immer in einem anderen Sielort?«

Über Termunterzijl wurde es dunkel. Schwere, fast violette Wolken kündigten ein Sommergewitter an. Als Greven und Pütthus das Boot verließen, krachten die ersten Tropfen auf ihre Köpfe. An Schirme hatten sie, wieder einmal, nicht gedacht.

20

Greven fiel mit der Tür ins Haus. Wortwörtlich. Denn die Baustellentür, von den Handwerkern anstelle der alten Seitentür zur ursprünglichen Waschküche eingesetzt, war nicht fest genug verankert gewesen. Scheppernd landete sie vor seinen Füßen und wirbelte eine hässliche Staubwolke auf, die ihn sofort niesen ließ. Immerhin konnte er sich an einer der Folien festkrallen und so eine Bauchlandung verhindern. Seinen Körper, seinen Rücken, sein Knie spürte er trotzdem.

»Ich bring sie alle um! Ich bringe diese Leute um! Fliesen-Arnold, Türen-Backer, Kabel-Oldewurtel. Völlig egal, wie sie heißen, ich mach sie alle platt!«

Vergeblich versuchte er, die Metalltür wieder aufzurichten. Sie war schlicht zu schwer. Jedenfalls für ihn. Die neue Tür war längst bestellt, brauchte aber Zeit. Viel Zeit. Mehrmals schon war Mona vertröstet worden. Mal fehlte es am benötigten Holz, dann wieder war die Fräse defekt oder die Beschläge über Nacht unauffindbar.

»Ich bring sie um! Gleich morgen früh!«

Greven schlug die Folien zur Seite und stapfte in die bereits neu geflieste Diele, die jetzt an helle, warme Flure in der Toskana erinnern sollte. Und damit auch die Wände die Erinnerung auf Dauer wach hielten, waren sie sand- und beigefarben gestrichen worden. Nein, sie waren nicht gestrichen, sondern mit einem Schwamm getupft, strukturiert und marmoriert worden. Sogar passende Lichtschalter hatte Mona ausgesucht. Aus heimischer Lärche. Wegen des rötlichen Tons. Und wegen der Umwelt. Alles war perfekt. Abgesehen von einigen unbedeutenden

Kleinigkeiten, etwa einem unauffindbaren Fehler in der Elektrik, der eventuell ein erneutes Aufmeißeln der schwammigen Wände erforderlich machte. Es gab zwar neue Schalter in der Diele, aber kein Licht. Dafür war das fließende Wasser überraschend zurückgekehrt. Zumindest in einige auserwählte Wasserhähne. Aus dem Bad hatte es sich hingegen zurückgezogen. Wegen des Einbaus eines Gästeklos im Atelier. Eine ebenso spontane wie frische Idee, auf die Mona seit zwei Tagen besonders stolz war. Für die Umsetzung mussten zwar gut zwei Quadratmeter noch unverfugter Fliesen wieder gewaltsam entfernt und Löcher in den Beton gebohrt werden, aber das sei zu verkraften, hatte Mona gemeint.

Greven konnte also nicht die Badwanne aufsuchen, um den Tag abzuschütteln. Aber immerhin konnte er in Ruhe aufs Klo gehen, wofür es auch langsam Zeit wurde. Seine rechte Hand ertastete den Lichtschalter im Bad, der seit kurzem ebenfalls aus Lärchenholz bestand, doch die Energiesparlampen ignorierten die Bewegungen seiner Finger. Der Fehler in der Elektrik hatte nun offenbar auch das Bad erreicht. Aber die Abendsonne, die sich durch die Strukturglasscheiben in den Raum kämpfte, reichte aus, den unbedingt erforderlichen Wassereimer zu erkennen, der neben der Toilette stand. Papier schien auch noch genügend vorhanden zu sein, die Rolle wirkte stattlich.

Greven ließ seine Hosen fallen, setzte sich und hatte nach kurzer Zeit das Schülergesicht von Hogo im Kopf. Irgendwie war er sich sicher, dass Kirsten Resemius‘ Exfreund tatsächlich jener Holger Lambertus war, der vor dem Abitur die Schule verlassen hatte und weggezogen war. Wie es aussah, waren seine Eltern damals nicht sehr weit gekommen. Jahrzehntelang war der sonderbare Schüler unsichtbar gewesen. Als hätte es ihn nie gegeben. Und dabei wäre es wahrscheinlich auch bis ans Ende seiner Tage geblieben. Wenn nicht Herbert Pütthus seinen Namen genannt hätte. Was für ein Zufall. Nur dass Greven nicht an den Zufall glaubte. Hogo. Wie passte er in das Puzzle? Der Unauffällige, der immer da, aber nie wirklich dabei gewesen war?

Während er noch mit möglichen Szenarien spielte, nach einem Motiv für Hogo suchte und es – natürlich – im Kontext der Trennung von Resemius suchte, ertastete seine rechte Hand im diffusen Licht des fortschreitenden Abends das Toilettenpapier.

»Ah!«, entfuhr ihm ein kurzer, allerdings nicht besonders lauter Schrei, denn das Papier war kalt und patschnass. Vermutlich war es seinem Vorgänger in den Wassereimer gefallen.

»Ich bring sie um!«, wiederholte Greven, als er feststellte, dass auch der Eimer sein Versprechen nicht hielt, da er ebenso leer war wie sein Konto.

»Scheiße, Mann!«

Nach kurzer Überlegung erhob er sich vorsichtig und ließ die Hosen unten. In gebückter Haltung tippelte er zur Tür und horchte ins Haus hinein. Es gab keinen Laut von sich. Bis zur Abstellkammer, in der trockenes, beigefarbenes, um nicht zu sagen, toskanafarbenes und dreilagiges Toilettenpapier auf ihn wartete, war es nicht weit. Ein paar Meter nur in der dunklen Diele. Trotz der kleinen Schritte kam er gut voran.

Ein sonderbares Geräusch, ein leisen Klicken ließ ihn seine Wanderung kurz unterbrechen. Er tippte auf eine der Katzen und tippelte weiter, als ihn unvermittelt der Lichtkegel einer Taschenlampe erfasste. Sein Herz rutschte in die Hose, die unter ihm auf den Fliesen lag.

»Ich hoffe, du probierst da keine … Praktik aus, von der ich nichts wissen möchte«, nahm ihn Mona in Empfang.

»In gewisser Weise schon. Ich war es bis heute nämlich gewohnt, Klopapier neben dem Klo vorzufinden. Und einen vollen Spülkasten. Diese kleine und peinliche Expedition habe ich ausschließlich deinen Flachpfeifen vom Bauhandwerk zu verdanken.«

»Die haben mir fest versprochen, immer Papier nachzulegen!«

»So? Haben sie das?«

»Haben sie. Die Leute sind in Ordnung. Glaub mir!«

»Ich brauche trotzdem Klopapier!«

»Weil du nie nachschaust, ob Papier da ist. Typisch Mann. Setzt sich einfach hin und hofft, dass alles für ihn bereit ist.« Mona öffnete die Tür zur Abstellkammer, verschwand kurz und kehrte mit einer Rolle Toilettenpapier zurück. Dreilagig, toskanafarben, trocken.

»Danke«, sagte Greven, schnappte sich die Rolle und machte kehrt. »Und das Licht geht auch nicht.«

»In der Diele«, hielt ihm Mona entgegen. »Aber mit dem Bad hat das kleine Problem in der Verteilerdose nichts zu tun.«

»Sagt dein Elektriker!«

»Sagt er«, entgegnete Mona, umrundete Greven und schlug mit der flachen Hand zielsicher auf den Schalter im Bad, das umgehend von zwei Deckenlampen illuminiert wurde. »Und wasch dir die Hände! Gründlich! Oder geh gleich unter die Dusche!«

»Wie denn? Ohne Wasser?«

»Das ist längst zurück. Meine … Flachpfeifen haben sich nämlich den ganzen Tag ihren Arsch aufgerissen, um den Spülkasten wieder zu fluten. Und jetzt kümmere dich bitte um den deinen! Ich bin in der Küche. Ach, das hätte ich fast vergessen. Stell anschließend bitte die Behelfstür wieder an ihre Stelle. Oder willst du, dass hier heute Nacht jeder nach Belieben kommen und gehen kann?«

Mit spitzen Schritten rauschte Mona durch die Diele und verschwand im Wohnzimmer, während Greven mit aufkeimenden Schmerzen im rechten Knie zurücktippelte und sich auf die Brille plumpsen ließ, um den zwangsweise unterbrochenen hygienischen Vorgang endlich abzuschließen. Die Spülung funktionierte, als sei das Wasser niemals versiegt.

»Und ich mach sie doch kalt!«

21

Am nächsten Morgen hatte sich das Adrenalin wieder verzogen, und Greven verließ Monas Hof, ohne Schuld auf sich geladen zu haben. Sicherheitshalber ging er den anrückenden Handwerkern aus dem Weg, um jegliche Konfrontation von vornherein zu vermeiden. Auch um die mühevoll aufgerichtete und vollkommen instabile Baustellentür, die er mit einer Dachlatte abgestützt hatte, machte er einen Bogen.

Als er die Einsatzzentrale betrat, war er sich sicher, an diesem Tag endlich einmal der Erste zu sein. Aber es brannte bereits Licht und Kaffeeduft hieß ihn willkommen. Peter Häring stand vor seiner akribisch gepflegten Schautafel und hatte bereits ein Foto von Annemiek Fransen neben den ersten beiden Opfern platziert.

»Stell dir vor, das haben die Holländer gestern Abend noch gemailt«, wunderte er sich.

»Gute Kontakte«, lächelte Greven. »Maarten Tammes von der Kripo in Groningen ist nicht nur von der schnellen Sorte, er hält auch nicht viel von bürokratischen Grenzen zwischen Ost- und Westfriesen.«

»Kennst du den schon länger?«

»Klar«, rutschte Greven die Antwort aus dem Mund, ohne sie aufhalten zu können.

»Da erklärt alles. Tolle Fotos übrigens vom Tatort und von dem Boot. Und das Projektil haben die wirklich im Rucksack des Opfers gefunden?«

»Ja. Sie hatte ihn mit Taschentüchern, einem Schal und einer Jacke vollgestopft. Maarten hat mir versprochen, uns die Ergebnisse ihrer Ballistiker zu schicken, sobald er sie in den Fingern hat.«

»Auf Holländisch?«

»Ist ja fast wie Platt.«

»Meinst du.«

»Sag mir lieber, was du von der Entwicklung hältst.«

»Der dritte Mord hat alle Zweifel beseitigt, wir haben es mit einem Serientäter zu tun. Er hat es auf einen bestimmten Frauentyp abgesehen und liebt Siele. Was erwartest du?«

In diesem Augenblick öffnete sich die Tür und Kirsten Resemius erschien in Begleitung ihrer Wilhelmshavener Kollegen Jahnke und Krüger, dicht gefolgt von Georg Harding, der eine Zeitung unter dem Arm hatte.

»Morgen zusammen«, sagte sie kühl.

»Moin«, murmelten die anderen fast synchron und setzen sich an ihre Tische. Harding legte seine Zeitung ab und steuerte den Kaffeeautomaten an.

»Moin«, antwortete Greven überrascht. »Du bist schon zurück? Ich hatte dich frühestens morgen erwartet.«

»Enttäuscht?«

»Im Gegenteil. Wir brauchen dich, wir haben nämlich einen dritten Mord. Diesmal hat er in Termunterzijl zugeschlagen.«

»Das hat mir Herr Harding schon berichtet. Es sind zwei Treppen bis nach oben.«

Resemius ging auf Greven zu und baute sich vor ihm auf. Ihr zartes, schmales Gesicht wirkte erschöpft, als habe sie zu wenig Schlaf gehabt. Ihre Augen und ihre Mundwinkel signalisierten Hochspannung. Miese Laune, dachte Greven, allermieseste Laune.

»Und? Was denkst du?«

»Dass unser Auftragskiller noch nicht nach Bukarest oder Kiew zurückgekehrt ist und unsere Chancen steigen, ihn doch noch zu erwischen.«

Häring öffnete Mund und Augen, Harding drehte der Kaffeemaschine den Rücken zu und blickte Greven irritiert an. Jahnke und Krüger zogen es vor, ihre Blicke auf ihren Tischen zu lassen und weiterzuarbeiten, an was auch immer.

»Du glaubst also allen Ernstes, dass es jetzt für drei Opfer einen gemeinsamen Nenner gibt? Dass wir noch immer einen großen Unbekannten suchen, der einen Profikiller angeheuert hat, um genau diese drei Frauen zu erschießen?«

»Natürlich. Der dritte Mord hat nichts geändert. Er erhöht nur unsere Chance, diesen gemeinsamen Nenner zu finden. Und wir werden ihn auch finden«, hielt sie ihm ohne jede Unsicherheit in der Stimme entgegen.

»Ein Serientäter kommt für dich nicht in Frage? Einer, der möglicherweise psychisch nicht ganz rund läuft? Einer, der Frauen hasst? Sich an ihnen rächen will?«

»Jetzt beruhige dich. In gewisser Weise ist unser Auftragskiller ja auch ein Serienkiller, wenn dir so viel an dem Begriff liegt.«

Greven vergrub sich in ihre Augen, suchte nach einem Indiz für ihre Sturheit, für ihre Ignoranz, für ihren Trotz. Aber ihre Augen gaben nichts preis, sie hatte ihr Visier geschlossen. Nebenbei bemerkte er, dass ihr Haar an Glanz eingebüßt hatte, der rötliche Schimmer war verschwunden. Nicht einmal die Morgensonne konnte ihn wecken.

Es ist der dritte Mord, fuhr es Greven durch den Kopf. Der dritte Mord hat ihr die Laune verdorben. Gerade eben auf der Treppe, als Georg sie informiert hat.

»Gut. Nur mal rein theoretisch«, begann er ruhig und mit wohldosierter Ironie. »Was könnte die Verbindung zwischen diesen Frauen wohl sein? Zwischen drei gutsituierten Frauen aus verschiedenen Städten, aber mit gleicher Größe, gleicher Statur und Frisur. Alle drei erschossen auf einem Siel an der Nordseeküste. Bestimmt kannst du uns eine Theorie anbieten, wenn du dir da so sicher bist.«

Aber Resemius ließ sich nicht aus dem Konzept bringen. »Ich weiß, dass dir das nicht passt, aber es ist nun mal mein Standpunkt. Also: Das Siel ist leicht zu erklären. Es ist für den Täter wahrscheinlich eine Art Signatur, eine Markenzeichen oder nur ein zynischer Gag, den er sich erlaubt, weil er ihn sich erlauben kann. Weil er davon überzeugt ist, dass wir ihn nicht erwischen. Die exponierten Tatorte sollen einfach nur seine Professionalität unterstreichen. Oder sogar für seine Professionalität werben?«

»Wie aber schafft er es, seine Opfer auch immer genau auf einem Siel zu erwischen? Er legt sich doch wohl kaum wochenlang auf die Lauer und hofft auf einen Zufall?«

»Natürlich nicht. Er lockt seine Opfer zum Tatort. Er verabredet sich mit ihnen oder erzählt ihnen irgendeine rührende Geschichte. Verena Engelmann und Karin Hasselfeld haben Anrufe von Prepaid-Handys auf ihren Handys. Die Listen haben wir alle gesehen. Nein, wir sollten den Sielen keine große Bedeutung beimessen. Sie spielen keine Rolle. Ich bleibe dabei, es geht um die Frauen, um ihre Geschäfte oder ihre Kontakte. Oder vielleicht waren sie rein zufällig Zeuge von etwas. Ohne es zu wissen. Auf einer Messe, in einem Hotel, an einer Bar. So oder sie ... sie haben jemandem im Weg gestanden.«

»Rein zufällig. So wie sie rein zufällig alle etwa gleich groß waren?«

»So selten sind große Frauen nun auch wieder nicht«, erwiderte Resemius. »Das habe ich längst überprüft. Das Statistische Bundesamt hat da eine ganz brauchbare Statistik auf seiner Homepage. Demnach hat jede achte Frau die Größe unserer Opfer. Jede achte. Einmal abgesehen von der Tatsache, dass sie gar nicht gleich groß waren und schon gar nicht gleich alt. Das von dir immer wieder betonte und durchaus auch vergleichbare Erscheinungsbild hält nämlich einer näheren Überprüfung nicht stand. So ähnlich sich die drei Frauen auch zu sein scheinen, so unterschiedlich sind sie bei näherer Betrachtung.«

»Der Mörder konnte sie ja nicht auf die Waage stellen, ihre Größe messen und sie zum Frisör schicken«, erwiderte Greven. »Er hat die Erstbeste genommen, die über das Siel gelaufen ist und in sein Beuteschema gepasst hat. Pi mal Daumen. Dann hat er abgedrückt. Ohne vorher eine Statistik zu befragen.«

»Das ist deine Theorie.«

»Ja, das ist sie. Eigentlich hatte ich nie eine andere, aber seit gestern ist sie nicht mehr so vage. Ganz im Gegensatz zu deiner geheimnisvollen Verbindung, die es zwischen den drei Opfern geben soll. Zwischen einer Frau aus Oldenburg, einer aus Düsseldorf und einer aus Leeuwarden. Zwischen den ersten beiden Opfern haben wir trotz intensiver Suche diese Verbindung nicht finden können.«

»Noch nicht.«

»Und ich wette mit dir, zwischen dem dritten Opfer und den ersten beiden finden wir auch keine. Aus dem einfachen Grund, weil es sie nicht gibt. Es sei denn, du hast uns aus Düsseldorf eine Überraschung mitgebracht. Dann also bitte!«

Doch allein schon ihr Blick verriet ihm, dass sie mit leeren

Händen zurückgekehrt war. Und das auch noch früher als vereinbart. Wieder kam ihm das Bild in den Sinn, das ihn Pütthus hatte anstiften lassen, Klingel-Winni zu aktivieren. Andererseits war er weiterhin davon überzeugt, dass sie erst auf der Treppe von dem Mord in Termunterzijl erfahren hatte. In ihren Augen konnte er nur lesen, dass sie unter Strom stand. Ein Strom, dessen Herkunft er sich nicht erklären konnte. Er sah nur, wie er in ihren Pupillen, ihren Wangen, ihrem Mund, in ihrem gesamten Körper floss.

»Lasst ihr mich kurz mitspielen?«, unterbrach Häring den seit einigen Augenblicken stumm geführten Dialog. »Ich hätte da einen kleinen Vorschlag zu machen. Lieber Gerd, verehrte Frau Kollegin, was haltet ihr davon, unsere Ermittlungsarbeit wieder ein wenig zu professionalisieren?«

Jahnke und Krüger hoben ihre Köpfe.

»Bitte?«, fragte Greven.

»Ich bin hier zwar nur mit untergeordneten Aufgaben betraut und auch kein Hauptkommissar, bin aber dennoch davon überzeugt, mir ein ungefähres Bild der Lage machen zu können.«

»Und die wäre Ihrer Meinung nach?«, zischte Resemius.

»Beschissen!«

»Bitte?«, wiederholte Greven.

»Jawohl. Beschissen. Während nämlich nicht weit von hier ein Mörder absolut unbehelligt durch die Gegend fährt und sorglos jedem Polizisten ins Gesicht lachen kann, streiten sich in der SoKo Siel in Aurich die beiden leitenden Ermittler über die Frage, wie man eine große Frau definiert. Wenn unser Täter das wüsste, würde er beim nächsten Mal gar nicht so einen Aufwand betreiben.«

»Beim nächsten Mal?« Kirsten Resemus schüttelte, wenn auch nur ganz leicht, ihren Kopf.

»Selbstverständlich«, entgegnete Häring und wies mit dem Finger auf eine freigeräumte Spalte auf der Tafel. »Hier wird ihr Foto hängen. Das Foto unserer vierten Frau zwischen vierzig und Ende fünfzig, etwas größer als der Durchschnitt, glatte, dunkle Haare. Nichts gegen Ihre Theorie, Frau Resemius, aber es spricht immer weniger für einen Auftragskiller. Verstehen Sie mich nicht falsch, ich will diese Möglichkeit auch nicht gänzlich ausschließen. Die Welt überrascht uns täglich mit Wahnwitz und Absurditäten, doch alle uns bekannten und in vielen nervigen Seminaren mühevoll erworbenen Kenntnisse über Serientäter lassen eigentlich nur diesen einen Schluss zu. So selten dieser Tätertyp auch ist, unser Mann gehört dazu. Ach ja, und er ist von hier.«

Resemius machte eine Art Ausfallschritt auf Häring zu, wurde aber von Greven mit einer schnellen Bewegung zurückgehalten.

»Na, weil er den ersten Mord in Hooksiel begangen hat. Auf vertrautem Terrain. Wo er sich auskennt, wo er sich sicher fühlt, wo er alle Fluchtwege kennt. Ebenso in Carolinensiel. Erst als alles so glattgegangen ist, hat er sich nach Termunterzijl gewagt. Und jetzt steht ihm jeder Sielort offen. Von Noordpolderzijl über Delfzijl bis nach Greetsiel und Neßmersiel. Und das sind noch lange nicht alle.«

»Westeraccumersiel, Bensersiel, Neuharlingersiel, Harlesiel.« Krüger konnte plötzlich sprechen.

»Altfunnixsiel, Neufunnixsiel, Horumersiel, Hohenstiefersiel.« Und Jahnke auch.

»Persil.« Harding wollte ebenfalls etwas beisteuern.

»Und das sind immer noch nicht alle«, betonte Häring. »Er hat freie Auswahl, während uns die Leute fehlen, diese Siele lückenlos zu observieren. Noch dazu ist er ein wahrer Pedant, der äußerst vorsichtig agiert, der bislang noch keinen Fehler gemacht hat. Genau das ist die Lage, in der wir uns befinden. Ich bitte euch daher: Verschiebt eure Differenzen, egal worum es letztendlich geht, und lasst uns diesen Serienmörder suchen. Ähnliche Fälle, psychiatrische Einrichtungen, das ganze bekannte Programm. Aber lasst uns endlich professionell arbeiten.«

»Was …?!«, setzte Resemius zu einem längeren Satz an, den Häring umgehend blockierte .

»Was auch bedeutet, dass wir Ihre Theorie, die wir inzwischen ja ganz gut kennen, nicht aus den Augen verlieren. Seien Sie da ganz beruhigt. So, das ist mein Standpunkt!«

»Ich muss schon sagen, ich …!«, versuchte es Resemius erneut, doch diesmal wurde sie von Harding unterbrochen.

»He, Leute! Eine Mail aus Groningen. Das Ergebnis der Ballistiker. Leider auf Holländisch.«

»Ich …«, setzte Resemius erneut an, doch Greven schob sie sanft zur Seite, lächelte sie an und setzte sich vor Hardings Monitor. Häring, Jahnke und Krüger folgten ihm neugierig, während Resemius zunächst vor der Schautafel verharrte, dann aber ebenfalls zu Hardings Tisch kam.

»Was wir schon vermutet haben. Kaliber 7,62. Gewehrmunition. Die Kollegen glauben, dass es sich bei dem Projektil um ein älteres Modell handelt. Wie sie darauf kommen, schreiben sie nicht. Aber das soll in den nächsten Tagen eine metallurgische Analyse klären. Eventuell ist das Ding dreißig Jahre alt oder noch älter«, übersetzte Greven.

»Er verwendet also alte Munition. Na, was ist jetzt mit eurem Psychopathen?«, stichelte Resemius aus der letzten Reihe. »Das spricht doch wohl ganz klar für einen Profi, der es uns so schwer wie möglich machen will.«

22

»Ist er das?«

»Ich bin mir fast sicher«, antwortete Greven. »Es ist über dreißig Jahre her.«

»Und du glaubst wirklich, dass die Resemius das nicht mitbekommt?«, fragte Pütthus.

»Und wenn schon. Ich bin in den letzten Jahren immer wieder einem aus meinen wilden Jahren über den Weg gelaufen. Vor ein paar Wochen erst Kanne. Das ist nichts Ungewöhnliches. Warum also nicht auch Hogo?«

»Du hast eine Kanne getroffen?«

»Blödmann«, brummte Greven. »Jürgen Möller. Aber wir nannten ihn Kanne. Hogo müsste ihn auch gekannt haben. Kanne hat bei keinem Feuer am Deich gefehlt.«

Auf der gegenüberliegenden Straßenseite, nicht weit vom Bahnhof entfernt, der vielleicht sogar sein Ziel war, spazierte ein schlanker Mann mit schmalem Gesicht, kurzen, grauen Haaren, weißem Hemd, dunkler Hose, schwarzem Aktenkoffer und einer Jacke über der Schulter.

»Und?«

»Du kannst es einfach nicht abwarten, oder? Also fahr schon los!«

Pütthus ließ den Wagen an, kurvte etwas umständlich aus der Parklücke und überholte die Zielperson. Greven duckte sich nicht weg, als sie auf gleicher Höhe waren, sondern sah einfach zur anderen Seite. Das reichte. Der Mann achtete nicht auf sie. Fast schon am Bahnhof angekommen, hielt Pütthus an einer Kreuzung an, wo Greven ausstieg und jetzt dem Mann entgegenging. Es dauerte keine Minute, dann trafen sich ihre Blicke. Greven blieb stehen. Letzte Zweifel waren ihm geblieben. Aber irren konnte sich ja jeder mal. Einen Versuch hatte er somit frei.

»Hogo?«

Der Mann blieb ebenfalls stehen und sah ihn fragend, fast verunsichert an. Er schien intensiv in seinem Gedächtnis zu kramen.

»Norddeich. Meta. Ist schon ein paar Jahre her«, bot ihm Greven Hilfe an. »Die großen Lagerfeuer am Deich. Dirk, Silva, Ede, Harm und die anderen.«

Noch war der Schalter nicht umgelegt, noch waren auch Grevens Zweifel nicht endgültig beseitigt. Die Zeit hatte ihre jungen Gesichter unter Sedimenten aus Jahrzehnten begraben, die sich ihren archäologischen Bemühungen hartnäckig widersetzten.

»Gerd? Gerd Greven? Das ist ja ein Ding!«

»Und ich dachte schon, ich hätte mich geirrt«, atmete Greven erleichtert auf. »Das ist mir neulich erst passiert. Ich wäre nämlich fast einer fremden Frau um den Hals gefallen, weil ich sie für Biggi gehalten haben.«

»Biggi?«

»Birgit Fischer. Von Norderney. So eine Kleine mit kurzen Haaren.«

»Birgit, na klar! In die alle verknallt waren.«

»Du etwa auch?«

»Und wie. Meine erste Qual dieser Art.«

»Sag mal, hast du ein paar Minuten? Wir könnten einen Kaffee trinken?«, schlug Greven vor.

Lambertus sah auf die Uhr.

»Dreißig Minuten?«

»Okay, gleich da drüben in dem Café.«

Sie überquerten die Straße und setzten sich in Sichtweite des Bahnhofs an einem freien Tisch. Eine Kellnerin kam sofort. Lambertus zückte sein Handy und teilte einem Unbekannten mit, eine halbe Stunde später bei ihm einzutreffen.

»Aber ich will dich nicht von …«

»Das geht schon in Ordnung«, lächelte Lambertus. »Die sind froh, dass ich überhaupt komme.«

»Denn du bist was …?«, fragte Greven, obwohl er es längst wusste.

»Staatlich anerkannter Schuldenberater. Mein Klient wohnt gleich um die Ecke. Einer der schwierigen Fälle, denn er ist nur sehr bedingt für seine miese Situation verantwortlich. Die wahren Schuldigen sitzen in einer Bank und warten auf neue Opfer. Aber das brauche ich ja einem Altlinken nicht zu erzählen. Was machst du eigentlich?«

Greven hatte sich schon vor Antritt der Fahrt entschieden, die Wahrheit zu sagen. »Ich bin bei der Kriminalpolizei. In Aurich.«

Lambertus machte große Augen und neigte seinen Kopf lächelnd zur Seite. »Komm, verarsch mich nicht!«

»Bestimmt nicht.«

»Du? Bei der Kripo? Das hätte ich jetzt echt nicht gedacht. Aber du hast doch früher immer auf die Bullen …?«

»Genau. Früher. Das trifft den Nagel auf den Kopf«, kam ihm Greven entgegen. »Und jetzt bin ich selber einer. Was noch lange nicht heißt, dass ich gewisse gesellschaftliche Probleme aus den Augen verloren habe. Das trifft auch auf bestimmte Banker zu, falls es dich beruhigt. Ich befasse mich allerdings nicht mit Anlagebetrug, sondern mit Mord.«

»Ha! Der Gerd ist ein Bulle geworden. Wer hätte das gedacht. Ausgerechnet der Gerd.« Lambertus schüttelte lachend den Kopf. »Wenn ich dir das am Deich prophezeit hätte, wäre ich im Feuer gelandet.«

»Gut möglich«, gestand Greven ungern ein.

Die Kellnerin brachte den Kaffee.

»Der Gerd bei der Polizei.« Lambertus konnte sich kaum beruhigen und suchte seinen Blick. »Aurich, sagtest du? Was machst du dann in Wilhelmshaven? Bestimmt keinen Urlaub. Ha! Der Mord in Hooksiel! Die Frau, die erschossen worden ist! Aber ist dafür nicht unsere Kripo zuständig?«

»Das ist sie auch. Aber nur zum Teil. Wir haben uns zu einer SoKo zusammengefunden, deren Leiter ich bin. Also bin ich jetzt auch hier zuständig.«

»Und? Schon eine ... heiße Spur?«

Der spitze Ton war nicht zu überhören, das Grinsen nicht zu übersehen. Da freute sich jemand, aus welchem Grund auch immer, einem lange zurückliegenden oder einem aktuellen. Zu gerne hätte ihm Greven direkte Fragen gestellt, doch das war nicht möglich. Holger Lambertus war auf Härings Tafel nicht vermerkt und gehörte somit nicht einmal zum Kreis der Zeugen. Grevens Ziel war daher eine reine Sondierungsmaßnahme, wie Pütthus es formuliert hatte. Mehr nicht. Doch es reizte ihn natürlich schon, tiefer zu graben.

»Das nicht. Aber wir gehen von einem Serientäter aus, einem Frauenhasser. Bei seinem dritten Mord in Termunterzijl vor ein paar Tagen hat er einen eklatanten Fehler gemacht. Es ist also nur eine Frage der Zeit«, antwortete Greven freundlich, als habe er den provokanten Unterton überhört. Beim »eklatanten Fehler« hatte er sich eine Reaktion erhofft, die ihm Lambertus jedoch verwehrte, den etwas ganz anderes beschäftigte.

»Einer Kirsten Resemius bist du dabei nicht zufällig in die Quere gekommen?«

»Wieso fragst du?«

»Ach, nur so. Sie ist bei der hiesigen Kripo. Du müsstest sie eigentlich kennen.«

»Die Resemius, die weiß, wie man eine Geiselnahme beendet?«

»Genau die«, lächelte Lambertus. Allerdings war es ein bitteres Lächeln, kein überhebliches, wie noch vor ein paar Sekunden.

»Wer kennt die nicht. Sie ist ja fast so etwas wie eine Berühmtheit. Aber wie kommst du jetzt auf die?«

»Wir ... waren mal ein Paar.«

Greven beugte sich vor und gab den Überraschten. »Verheiratet? Du und diese Resemius?«

»Nein, das nicht. Dazu hat es irgendwie nie gereicht. Bei mir nicht und bei ihr nicht. Wenn du mich fragst, wir haben beide Schwein gehabt. Vor allem ich.«

»Was hast du gerade mit ›in die Quere kommen‹ gemeint?«

»Ich sag dir, gegen die hast du keine Chance. Die zieht nämlich immer ihren Stiefel durch. Was die sich in den Kopf setzt, das passiert auch. Dafür geht die über Leichen, wie du weißt.«

»Das muss doch keine schlechte Eigenschaft sein?«, konterte Greven. »Vielleicht ist sie einfach nur zielstrebig und durchsetzungsfähig? Damit ist sie bei der Polizei doch genau richtig.«

»Das meine ich nicht. Die Sache ist etwas komplizierter. Viel komplizierter.«

»Was meinst du mit ›komplizierter‹?«

»Komm lass, das ist ein blödes Thema«, winkte Lambertus ab und sah auf die Uhr. »Lass uns lieber über die alten Zeiten reden. Außerdem hab ich dieses Kapitel meines

Lebens längst abgeschlossen. Aber trotzdem: Geh ihr aus dem Weg. Oder sie räumt dich aus dem Weg. Okay? Sag mir lieber, was aus Dirk geworden ist! An den habe ich neulich erst gedacht. Hast du mal was von dem gehört?«

»Du meinst Dirk Meyer? Der ist in Berlin, in Kreuzberg. Um Ostern rum geh ich in der Bergmannstraße in einen Plattenladen, und wer steht hinter dem Tresen: Dirk Meyer.«

»Sein Laden?«

»Ja, Dirks Plattenkiste. Du kannst ihn jederzeit googeln.«

»Zu wem hast du noch Kontakt? Wen hast du noch getroffen?« Sein Gegenüber sah wieder auf die Uhr.

»Kanne. Letztes Jahr in Oldenburg.«

»Kanne? Wer ist Kanne?« Lambertus' fragende Miene wirkte echt.

»Jürgen Möller. Kanne haben wir den genannt. Also, der hat doch nie gefehlt. Der Typ mit den längsten Haaren bei Meta. Wenn der auf der Tanzfläche war, wurde es eng.«

Lambertus schüttelte den Kopf. »Kanne? Sagt mir nichts. Aber was ist mit Arno? Du weißt schon, der mit der riesigen Nickelbrille. Arno Weber.«

»Jetzt muss ich passen.«

»So ein Großer mit Afrolook. Nein? Mensch, wer war da noch? Ede? Was ist mit Ede? Dem Schlagzeuger?«

»Ist immer noch in Greetsiel«, antwortete Greven korrekt. »Spielt aber nicht mehr, soweit ich weiß.«

»Und Uta? Die immer mit Anne rumgehangen hat?«

»Ich muss wieder passen.«

»Es nützt nichts, ich muss los.« Lambertus erhob sich und winkte der Kellnerin. »War nett, dich mal wiederzusehen. Toller Zufall. Gerd Greven ist bei der Polizei. Was es alles gibt auf dieser Welt. Hier, meine Karte. Wenn du Lust hast, machen wir mal einen Abend.«

»Machen wir«, nickte Greven. »War wirklich ein toller Zufall. Komm lass, den Kaffee übernehme ich. Geh zu deinem Termin.«

Lambertus hob noch kurz die Hand, rief »Tschüss!« und marschierte in Richtung Bahnhof davon. Sein leicht federnder Gang hatte sich nicht verändert. Allein daran hätte Greven ihn erkennen müssen. Jetzt fragte er sich, warum er sich überhaupt mit Zweifeln geplagt hatte. So stark hatte sich Hogo doch gar nicht verändert. Er war grau geworden, aber er war doch immer noch der Hogo von damals. Der unauffällige, merkwürdige Typ, der immer dabei gewesen war, aber nie mitgemacht hatte.

Greven zahlte und zog sein Handy aus der Tasche.

Keine Minute später fuhr Pütthus vor und Greven stieg ein.

»Und?«

»Mensch, du immer mit deinem ›Und‹.«

»Also, was hat er gesagt?«

»Nicht viel. Na ja, für den Anfang war's nicht schlecht. Stell dir vor, der hat mich doch glatt vor Kirsten gewarnt. Und ich dachte, der erwähnt sie nicht einmal. Aber jetzt fahr erst mal los.«

»Also wieder zurück nach Aurich.«

»Nicht ganz. Wir machen nur einen kleinen Umweg über Hooksiel. Ich will mir da noch mal den Bauwagen ansehen. Ohne Kirsten.«

»Dir ist aber klar, dass ich um Punkt zwei wieder in Aurich sein muss?«, mahnte Pütthus.

»Das habe ich nicht vergessen, also gib schon Gas.«

Sie fuhren auf der Peterstraße stadtauswärts und erreichten wenig später bei sommerlichen Temperaturen und blauem Himmel Hooksiel. Sie parkten direkt im Hafen und gingen zunächst zum Tatort, an dem noch immer Blumen lagen und Kerzen brannten. Auch der Bauwagen, der dem Täter als Ansitz gedient hatte, stand an seinem Platz. Greven hatte ihn noch nicht wieder freigegeben, obwohl die kriminaltechnische Untersuchung längst abgeschlossen war. Mit einem Taschenmesser öffnete er das Siegel und erklärte Pütthus kurz den vermuteten Ablauf.

»Und jetzt kommst du!«

Pütthus sah sich genau um, kniete sich hin, reckte den Hals aus dem Fenster, wischte mit der Hand über den Tisch. Nach gut zwei Minuten gab der Experte für Raub und Diebstahl sein Urteil ab.

»Der war sehr gut vorbereitet. Da hat jemand seine Hausaufgaben gemacht. Wenn ich da an meine Herren Einbrecher denke …! Aber davon sind die meisten ja auch Junkies und andere Gestrandete. Eigentlich alles Amateure, die nichts vorbereiten. Von dem Mitführen einer Brechstange mal abgesehen. Nicht wenige verzichten auf eine Maske und sogar auf Handschuhe. Oder sie ziehen sie wieder aus, wenn sie drin sind. Alles schon erlebt. Aber dieser hier, der hat genau gewusst, was er macht. Was ich besonders interessant finde, ist seine Position hinten im Wagen.«

»Da hat er gesessen oder gestanden«, erklärte Greven unter Einsatz seiner Hände. »Der Bauwagen ist auf zwei Fotos kurz vor der Tat zu sehen, aber immer mit schwarzem Fenster.«

»Der hat gesessen, und das auch nur, weil liegen nicht möglich war. Ein Stuhl ist ja da. Und den Tisch hat er als Auflage benutzt.«

»Die Spusi hat nichts gefunden.«

»Wie denn auch? Er hat alles wieder an seinen Platz gestellt und seine Handschuhe anbehalten. Und vielleicht ist dir aufgefallen: Dies ist ein Bauwagen. Der besteht praktisch nur aus Spuren. Aus Spuren und Dreck. Doch das finde ich gar nicht so interessant.«

»Sondern?«

»Eben, dass er von hinten geschossen hat, wo man ihn nicht sehen konnte.«

»Jetzt spann mich nicht auf die Folter!«

»Aber es ist nur eine Vermutung.«

Greven nickte nachsichtig.

»Er hat das so gelernt. Bei der Bundeswehr oder einer anderen Armee. Oder einem ähnlichen Laden. Nicht bei der Polizei, da darf man gesehen werden. Ein militärischer Scharfschütze aber muss immer unsichtbar bleiben. Schon allein wegen der gegnerischen Scharfschützen. Er geht nie ans Fenster wie im Film. Er schießt immer aus dem rückwärtigen Teil des Raumes.«

»Und nimmt dabei ein verengtes Schussfeld durch ein Fenster oder eine Tür in Kauf«, fuhr Greven fort.

»Das gleicht normalerweise ein zweiter Mann aus, der von einer anderen Position bei der Zielsuche hilft. Aber den hat er hier nicht gebraucht. Die Distanz ist für einen Schützen wie ihn ein Klacks. Welches Kaliber hat er noch mal benutzt?«

»7,62.«

»Er war bei der Bundeswehr.«

»Die Holländer vermuten, das Projektil könnte gut dreißig Jahre alt sein. Frag mich nicht, warum. Sie sind noch dabei.«

»Dann war er vor gut dreißig Jahren bei der Bundeswehr

und ist um die fünfzig, Anfang fünfzig. Aber wie gesagt, das ist nur eine Vermutung.«

»Aber wo hat er das Gewehr her?«

»Schwund ist immer, haben wir früher dazu gesagt. Aber du warst ja nicht beim Bund. Dann wüsstest du, was ich meine. Können wir jetzt fahren? Ich wäre gerne pünktlich in meinem Büro.«

23

»Du warst noch nie hier?«, wunderte sich Greven. »Der Rettungsschuppen ist ein Muss. Das ist kein Museum, das ist ein Sammelsurium, eine Fundgrube, ein Haus voller Geschichten. Und ein altes Rettungsboot haben die auch, die *Ulrich Steffens*. Stammt noch aus dem Zweiten Krieg. Glaube ich jedenfalls.«

Greven stand mit Resemius vor dem Museumsgebäude der Deutschen Gesellschaft zur Rettung Schiffbrüchiger in Neuharlingersiel, dessen Wahrzeichen der Aussichtsturm war.

»Ein idealer Hochsitz«, sagte sie. »Du hattest recht. Vor dort oben aus kann ein guter Schütze jeden im Hafen erwischen. Aber dazu müsste er das große Fenster öffnen. Außerdem kann man ganz gut hineinsehen. Viel zu auffällig. Er braucht etwas anderes. Etwas mit einem kleinen Fenster. Vielleicht auch etwas, was näher am Zentrum liegt.«

»Und du willst nicht ins Museum?«

»Danke, nein. Dafür fehlt mir heute der Sinn.«

»Dann lass uns noch mal in den Hafen gehen.«

Die beiden warfen noch einen Blick auf den Kutter, der neben dem Museum auf einer Slipanlage lag, dann traten sie den Rückweg an. Der Wind war warm, über den Himmel zogen einige harmlose Wolken. Das hätte auch ein schöner Urlaubstag sein können, dachte Greven. Zumal seine Kollegin überraschend ausgesprochen entspannt zum Dienst erschienen war. Sie hatte sogar lauthals gelacht, als Harding einen seiner derben Witze in den Raum geworfen hatte.

»Wie lange werden wir brauchen?«, fragte sie. »Für alle Sielorte? Du hast dich vorhin ja etwas bedeckt gehalten.«

»Weil wir nicht genau wissen, wie viel Zeit wir überhaupt in einen Ort investieren müssen. Und ob wir Hooksiel, Carolinensiel und Termunterzijl auch aufnehmen müssen. Was ist mit Orten wie Mariensiel, Fedderwardersiel, Knock oder Leybuchtsiel? Nicht mal auf die Zahl haben wir uns einigen können. Gibt es jetzt dreißig, einunddreißig oder sogar dreiunddreißig Sielorte? Eine Woche wird da kaum reichen. Aber die fehlt uns dann wieder für Ermittlungen. Andererseits …«

»Die Webcams sind wirklich eine tolle Idee. Eigentlich ganz naheliegend, aber ich wäre trotzdem nicht gleich drauf gekommen.«

»Dafür haben wir ja Peter. Der lebt schließlich im Web. Es wundert mich nur, dass den die NSA nicht längst abgeworben hat.«

»Woher willst du das so genau wissen?«

»Stimmt. Wenn ich an seine Idee mit den Drohnen denke«, sagte Greven.

»So dumm finde ich die gar nicht. Jeden Sielort von oben, und das rund um die Uhr? Infrarot bei Nacht? Da hätte unser Mann keine Chance, ob Serienmörder oder nicht.«

»Die Drohnen kommen noch früh genug«, meinte Greven. »Aber die filmen dann nicht nur Kriminelle, sondern alle. Und wer weiß, ob dann die Kriminellen noch interessant sind. Die könnten zur Nebensache werden, die aber den Einsatz legitimiert. Das läuft auf das berühmte falsche Dilemma hinaus. Wer nicht für mich ist, ist gegen mich. In diesem Fall: Wer gegen Drohnen ist, ist für Kriminelle.«

»Ich kann dir folgen. Aber das ist meiner Meinung

nach kein falsches Dilemma, sondern ein echtes. Unsere Webcams filmen ja auch alle.«

»Aber wir setzen keine Gesichtserkennungs-Software ein und verbinden die gesammelten Daten nicht mit anderen aus dem Netz oder aus allen möglichen Quellen.«

»Das würden wir aber, wenn Häring die Möglichkeit dazu hätte. Weil wir dann nicht mehr sehr viel Glück bräuchten, unseren Mann zu erwischen.«

»Ja, das ist dann doch wohl ein echtes Dilemma. Es läuft darauf hinaus, wie wir diese Technik einsetzen, wer die Kontrolle hat und wer die Daten noch nutzen kann. Bleibt die Verantwortung beim Richter, wie beim Durchsuchungsbeschluss, sehe ich da kein Problem. Bleibt die Nutzung der Daten aber im Dunkeln, in der Grauzone, sehe ich schwarz.«

»Schön gesagt«, amüsierte sich Resemius über den letzten Satz.

»Dann droht die Bekämpfung der Kriminalität selbst zu einem kriminellen Delikt zu werden. Nietzsches Warnung kennst du ja.«

»Die mit den Ungeheuern.«

»Genau die«, sagte Greven und schaute nach oben auf die Giebel der Häuser, die den Hafen einrahmten. Die meisten waren jünger als die in Greetsiel, erzielten aber einen ähnlichen Effekt. Sie waren die ideale Kulisse für Kutter. Er hatte noch nicht alle Giebel betrachtet, als er an einem Haus hängen blieb, das nicht weit entfernt von den Bronzefischern stand. Sein Blick verbiss sich in das obere Fenster unter dem First. Sein Gang wurde langsamer, dann blieb er stehen.

»Gerd? Alles in Ordnung?«, fragte Resemius besorgt. »Bist du wieder unterzuckert?«

»Wie? Nein, es ist das Fenster da oben.«

»Was ist mit dem Fenster?«

»Sieh es dir genau an.«

Seine Kollegin taxierte den Giebel und verglich ihn mit den umliegenden.

»Ich glaube, ich weiß, was du denkst. Es ist geradezu ideal.«

Greven riss sich los und ließ seinen Blick auf die gegenüberliegende Ostseite des Hafens wandern. Auch dort gab es geeignete Fenster, aber die sahen alle bewohnt, gepflegt und nach Leben aus.

»Komm. Wir sehen es uns an«, entschied er spontan.

»Aber …«, brachte Resemius noch heraus und folgte ihm in den kleinen Laden, der im Erdgeschoss untergebracht war.

Greven hielt auf die erste Verkäuferin zu und fragte leise, ohne seinen Ausweis zu zeigen: »Greven, Kripo Aurich. Könnte ich die Besitzerin oder Eigentümerin sprechen? Es dauert auch nicht lang.«

Die Verkäuferin verzog keine Miene, drehte sich zur Seite und rief durch eine Tür: »Sina, is för di!«

Eine Frau um die vierzig erschien und sah ihn fragend an. Jetzt zog Greven seinen Ausweis aus der Tasche.

»Greven, Kripo Aurich. Das ist meine Kollegin Resemius aus Wilhelmshaven. Könnten wir Sie ganz kurz sprechen? Aber nicht hier im Laden.«

Die Frau wurde blass und führte ihre rechte Hand zum Mund. »Is was mit Abo?«

»Nein, es ist nichts mit Abo«, beruhigte sie Greven. »Können wir jetzt nach hinten?«

»Wirklich nicht? Er ist nämlich noch nicht wieder zurück«, sagte die Frau, als sie den Flur im hinteren Teil des Hauses erreichten.

»Nein, es ist nichts passiert. Glauben Sie mir. Es geht um etwas ganz anderes. Bestimmt haben Sie von den beiden Morden in Hooksiel und Carolinensiel gehört?«

Die Frau nickte, ohne dass sich ihre Miene erhellte.

»Leider befürchten wir weitere Morde und wollen daher jeden Sielhafen mit kleinen Kameras überwachen. Ihr Fenster unterm Dach wäre bestens geeignet. Das würden wir uns gerne einmal ansehen. Wenn wir dürfen.«

»Das ist alles?«

»Das ist alles. Wollen Sie noch mal unsere Ausweise sehen?«

Die Frau schüttelte den Kopf.

»Gut. Dann gehen Sie bitte vor«, bat Greven.

Die Besitzerin führte sie an eine Treppe.

»Warten Sie kurz.« Greven nahm die Hintertür unter die Lupe, dann gingen sie nach oben.

»Da ist aber nicht aufgeräumt«, wand sich die Frau vor der Tür zur Dachkammer. »Steht alles voller Gerümpel.«

»Das macht gar nichts. Wir wollen ja nur kurz sehen, ob wir eine kleine Kamera anbringen können. Bitte!«

Die Besitzerin öffnete die Tür und machte ein Gesicht, das Greven sofort nachfragen ließ: »Stimmt etwas nicht?«

»Komisch«, antwortete die Frau. »Als ich neulich einen Karton nach oben gebracht habe, da hat die alte Tür gequietscht wie die Türen in einem Gruselfilm. Ich hab richtig so einen kleinen Schreck gekriegt.«

Greven wischte mit dem Finger über das obere Scharnier und führte ihn zur Nase. Resemius nahm seine Hand und überprüfte das Ergebnis mit eigener Nase.

»Waffenöl«, stellte sie nüchtern fest.

»Das hat mein Mann in einer Spraydose. Geht für alles«, sagte die Frau und ließ sie eintreten. Ein kleiner Dachboden, auf dem ein paar Kartons, ein alter Röhrenfernseher, eine alte Stehlampe und einige Plastiktüten standen. Greven brauchte nur wenige Schritte bis zum Fenster, das er genau betrachtete. Resemius stand dicht hinter ihm.

»Wie oft machen Sie hier sauber?«, fragte sie.

»Ich hab Sie ja gewarnt. Da haben wir ewig nicht aufgeräumt.«

»Und auch nicht Staub gewischt?«, hakte Greven nach und inspizierte das Fenster.

»Bestimmt nicht. An das Fenster geh ich sowieso nicht.«

»Wegen der Spinnen«, vermutete Greven.

»Und was die da in ihren Netzen haben. Das ist so was von ekelig. Nee!«

»Vorsicht!«, mahnte Resemius, als Greven den Griff anfasste.

»Keine Sorge. Wenn er es war, hat er Handschuhe getragen«, flüsterte Greven und öffnete das Fenster. Sofort war der Sommerwind im Raum. Irgendwo hinter ihnen schlug eine Tür zu.

»Frisch geölt«, stellte Resemius fest. »Wie die Tür.«

Greven machte ein paar Schritte zurück und suchte nach einem geeigneten Standpunkt. »Perfekt«, sagte er, fasste seine Kollegin an die Schultern und stellte sie auf Position.

»Das Schöpfwerk und die Sielmauer. Und von außen ist er in der dunklen Dachkammer nicht zu sehen. Auf die Entfernung schafft er es sogar im Stehen«, sagte Resemius leise. »Kann Häring nicht hier eine von seinen Minikameras einbauen?«

Greven wandte sich der Besitzerin zu, die noch immer in der Tür stand. »Hätten Sie etwas dagegen, wenn wir hier eine unserer kleinen Kameras einbauen? Das Fenster ist ideal, um den Hafen zu überwachen. Sie wissen ja, worum es geht. Wir wollen einen weiteren Anschlag verhindern.«

»Macht das viel Schmutz?«

»Gar keinen«, antwortete Greven. »Das Ding ist so groß wie ein Finger.«

»Wenn mein Mann nichts dagegen hat. Von mir aus.«

»Vielen Dank. Wir schicken Ihnen einen Kollegen vorbei.«

Vor dem kleinen Laden klopften Resemius und Greven erst einmal ihre Kleidung ab. Der Sommerwind half ihnen dabei.

»Ich muss der Frau recht geben. Diese alten Spinnweben sind wirklich ekelig«, bemerkte Resemius.

»Das findet unser Mann auch«, fügt Greven hinzu.

»Wenn er es tatsächlich war.«

»Er war es.«

»Meint dein Knie.«

»Es widerspricht zumindest nicht«, meinte Greven, während er seinen Kragen bearbeitete. »Bist du anderer Ansicht?«

»Willst du das wirklich wissen?«

»Unbedingt.«

»Nein, ich bin nicht anderer Ansicht, auch wenn ich vorsichtiger bin als du. Wenn ihr Mann da oben nicht aktiv gewesen ist, hat jemand anderes die Scharniere geölt und die Spinnweben vor dem Fenster beseitigt. Und das ist noch nicht lange her. Nein, es spricht wirklich viel dafür, dass er da oben gewesen ist. Das passt auch ins Bild. Er bereitet alles sehr gut vor, seine Flucht inklusive. Der Hinterausgang ist ideal.«

»Das Schloss auch. Das kriegt jeder auf. Der geht rein, wartet ein paar Minuten auf die passende Frau, schießt und verschwindet wieder. Der einsetzende Tumult hält ihm sogar den Rücken frei. Alle werden aus dem Laden laufen, während er hinten seelenruhig und ungesehen hinausmarschiert.«

Greven konnte in Resemius' Miene lesen, dass sie den Ablauf durchspielte. Für einen Moment schloss sie sogar ihre Augen, was ihm gefiel und beeindruckte. Sie war ganz bei der Sache, sie ließ keine Ablenkung zu. Und der Glanz war auch wieder zurückgekehrt. Rötlich schimmerten ihre Haare in der Sonne, die er auf seiner Haut spürte. Der Wind hielt sich zurück, beließ sogar die modisch angesagten Strohhüte auf den Köpfen, die sonst eine leichte Beute darstellten. Kinder leckten Eis, Eltern berieten, welche Postkarte für die Oma gerade noch zumutbar war, Pärchen fotografierten sich vor den Kuttern. Ein klassischer Urlaubstag in einem Sielort. Auch für große Frauen.

»Jede Achte, hast du gesagt?«

»Jede Achte«, bestätigte Resemius und wusste sofort, was ihm in den Sinn gekommen war. Beide sahen sich um, taxierten die Urlauber nach statistischen Kriterien, nach Geschlecht, Alter, Größe und Frisur. Greven behielt zudem seine Uhr im Auge.

»Die dort drüben, bei der Plastik. Bei den Metallfischern«, landete Resemius den ersten Treffer.

»Keine Minute«, stellte Greven fest.

»Ich hab noch eine«, meldete sich Resemius gleich darauf. »Links, vor dem zweiten Kutter.«

»Ich hab sie. Die mit der riesigen Sonnenbrille. Etwas zu korpulent, aber die geht noch durch. Lange muss er also nicht warten. Nicht in einem stark frequentierten Hafen wie diesem.«

»Sag ich doch. Jede Achte.«

»Ich ruft Peter an. Er soll in Bensersiel alles stehen und liegen lassen und hier noch heute so ein Ding einbauen.

Und zwei im Hafen. Neuharlingersiel hat im Moment Priorität. Außerdem werde ich den Laden von zwei Leuten observieren lassen.«

24

Der Mann musste in den zweiten Gang zurückschalten und Gas geben, um über den Deich zu gelangen. Er hatte die Steigung unter- und die Motorleistung seines neuen Wohnmobils überschätzt. Von der Deichkrone aus war es dann ein Kinderspiel, er brauchte sein Fahrzeug nur auf den kleinen Parkplatz vor seiner Nase rollen zu lassen, wo er unmittelbar am Ufer der Ems parkte. Die Entfernung zum Siel war groß, lag aber gerade noch im Rahmen seiner Möglichkeiten. Das Risiko musste er in diesem Fall eingehen, um nicht von den neuen Kameras erfasst zu werden. Das Wohnmobil würde wahrscheinlich zu sehen sein, sofern es nicht bereits außerhalb der Reichweite lag. Doch da er nicht vorhatte, sein rollendes Versteck auch nur für eine Sekunde zu verlassen, würde er für die Kameras unsichtbar bleiben.

Das Wetter war perfekt. Der Wind hatte aufgefrischt und trieb verdächtige Wolken über den Himmel, ohne dass wirklich Regen zu befürchten war. Aber die Wolken reichten aus, um Touristen anderen Zielen zuzuführen. Auf dem Hinweg hatte er gesehen, dass niemand auf dem Deich unterwegs war. Auf dem kleinen Parkplatz neben ihm stand nur ein weiteres Fahrzeug, ein nicht mehr ganz frischer Opel Astra, hinter dessen Rädern bereits das Gras wuchs. Er brauchte also nicht mit einer plötzlichen Rückkehr des Besitzers zu rechnen.

Der Mann sah auf die Uhr, denn er hatte sich für ein sehr kleines Zeitfenster entschieden. Im Hafen war es noch ruhig, erst eine kleines Grüppchen Menschen hatte sich eingefunden. Langsam öffnete er das breite Seitenfenster und arretierte es, dann baute er das Stativ auf, eine Eigenkonstruktion, auf die er in diesem Fall nicht verzichten konnte. Er packte das Gewehr aus und ergänzte Schalldämpfer und Zielfernrohr. Bevor er den ersten Blick wagte, sah er noch aus allen Fenstern. Überraschungen konnte er nicht gebrauchen.

Die Entfernung war wirklich am Limit, aber dank des Stativs zu schaffen. Jetzt brauchte er nur noch zu warten. Das Grüppchen war inzwischen zur Gruppe angewachsen. Er nutzte die Zeit für eine kleine Konzentrationsübung, die vom markanten Ton einer Trillerpfeife unterbrochen wurde. Von der Kirchstraße her bog ein beachtlicher Demonstrationszug in den Hafen ein. Der Aufruf im Internet hatte mehr Menschen mobilisiert, als er gedacht hatte. Sofort stellte er sich hinter das Stativ, positionierte die Füße und legte an. Ein bunter Haufen strömte in den Hafen, darunter auch zwei Uniformierte, die keine große Mühe hatten. Fast gelangweilt liefen sie neben der Menge her. Einige Teilnehmer hüpften oder tanzten, andere hielten Spruchbänder hoch. *Die Ems ist tief genug!*, konnte er auf einem lesen. Nach und nach füllte sich der Hafen auf der ihm gegenüberliegenden, westlichen Seite. *Kreuzfahrtschiffe töten Vögel!*, stand auf dem nächsten Spruchband. Ein Megaphon quäkte Parolen, die er nicht verstehen konnte.

Der bunte Haufen kroch auf das alte Siel zu. Der Mann konzentrierte sich auf seine Atmung und begann mit der Suche. Die ersten Frauen waren allesamt zu klein, einige Männer groß genug, aber eben Männer. Ein Hippiemädchen, das Woodstock um fünfundvierzig Jahre verpasst hatte, war zwar groß genug, aber viel zu jung.

Der Mann setzte das Gewehr wieder ab und rieb sich die Augen. Er holte ein paarmal tief Luft, regulierte seine

Atmung und legte erneut an. Wieder liefen nur kleine Frauen durch sein Absehen. Als ob Frodo Beutlin zu der Demonstration aufgerufen hätte. Er ließ das Gewehr nach rechts wandern und erfasste einen der Polizisten, der mittlerweile heftig mit einer Frau aneinandergeraten war. Einer großen Frau im halbwegs passenden Alter, vielleicht knapp über vierzig, dafür aber mit langen, glatten Haaren. Sie war nicht perfekt, aber auch nicht ungeeignet. Und sie war da. Und sie tanzte nicht, so wie einige der anderen. Dafür schien der Polizist zu tanzen, hob immer wieder seine Arme und redete auf die Frau ein. Die aber ließ sich nicht einschüchtern, sondern sah verächtlich auf ihn hinab.

Dem Manne kann geholfen werden, dachte der Mann und konzentrierte sich. Sein Ziel bewegte sich nicht, erduldete stumm die Tiraden des Polizisten. Ein letzter kritischer Blick auf die Haare, dann drückte der Mann ab. Die Frau fiel nach hinten in eine Gruppe von Tänzerinnen, deren Schreie bis zu ihm herüberdrangen. Der Polizist erfasste in Sekunden die Situation, zog eine Waffe und ging in die Knie. Vergeblich fahndete sein Blick nach der Herkunft des Projektils und dem Schützen. Ohne Schussgeräusch konnte das auch nicht gelingen. Trotzdem zollte ihm der Mann Respekt und dankte ihm dafür, sein Ziel für ihn in eine so gute und ruhige Lage versetzt zu haben. Die Spruchbänder fielen in sich zusammen, das Megaphon verstummte, der zweite Polizist telefonierte.

Aber das Nachspiel interessierte den Mann nicht mehr. Er schloss das Fenster, zerlegte und verstaute das Gewehr und sondierte die nähere Umgebung. Außer dem Astra war nichts zu sehen. Ein letzter Blick auf die gegenüberliegende Hafenseite, auf der Chaos und Panik zu herrschen schienen. Einige der Teilnehmer rechneten offenbar mit weiteren Schüssen und rannten in verschiedene Richtungen oder suchten nach Deckung.

Der erfolgreiche Schütze hatte es nicht zu eilig. Im Schritttempo verließ er den kleinen Parkplatz, kroch über den Deich und war schon nach wenigen Metern außer Sichtweite. Unterhalb des Deiches, auf der Landseite, schlich er sich davon, vorbei am Emssperrwerk, dem er die kleine Demonstration zu verdanken hatte. Unterwegs kam es zu keiner Begegnung mit einem Einsatzwagen, denn er fuhr zurück nach Delfzijl, wo er sich das Wohnmobil ausgeliehen hatte. Da ihm der Besitzer, wenn auch ungefragt, sehr entgegengekommen war, stellte er das Fahrzeug zurück an seinen Platz, schloss ab und legte den Schlüssel in das Versteck zurück, wo er ihn entdeckt hatte. Es war ein Ersatzschlüssel, den der Besitzer sicherheitshalber hinterlegt hatte. Nichts Ungewöhnliches.

Zwei Straßen weiter stand sein Auto, mit dem er eine gute Stunde später zu Hause eintraf. Das Zeitfenster hatte ausgereicht. Der Mann lächelte erleichtert und verstaute seine Ausrüstung in einem Loch in der Wand hinter einem Metallschrank in der Garage seiner kleinen Firma. Das Gesicht des Opfers hatte er absichtlich gemieden und hätte es auf keinem Foto wiedererkannt. Ohne lästige Bilder im Kopf ging er die Treppe hinauf in sein Büro.

25

»Eine Schwedin?«, wiederholte Resemius.

»Ja, eine Schwedin. Pia Sundberg, zweiundvierzig Jahre, wohnhaft in Jönköping, verheiratet, zwei Kinder.«

»Ach, du Scheiße!«, fluchte Harding. »Zwei Kinder.«

»Was macht eine Schwedin auf einer Demo gegen das Emssperrwerk in Ditzum?« Resemius schüttelte ungläubig den Kopf.

»Sie war zu Besuch bei einer Frau Anne Wiltfang, die sie in Schweden kennengelernt hat. Dort haben sich die zwei angefreundet. Es war ihr erster Besuch in Ditzum. Und ihr letzter. Frau Wiltfang hatte sie auf die Demo mitgenommen und macht sich nun schwere Vorwürfe. Völlig unbegründet, aber derartige Reaktionen sind ja keine Seltenheit. Man sieht bei sich Schuld, obwohl es gar keinen Kausalzusammenhang gibt.«

Im großen Besprechungsraum wurde es langsam eng, denn zwei Kollegen aus Leer waren über Nacht der SoKo Siel zugeteilt worden. Alvine Groß, mittelgroß, kräftig, kurze graue Haare, eine erfahrene Ermittlerin, die Greven sehr schätzte, trug die wenigen bekannten Fakten vor, die Peter Häring umgehend und mit gewohnter Präzision auf die Schautafel übertrug. Er hatte mit seiner Prognose recht behalten und konnte jetzt die vierte und bis gestern freie Spalte füllen.

»Das zweite Opfer ist Lars-Patrick Gersheim aus Emden, zweiundzwanzig Jahre, Student. Das Projektil ist nach dem Durchschuss in seinen rechten Oberarm eingedrungen und dort steckengeblieben. Er wird in Leer stationär behandelt, es geht ihm aber ausgesprochen gut.«

»Immerhin«, bemerkte Greven. »Und wir haben das Projektil und können es mit dem aus Termunterzijl vergleichen. Jetzt bin ich gespannt auf die Videobilder.«

»Na, da habe ich eine Überraschung für dich«, sagte Groß, die Greven nur in Hosenanzügen kannte, die auch Frau Merkel gefallen würden. »Die habe ich mir gestern nämlich schon angesehen.«

Greven ahnte nichts Gutes, als er das Wort ›Überraschung‹ vernahm.

»Na, sehen wir uns das Filmchen mal an«, sagte Groß. »Als Erstes sehen wir die auflandige Kamera, dann die ablandige.« Den Mausklick überließ sie Häring.

Der Monitor zeigte den Hafen und das Siel von einer westlichen Position aus, ohne dass erkennbar wurde, wo genau die Kamera befestigt worden war. Im Bild rechts unten lief ein Timecode, der die Zeit auf die Zehntelsekunde genau angab.

»Sie können ruhig etwas Gas geben«, wies Groß an, sagte aber schon Sekunden später: »Stopp! Das reicht!«

Die Demonstranten versammelten sich im Hafen und vor dem Siel, vielleicht hundert Menschen, darunter auch die beiden Polizisten.

»Da ist das Opfer.« Die Leeraner Kommissarin punktierte den Monitor mit der Fingerspitze. Gebannt verfolgte die auf zwölf Mitglieder angewachsene SoKo den Tathergang, ohne den Täter zu sehen. Ohne sichtbaren Grund fiel das Opfer nach hinten und riss mehrere Personen mit sich. Als die Rettungskräfte eintrafen, die ja aufgrund der Demonstration ohnehin vor Ort waren, stoppte Häring das Video und wiederholte die Sequenz.

»Worum ging es in der Auseinandersetzung?«, fragte Greven.

»Hauptwachtmeister Ladwig hat ausgesagt, das Wort ›Polizeistaat‹ gehört zu haben«, antwortete Groß.

»Und tippte auf die Schwedin«, fuhr Frank Iderhoff fort, der zweite Neuzugang aus Leer.

»Konnte die denn überhaupt Deutsch?«, fragte Resemius.

»Ein bisschen schon, sagt Frau Wiltfang.«

»Das Projektil kam auf jeden Fall aus Richtung Ems. Auflandig, wie Sie sagen würden«, meldete sich Grevens Kollege Ackermann zu Wort.

»Klar. Es kommt nur der Hafen in Frage. Denn das Opfer war ja von Demonstranten umgeben«, bestätige Groß. »Sehen wir uns also die Aufnahmen der ablandigen Kamera an.«

Wieder ließ sich nicht erkennen, wo die Kamera befestigt worden war. Sie spähte jedenfalls über die Sielmauer in den Hafen und auf die Ems. Die Demonstranten waren nur kurz zu sehen, als sie, im Bild links, von der Kirchstraße in den Hafen strömten. Nach dem tödlichen Schuss suchten einige von ihnen das Weite und flüchteten, wieder links im Bild, aus dem Hafen zurück in die Kirchstraße.

»Das ist alles?«, stellte Resemius enttäuscht fest. »Der Schuss kann wohl kaum vom anderen Ufer gekommen sein? Oder hat jemand etwas gesehen?«

»Ich habe lange gebraucht«, antwortete Groß. »Konzentriert euch auf die rechte obere Ecke.«

Häring wiederholte die entscheidende Sequenz.

»Tut mir leid, mit fällt auch da nichts auf«, ärgerte sich Resemius.

»Etwas Weißes«, bemerkte Greven. »Gerade war es noch da, und jetzt ist es weg.«

»Genau das meine ich«, nickte die Leeraner Kommissarin.

»Kannst du uns das vergrößern?«

»Klar.« Häring freute sich über den Auftrag, der ihm die Möglichkeit gab, seine digitalen Fähigkeiten unter Beweis zu stellen. Wenig später sahen die Ermittler im Beratungsraum den gewünschten Ausschnitt.

»Was ist das?«, fragte Harding.

»Ein Wohnmobil«, erklärte Groß. »Es fährt genau achtundzwanzig Sekunden nach dem Schuss los. Von dort wurde er meiner Meinung nach abgegeben. Eine andere Lösung sehe ich nicht. Es liegen zwar drei Kutter und vier Boote im Hafen, aber es geht niemand an Bord oder von Bord. Bei den wenigen in Frage kommenden Gebäuden sieht es genauso aus. Aber die scheiden sowieso aus, weil sie zu weit westlich liegen. Geschossen wurde aber aus östlicher Richtung. Er könnte sich auch irgendwo über die Sielmauer gelehnt haben, aber ich konnte nichts entdecken. Es muss das Wohnmobil gewesen sein. Der gelben Farbe nach könnte es ein holländisches Kennzeichen sein. Aber nur mit etwas Fantasie.«

Häring wiederholte die Sequenz mit reduzierter Geschwindigkeit.

»Er hat es gewusst«, dachte Greven laut. »Er hat es gewusst und uns ausgetrickst. Ich kenne die Stelle in Ditzum. Da kann man irgendwo über den Deich fahren. Er hat seinen rollenden Schießstand so geparkt, dass er gerade noch in den Hafen schießen, aber von dort kaum gesehen werden konnte. Das ist ein ganz schlauer Hund.«

»Was meinst du mit ›er hat es gewusst‹?«, wandte sich ihm Resemius zu. »Du glaubst, er hat beobachtet, wie wir die Kameras montiert haben?«

»Das kann ich natürlich nicht ausschließen. Aber wie du ja weißt, sind unsere Techniker ausgesprochen geschickt vorgegangen. Eben um genau dies zu verhindern. Und wie klein die Kameras sind, brauche ich dir ja nicht zu sagen. Nein, unser Mann hat über Nacht sein ganzes Konzept geändert. Oder sagen wir besser, modifiziert. Statt sich mühsam ein Versteck zu suchen und dafür unter Umständen mehrmals am Tatort zu erscheinen, bringt er es einfach mit. Darum hat er sich auch gegen die Dachkammer in Neuharlingersiel entschieden.«

»Da waren wir besonders vorsichtig«, verteidigte Häring seinen nächtlichen Einsatz.

»Ich sagte ja: Er hat es gewusst. Vom ersten Tag an«, brummte Greven. »Beweisen kann ich es natürlich nicht. Es ist weiter nichts als eine Ahnung. Vielleicht hat er auch nur damit gerechnet und ist noch vorsichtiger geworden. Dazu müssten wir ihn dann doch persönlich befragen. Aber warum macht er das gerade in dem Augenblick, in dem wir die Dinger einsetzen?«

»Ein Insider?«, wehrte sich Resemius lautstark. »Dann kannst du uns ja gleich nach unseren Alibis befragen!«

»So habe ich das gar nicht gemeint«, verteidigte sich Greven. »Ich habe nur die Vermutung geäußert, dass er es gewusst haben könnte. Dass er vielleicht einen Tipp bekommen hat. Mehr nicht!«

»Und ob! Sehr viel mehr sogar!«, peitschte eine Stimme durch den Raum und brach das Dutzend auf, das sich blitzschnell neu orientierte.

Dr. Wilms stand hinter einem der Schreibtische und klatschte einen Stapel Zeitungen auf die dort ausgebreiteten Unterlagen. Greven konnte ihrer Gesichtsfarbe entnehmen, dass ihr Adrenalinpegel eine gefährliche Höhe erreicht hatte. Während andere Menschen Rot bevorzugten, hatte sich Dr. Wilms für eine bedenklich weiße Blässe entschieden. A Whiter Shade of Pale, wurde diese Blässe von Greven und Pütthus genannt.

»Noch rettet uns die Fußball-WM!«, begann sie, während ihre flache Hand auf einem farbigen Titelbild aufschlug, das eine Torsituation wiedergab. »Aber nach dem Endspiel werden unsere vier Mordopfer hier zu finden sein. Auf der ersten Seite. Auf jeder ersten Seite. Auf Seite zwei sind wir bereits vorgerückt. Aber wie gesagt: Nach dem Endspiel sind wir dran. Bis dahin hätte ich gerne Resultate. Am liebsten den Täter, mindestens aber eine pressetaugliche heiße Spur. Und kommen Sie mir nicht mit Ihrem Auftragskiller aus Osteuropa, Frau Resemius. Oder bestehen Sie nach dem vierten Mord noch immer auf diesem Ermittlungsansatz?«

Resemius bevorzugte eindeutig Rot und überraschte damit Greven, der nicht mit einer Änderung ihrer Hautfarbe gerechnet hatte. Die Angesprochene überraschte ihn umgehend ein zweites Mal, denn sie antwortete trocken: »Nein.«

»Sehr vernünftig. Auf die Konstruktion der Verbindung dieser vier Frauen wäre ich auch sehr gespannt gewesen. Da haben Sie sich einiges erspart. Wir haben es also mit einem Serientäter zu tun, vermutlich mit einem Psychopathen. Herr Greven?«

»Ja. Alles spricht für diesen Tätertyp, Frau Wilms. Sein Muster ist auch sehr leicht zu bestimmen.«

»Das denke ich auch. Ihre Schautafel spricht ja eine klare Sprache. Soll ich dennoch einen Profiler vom LKA anfordern? Mir ist irgendwie danach.«

»Das ist nicht notwendig, Frau Wilms. Auch da empfiehlt sich ein Blick auf unsere wundervolle Tafel. Ganz rechts. So etwa sieht unser Täter aus: männlich, fünfzig plus, sehr guter Schütze, wahrscheinlich mit Ausbildung bei der Bundeswehr, verwendet wohl ein altes G3 mit alter Munition.«

»Dass er es auf große Frauen abgesehen hat, versteht sich von selbst. Also: Was schlagen Sie vor?«

Was sollte Greven auf diese rein rhetorische Frage antworten? Dr. Wilms wusste doch selbst, was in der derartigen Fällen auf dem Programm stand, und was sie längst hätten tun sollen, insbesondere die Überprüfung aller einschlägig bekannten Täter, Psychopathen und der Vergleich mit ähnlichen Taten. »Die Techniker sollen versuchen, ob sie mehr aus dem Wohnmobil machen können. Vielleicht lässt sich das Kennzeichen ja doch lesen. Unsere holländischen Freunde sollen sich um gestohlene Wohnmobile kümmern, was wir hier auch tun werden. Der Wagen könnte ja auch falsche Kennzeichen getragen haben.«

»Das ist nicht viel, aber bitte«, nickte die Staatanwältin.

»Die Bundeswehr kann auch ihren Beitrag leisten. Vielleicht haben die eine Idee. So viele Superschützen werden die ja nicht ausgebildet haben.«

»Da werden Sie kaum Erfolg haben. Aber gut. Und? Weiter?«

»Wir lassen die Opfer, sondern konzentrieren uns ganz auf den Täter. Verkehrskontrollen und Personenkontrollen in und um die Sielorte. Auswertung aller Fotos und Filme. Suche nach männlichen Personen ab fünfzig.«

»Mehr haben wir nicht? Nach vier Morden?« Dr. Wilms rollte die Augen.

Greven schwieg. Resemius schwieg. Das Dutzend schwieg.

»Wir brauchen mehr Leute«, wagte sich Häring in die

unangenehme Stille. »Sonst können wir die Sielorte nicht überwachen und die Straßen sperren, falls erforderlich.«

»Nach einem fünften Mord?« Dr. Wilms wurde noch blasser. »Dazu darf es nicht kommen! Nicht bei uns! Was die Holländer machen, ist mir egal. Also: Ich werde rekrutieren, was möglich ist. Wie viele Sielorte haben wir?«

»Etwa dreißig«, antwortete Resemius, jetzt wieder mir gewohntem Teint.

»Hier ist eine Liste aller Sielorte, also aller Orte, die über ein altes Siel verfügen«, ergänzte Häring.

»Dann stellt die auf den Kopf! Umzingelt sie von mir aus! Sie wissen ja, wann das Endspiel ist! Dann will ich Resultate sehen! Einen schönen Tag noch!«

Dr. Wilms ließ die Zeitungen liegen, die sie offenbar nur als Argumentationshilfe eingesetzt hatte, und stampfte aus dem Besprechungsraum.

»Das war deutlich«, fasste Greven ihren Auftritt zusammen. »Und was das Schlimme ist: Ich kann es ihr nicht verdenken. Vier Morde, und unser Hauptverdächtiger ist ein Wohnmobil.«

26

»Woran denkst du?«

»Daran, wie sehr sich der Ort verändert hat«, antwortete Greven. »Als ich ein Kind war, fuhren hier noch die Gammelwagen übers Siel. Noch von Pferden gezogen, später dann von Treckern.«

»Gammelwagen?«, wiederholte Resemius.

»Der Beifang. Die Fische und Krebse, die man nicht verwerten kann. Sie wurden mit Wagen zu den Darren gefahren. Hinter den Mühlen. Wo heute Cornelia de Beer ihren Fischladen hat. Dort wurde der Gammel, also der Beifang, getrocknet und zu Fischmehl verarbeitet. Als Tierfutter.«

»Das hat bestimmt gestunken.«

»Und wie«, lachte Greven. »Meine Mutter hat den Geruch gehasst. Aber ich hab ihn geliebt. Es ist der Geruch meiner Kindheit, der Geruch von Greetsiel. Heute riecht hier alles anders.«

»Auf jeden Fall besser«, meinte Resemius.

Greven rang mit einer Antwort, während sein Blick sich wieder in ihren Haaren verfing und über ihren Rücken glitt. Sie standen auf dem Alten Siel an der Sielmauer, die im Zuge des Baus von Leysiel erniedrigt worden war. Eigentlich wurde sie nun gar nicht mehr gebraucht, da Ebbe und Flut den Hafen nicht mehr erreichten. Die Nordsee war ausgesperrt worden. Jetzt hatte die Sielmauer eine andere, eine dekorative Aufgabe. Sie war Teil einer einmaligen Kulisse, die den Reiz von Greetsiel ausmachte. Nicht der Hafen oder der Marktplatz waren das Zentrum des Dorfs, das Siel war es. Namensgeber war es ohnehin.

»Hier haben wir uns immer getroffen«, erzählte Greven. »Bei der Sielmauer.«

»Als Kinder?«

»Als pubertierende Revoluzzer. Da war die Mauer noch höher und besaß einen Steg und ein Geländer. Sonst hätte man nicht über sie hinwegsehen können.«

»Und von dort oben habt ihr den Touristen nachgeschaut.«

»Die gab es damals noch nicht.«

»Also den Mädchen aus dem Dorf.«

»Wo denkst du hin?«, entgegnete er und betrachtete ihr Profil, ihre kleine Nase, ihren kleinen Ohren, ihre Hand, die vergeblich versuchte, das Haar aus der Gewalt des Windes zu befreien. »Wir haben den Möwen nachgeschaut.«

»Und den Austernfischern, den Schollen und dem Gammel.«

»Ganz genau.«

Resemius wandte sich ihm zu und sah ihm in die Augen. »Was denkst du? Kriegen wir ihn?«

»Ich weiß nicht«, gab er ehrlich zu. »Wenn er jetzt aufhört, wenn die Schwedin sein letzter Mord war, entwischt er uns.«

»Er macht aber weiter.«

»Ja, er macht weiter. Und wie bei diesen Tätern üblich, verkürzen sich die Abstände zwischen den Morden. Er braucht den Kick, er braucht das Adrenalin. Und er macht hoffentlich einen Fehler.«

»Das habe ich ihm voraus. Ich hatte mich da wirklich festgebissen. Dabei war mir natürlich schon nach dem Mord in Holland klar, dass ich falsch lag. Aber ich hasse es, falsch zu liegen. Und dann habe ich auch noch …«

»Komm, lass das jetzt!«, kam ihr Greven entgegen. »Du hast ...«

»Aufgehalten habe ich uns. Mit den Biografien der Opfer. Nach Düsseldorf bin ich gefahren und habe ihm Zeit verschafft.«

»Dann verplempere jetzt nicht noch mehr Zeit mit Selbstvorwürfen. Mein Fehlerkonto ist auch nicht gerade im Soll.«

»Ha!«, lachte Resemius bitter. »Den Auszug möchte ich sehen.«

»Das glaube ich nicht«, raunte Greven. »Es würde uns auch nicht weiterbringen. Um zu beichten, sind wir ja auch nicht nach Greetsiel gekommen.«

Resemius entließ ihn aus ihrem Blick. »Was macht dich so sicher?«

»Es kommt nur ein Sielort in Frage, in dem sich viele Menschen einfinden. Nur dort hat er eine große Auswahl«, erklärte Greven. »In Hilgenriedersiel müsste er Jahre warten. Also wird er sich Bensersiel, Neßmersiel, Neuharlingersiel oder eben Greetsiel vornehmen. Hier hat er mit Abstand die größte Auswahl. An einem halbwegs sonnigen Wochenende braucht er nur anzulegen und abzudrücken. Schau dich um. Wie viele große Frauen siehst du? Vier? Sechs?«

»Gut. Von wo würdest du schießen?«

Greven hatte seine Entscheidung bereits getroffen. »Sein Wohnmobil kann er hier vergessen. Damit kommt er vielleicht in den hinteren Teil des Hafens, doch die Entfernung ist viel zu groß. Möglich wäre höchstens irgendein Lieferfahrzeug. Trotzdem, im Hafen ist viel zu viel Betrieb. Die Fischer sind auf ihren Kuttern, die Touristen fotografieren, bis die Speicherkarten quietschen. Außerdem kann man vom Hafen nicht auf das Siel sehen. Der Höhenunterschied ist zu groß. Und man muss zurück ins Dorf, um zu fliehen.«

»Stimmt«, sagte Resemius und verfolgte mit den Augen einen fiktiven Fluchtwagen. »Also doch wieder ein Haus.«

»Ja. Ich würde aus einem der Häuser in der Sielstraße schießen. Oder aus dem Amtmannshaus. Aus einem der oberen Fenster.« Greven wies mit dem Finger auf das große gelbe Gebäude auf der Südostseite des Hafens. »Von dort kann man am besten unauffällig verschwinden, nämlich hinter dem Haus und durch den Garten. Etwa als Angler. Den Wagen kann er vor dem Schatthaus parken. Wenn wir eintreffen, ist er längst weg.«

»Das Haus ist fantastisch restauriert. Wie wird es genutzt?«

»Rate mal.«

»Ferienwohnungen.«

»Zufällig richtig. Wollen wir es uns ansehen?«

Mit Hilfe ihrer Ausweise verschafften sie sich Zutritt und bahnten sich einen Weg zu den oberen Räumen.

»Hat sich das auch verändert?«, stichelte Resemius, als sie eine moderne Ferienwohnung mit allem Komfort betraten.

»Kaum«, antwortete Greven. »Es hingen ein paar Netze mehr an den Balken, unten wurden Krabben gewogen. Das ist alles.«

»Auch das Amtmannshaus riecht also besser.« Resemius stellte sich an das große Gaubenfester und sah auf das Siel und den Hafen. »Du hast recht. Das ist perfekt. Und von außen kann man nicht hineinsehen. Er schießt ja immer von weiter hinten. Aber eines hast du vergessen. Dies ist eine Ferienwohnung. Hier machen Leute Urlaub.«

»Er wird einen Weg finden, sie wegzulocken. Dem

reicht ein Anruf. Oder er macht es wie wir und zückt irgendeinen Ausweis.«

»Viel zu auffällig. Nein, er macht es wie die Evolution, er passt sich seiner Umwelt an. In Hooksiel war er Bauarbeiter, in Carolinensiel und in Termunterzijl Skipper und in Ditzum hat er ein Wohnmobil dort geparkt, wo sonst auch ab und zu ein Wohnmobil steht.«

»Bon«, sagte Greven und sah ebenfalls auf das Siel. »Er kommt also als Handwerker, um etwas zu reparieren. Die Gäste lockt er weg. Das könnte gehen. Viel Zeit braucht er ja nicht, weil er genügend Ziele vorfindet. Nach dem Schuss verschwindet er durch einen der hinteren Ausgänge, steigt in seinen geborgten Wagen und fährt langsam davon. Ihm reicht eine Viertelstunde. Falls überhaupt.«

»Er sucht sich einen neutralen Wagen aus. Einen kleinen, weißen Lieferwagen, an den man sich nur schwer erinnert. Ein Wagen ohne Aufschrift. Mit den üblichen falschen Kennzeichen.«

Während Greven den möglichen Tathergang in Gedanken durchspielte, sprang etwas in sein Bewusstsein, öffnete sich wie ein Pop-up auf einer Webseite. An der Sielmauer, genau an der Stelle, an der sie vor wenigen Minuten zum Amtmannshaus hinübergesehen hatten, stand ein Mann. Diese völlig banale Tatsache allein hatte aber nicht ausgereicht, auf ihn aufmerksam zu werden. Es war sein Blick. Der Mann sah zu ihm hoch, sah ihn an. Ein Mann um die fünfzig in einem bunten Hawaiihemd mit gelbem Grundton. Seine Haarfarbe war nicht zu erkennen, da er einen weißen Sonnenhut mit schmaler Krempe auf dem Kopf hatte. In der rechten Hand hielt er eine große Sonnenbrille. Es war ein Mann, den er schon einmal gesehen hatte. Für einen Sekundenbruchteil berührten sich ihre Blicke, dann verbarg der Mann seine Augen hinter der Sonnenbrille, drehte sich abrupt um und ging mit schnellen Schritten die Sielstraße hinunter.

»Der Mann da! Vor der Eisdiele! Gelbes Hemd, weißer Sonnenhut!«

»Hab ihn!«, schaltete Resemius schnell.

»Holst du den noch ein?«

»Mal sehen.« Sie sprintete los.

Greven folgte ihr, ohne eine echte Chance zu haben. Sein Knie disqualifizierte ihn längst für Wettkämpfe dieser Art. Vor allem für Treppen brauchte er Zeit. Als er endlich vor dem Amtmannshaus stand, fehlte von dem Mann und Resemius jede Spur. Auf dem Marktplatz und dem Siel drängten sich die Urlauber, fotografierten, leckten Eis, pirschten sich an Möwen heran, flirteten, ermahnten Kinder, tranken Wasser aus umweltfeindlichen Plastikflaschen. Viele von ihnen trugen bunte Hemden und Sonnenhüte. Ein Zitat kam ihm in den Sinn, und das nicht zum ersten Mal: Das beste Versteck für eine Nadel ist nicht etwa ein Heuhaufen, sondern eine möglichst große Menge anderer Nadeln.

Während er noch nach dem Urheber des Zitates suchte, schlüpfte Resemius aus dem Nadelhaufen, keuchend, nach Luft schnappend, mit Schweiß auf der Stirn.

»Tut mir leid. Nichts zu machen. Ich war bis zur Kirche, bin dann zu dem Seniorenheim und am Fischladen vorbei wieder zurück. Der ist wie vom Erdboden verschwunden.«

»Schade«, brummte Greven. »Den hätte ich mir gerne näher angesehen. Aber trotzdem: Danke!«

»Was ist war denn mit dem?«

»Er hat uns beobachtet. Außerdem habe ich den schon mal gesehen. Ich weiß bloß nicht, wo ich ihn hinstecken soll.«

»In persona oder auf einem der Fotos?«

»Die Fotos. Das kann schon sein. Aber der hat mich so merkwürdig angesehen. Als ob er wüsste, wer ich bin und was wir hier machen.«

»Glaubst du.«

»Glaube ich, denke ich, vermute ich«, gab Greven zu.

»Reicht es für ein Phantombild?«

»Nein. Dazu war es viel zu kurz«, ärgerte sich Greven. »Viel habe ich von seinem Gesicht ja auch nicht gesehen.«

»Denkst du, dass es unser Mann war?«

»Was weiß ich? Er war da und starrte mich so komisch, so überrascht an. Dann ist er weg. Das reicht doch, oder?«

»Falls er es war, scheidet Greetsiel wohl aus. Das wird er kaum riskieren«, meinte Resemius, die sich wieder von ihrer Laufübung erholt hatte.

»Es sei denn, er nimmt das andere Siel. Greetsiel hat ja gleich zwei. Das zweite ist zwar nicht so gut besucht, aber an einem Sonntag dürfte es reichen. Oder er kann nicht anders und muss das durchziehen. Häring sollte noch mehr von seinen Kameras anbringen. Am besten auch hier oben in der Wohnung. Sehen wir uns trotzdem noch weiter um. Die Häuser an der Sielstraße. Da könnte er in Richtung Gesundheitsoase oder Supermarkt verschwinden und dort in ein Auto steigen.«

27

»Könnte es jemand aus Greetsiel sein?«, fragte Mona.

»Daran habe ich auch schon gedacht«, antwortete Greven und trank einen Schluck aus einem bauchigen Rotweinglas.

»Jemand aus deiner alten Clique?«

»Welche Clique? Das war kein eingetragener Verein mit Mitgliederkartei. Das war ein loser Haufen mit großer Fluktuation. Neue Leute sind dazugestoßen, andere waren plötzlich nicht mehr da. In Greetsiel waren andere Leute als bei Meta in Norddeich. Da waren etliche dabei, die habe ich bestimmt nur ein- oder zweimal gesehen, andere kenne ich heute noch gut, wie du weißt. Wieder andere trifft man plötzlich auf der Straße, hat aber den Namen vergessen oder kann sich nur noch an den Spitznamen erinnern. Wie bei Kanne.«

»Und die Fotos?«

»Die Fotos? Weißt du eigentlich, wie viele ich mir heute angesehen habe? Eine gefühlte Million. Auf dem Video ist auch nichts zu sehen gewesen. Nur die Menschenmenge auf dem Siel, in der ein weißer Sonnenhut schwimmt, der plötzlich auf Gegenkurs geht und schließlich aus dem Bild hüpft. Dann taucht Kirsten auf, stößt ein paar Leute zur Seite und hüpft auch aus dem Bild. Eigentlich hätte sie ihn einholen müssen. Sein Vorsprung war ja gar nicht so groß, und so fit wie die ist der bestimmt nicht.«

»Woher willst du das denn so genau wissen?« Ihn traf ein verschärfter Blick, auf den er nicht reagierte.

»Aber wahrscheinlich ist er in einen Laden oder ins Hohe Haus, und sie ist an ihm vorbei. Oder er ist geradeaus an der Kirche und am alten Friedhof vorbei in den Leeger. Von dort führt seit ein paar Jahren eine Fußgängerbrücke über das Sieltief nach Noidgedocht. So oder so, er ist ihr entwischt.«

»Vielleicht hast du dich auch nur getäuscht. So wie neulich bei dieser Frau in Emden, die du für deinen alten Schwarm gehalten hast.«

»Birgit war nie mein Schwarm, und ich habe mich nicht getäuscht«, wehrte sich Greven. »Es hat keine Sekunde gedauert, aber es hat gereicht. Ein Kommunikationswissenschaftler könnte es uns bestimmt erklären und in Fachbegriffe kleiden. Wir sind uns beide schon mal begegnet. Ich hab es gespürt, und er auch.«

»Okay, aber deshalb muss er ja nicht gleich der Mörder sein. Es kann sich um jemanden handeln, der dir aus dem Weg gehen will. Einen, den du mal verhaftest hast. Ein ehemaliger Kollege. Ein Rivale.«

»Ein Rivale? Ein Rivale um was? Um wen?«

Mona lächelte und stand auf. »Bin gleich wieder zurück. Ich teste mal das neue Gästeklo.«

Greven nahm noch einen Schluck und lehnte sich zurück. Er saß in einem der beiden neuen Sessel aus bordeauxrotem Leder und blickte auf die neuen Regale, die es so nirgends zu kaufen gab. Die Schallplatten und CDs und ein Teil ihrer Kunst- und Fotobände waren jetzt hinter Glas, auch wenn die Glastüren nicht genau passten. Doch sie hatten beschlossen, daran nichts mehr ändern zu lassen. Dass nicht alle gleich groß waren, fiel nur Eingeweihten auf. Seine Boxen hatten in zwei Aussparungen tolle Plätze erhalten und schienen noch besser zu klingen. Der ganze Raum wirkte größer, moderner, mondäner, stilvoller, exklusiver und zu seiner Verwunderung keineswegs kühler. Sogar der Baustaub hatte sich als besiegbar erwiesen und keine Chance gegen die Leistung ihres neuen Staubsaugers. Greven streckte die Beine aus und gestand sich ein, das alte Wohnzimmer nicht zu vermissen. Nicht mehr zu vermissen.

»Was ist mit dir denn los?«, fragte Mona und setzte sich in den anderen Ledersessel.

»Was soll mit mir los sein?«

»Du macht so ein beängstigend zufriedenes Gesicht. Geht es dir auch wirklich gut? Du wirst doch nicht etwa krank?«

»Wohl kaum. Ich muss lediglich zugeben, das neue Wohnzimmer ist dir gelungen«, sagte Greven ein bisschen kleinlaut.

»Was ist mit dem speckigen Sessel von deinem Opa?«

»Der steht oben bei mir. Das weißt du doch.«

»Das meine ich nicht.«

»Ach so. Natürlich. Äh ... ist alles in Ordnung. Da steht er gut. Und diese Designerteile sind einfach klasse. Ein völlig neues Sitzgefühl.«

»Das freut mich aber sehr, dass der Herr Kommissar zufrieden ist. An das letzte Mal kann ich mich kaum noch erinnern. Das war ... warte, ich hab's gleich ... das war ...«

»Jetzt lass gut sein, Mona. Es ist toll geworden. Wenn die letzten Folien verschwinden und wir auch wieder Licht in der Diele haben, knie ich vor dir nieder. You got me on my knees, Layla. Alles in Butter.« Greven schwieg einen Moment und sah ins Glas. »Einmal abgesehen von unserem Serienmörder. Da kann ich machen, was ich will, den krieg ich nicht aus dem Kopf.«

»Das verstehe ich«, versuchte Mona, ihm Trost zu spenden. »Wie solltest du auch. Und dann diese Mutter von zwei Kindern. Wenn ich mir das vorstelle. Die sind zwar nicht mehr klein, aber dennoch. Sie fährt nach Deutschland, um eine Freundin zu besuchen, und kehrt in einem verplombten Zinksarg zurück. Was ist das denn? Das kann nur ein Irrer sein. Ein Mega-Irrer.«

»Ja, und wir haben nichts«, stellte Greven fest und hob das Glas an den Mund.

»Was machen denn die Holländer?«

»Alles, was sie können. Aber wo nichts zu finden ist, können auch sie nicht zaubern. Aus diesem längst aufgegebenen Drecksboot war nichts herauszuholen. Auf einem Video ist zwar zu sehen, wie er an Bord geht, doch nur als Schatten, als Phantom. Bleibt nur das Projektil. Mit irgendeiner dieser neuen Methoden konnten die tatsächlich nachweisen, dass es vor über dreißig Jahren hergestellt wurde.«

»Keine Spur von dem Wohnmobil?«

»In Groningen sind nur zwei als gestohlen gemeldet, aber keines davon kommt in Frage. Bei uns gab es zwar etliche Einbrüche, aber keinen Diebstahl.«

»Junkies«, konstatierte Mona.

»Ja, das klassische Beschaffungsdelikt. Unser Mann hat es sich also nur für ein paar Stunden ausgeliehen. So, aber jetzt ist Schluss. Lass uns endlich das Thema wechseln. Hattest du nicht etwas von einem neuen Wein gesagt? Einem roten Franken?«

Mona lächelte, stand auf und ging in die Küche.

»Ein roter Franke«, wiederholte Greven und hielt das fast leere Glas gegen das Licht der neuen Stehlampe, die wie eine moderne Plastik in den Raum ragte. Auf dem Plattenteller drehte sich die neue Scheibe von Bill Frisell. Greven vertraute sich dem Optimismus der Melodie an, stand spontan auf und drehte an dem großen Potentiometer des Verstärkers. Willig folgten die Boxen. Die Bässe fühlten sich gut an. Er fühlte sich gut an. Sein Knie fühlte sich gut an. Alles war in diesem Augenblick gut. Sagte er sich.

Mona kehrte mit dem geöffneten Wein zurück und stellte die Flasche auf den neuen Tisch, dessen Platte selbstverständlich asymmetrisch war.

»Soll ich neue Gläser ...«

Das Telefon unterbrach den ersten gemeinsamen Abend im neuen Domizil.

»Jenns.« Das war alles, was sie sagte. Wortlos reichte sie den Apparat weiter.

»Greven.«

»Peter. In Neuharlingersiel tut sich was. Ich hol dich ab. Bin schon auf dem Weg.«

»Wir brauchen dreißig Minuten«, wandte Greven ein. »Was immer sich da tut.«

»Sollen wir hier etwa warten?«

»Nein. Ich steh draußen.«

»Toll«, stöhnte Mona. »So habe ich mir das vorgestellt. Wein trinken, Musik hören, reden und kuscheln ist auf die Dauer auch viel zu langweilig.«

»Mörder warten nicht, Mona.«

»Ich auch nicht. Wenn du zurückkommst, bin ich schon im Bett«, sagte Mona und füllte ihr neues Glas.

»Denk an die tote Mutter!«

»Das tue ich ja. Aber ich denke auch an uns.«

Mit aufgepflanztem Blaulicht und lautem Bremsgeräusch brachte Häring den Dienstwagen direkt vor der Gartentür zum Stehen. Greven hatte den Sicherheitsgurt noch nicht in der Hand, da schaltete sein Kollege bereits in den dritten Gang.

»Ich bin ganz Ohr«, sagte Greven, nachdem das Gurtschloss eingerastet war.

»Mein Tablet liegt auf der Rückbank.«

Greven löste den Gurt wieder, langte mit der rechten Hand nach hinten, stemmte sich aus dem Sitz, turnte, schimpfte und bekam endlich das Tablet zu fassen. Über das Display kroch ein Schatten. Greven schnallte sich wieder an.

»Es ist jemand in unserem Laden«, kommentierte Häring.

»Seit wann?«

»Keine Ahnung. Eine Minute, bevor ich dich angerufen habe, hab ich ihn erst bemerkt. Ein letzter Blick, verstehst du? Dann wollte ich nach Hause.«

»Was macht er?« Noch immer kroch der Schatten vor der Kamera hin und her, ohne dass Greven erkennen konnte, wo er sich überhaupt befand. Ohne vernünftiges Licht blieb fast alles wortwörtlich im Dunkeln.

»Ich weiß es nicht. Aber er nimmt sich Zeit.«

»Hoffentlich genug Zeit. Hast du die Kollegen in Esens angerufen?«

»Hab ich. Aber die haben nur bis um zehn Dienst. Ich bin also in Wittmund gelandet. Die lieben Kollegen sind mit einem Unfall beschäftigt und unabkömmlich.«

Greven sah auf den Schatten auf dem Display. »Wir sind also allein.«

»Wieder einmal«, ergänzte Häring, ohne seinen Blick von der Straße abzuwenden. Der Tachometer hatte hundertdreißig Stundenkilometer erreicht.

»Das reicht«, ermahnte ihn Greven. »Wir wollen ihn doch lebend fangen, oder?«

»Ich habe gar nicht vor, ihn zu überfahren.«

»Ich meine, wir sollten noch am Leben sein, wenn wir ihn fangen.«

Links kam die Peldemühle in Sicht. Sie waren bereits in Esens. Keine zehn Minuten später rollte der Wagen in Neuharlingersiel auf einen Parkplatz. Häring hatte das Blaulicht rechtzeitig eingeholt.

Der Schatten auf dem Display war verschwunden.

»Mist, verfluchter!«, zischte Greven und schlug mit der flachen Hand auf das Armaturenbrett. »Wir sind zu spät. Der ist über alle Berge.«

»Hier? In Ostfriesland?« Häring riss ihm das Tablet aus der Hand, berührte ein paarmal das Display und wechselte die Kamera. »Er ist auf dem Dachboden. Gehen wir?«

Greven und Häring stiegen aus, lehnten die Türen an und huschten zur Hintertür.

»Offen«, flüsterte Häring und entsicherte seine Dienstwaffe. »Aber das Schloss scheint intakt zu sein.«

Die Tür machte nicht das leiseste Geräusch, als sie hineingingen. Greven zog ebenfalls seine Pistole, obwohl er ein Glas Wein getrunken hatte. Eine Wahl sah er nicht. Häring ging voran und schob ganz langsam die Glastür auf, hinter der sich die Diele und die Treppe befanden. Kein Laut war zu hören. Mit dem Finger deutete er nach oben und testete mit dem rechten Fuß die Klangoptionen der ersten Stufe. Als sie schwieg, begann er mit dem Aufstieg. Greven folgte ihm.

Im ersten Stock hörten sie ihn. Wie die Mäuse in Monas Scheune, dachte Greven. Als ob er etwas sucht. Oder Platz schafft für eine gute Position.

Nach kurzer Pause setzte Häring wieder seinen Finger ein und sie setzten den Aufstieg fort, bis sie die zur Hälfte geöffnete Bodentür erreichten. Im Gegenlicht einer

Straßenlaterne, die irgendwo vor dem Laden stand, sahen sie einen fleißigen Schatten mit einer kleinen Taschenlampe, die nur punktuell Licht spendete.

Greven ertastete den Lichtschalter und gab Häring mit dem Ellenbogen ein Zeichen. Die Tür flog auf.

»Polizei! Hände über den Kopf! Sie sind vorläufig festgenommen!«

Der Schatten erstarrte, blieb aber im Dunkeln, obwohl Greven den Schalter regelrecht massierte.

Die Sekunden reichten dem Schatten. Ein mittelschwerer Karton flog in Härings Gesicht, der das Gleichgewicht verlor und nach hinten fiel. Schon war der Schatten über ihm und schlug mit einem dumpfen Geräusch zu. Ein zweites Geräusch folgte, doch diesmal hatte es den Unbekannten erwischt, den Greven mit der Faust ungezielt irgendwo getroffen hatte. Es reichte aus, ihn in den Raum zurückzuschicken. Schon stand Häring wieder auf seinen Beinen. Dass Blut aus seiner Nase lief, konnte Greven nicht sehen.

»Geben Sie auf! Sie haben keine Chance! Das Haus ist umstellt!«, rief Greven und erhielt als Antwort einen weiteren, ebenfalls mittelschweren Karton, der ihn auf die Dielen schickte. Wie ein Stromschlag schoss der vertraute Schmerz durch sein rechtes Knie. »Ahhh! Scheiße!«

Der Schatten stürzte auf die Tür zu, kam aber nicht an Häring vorbei, der es jetzt auch mit ungezielten Schlägen versuchte. Greven hörte mehrere Einschläge und ein Stöhnen, das er Häring zuschrieb. Aufstehen konnte er nicht, das ließ sein Knie nicht zu. Leider hatte er auch seine Waffe verloren, die ihm beim Aufprall des Kartons aus der Hand geglitten war. Weit konnte sie aber nicht gekommen sein. Schon hatte seine rechte Hand den Griff ertastet.

»Ahhh!« Der Schmerz war fast so heftig wie der in seinem Knie. Ein schwarzer Schuh stand auf seiner Hand, der sich auch gleich ein Handschuh näherte und die Waffe an sich nahm.

Grevens linkes Bein aber war noch einsatzbereit. Er legte seine ganze Kraft hinein und trat zu. Irgendwo zwischen Schienbein und Oberschenkel stieß sein Fuß auf Widerstand. Der Schatten, vornübergebeugt, seine Waffe in der Hand, wankte, stieß einen sonderbaren Laut aus, machte einen Schritt nach vorn, um das Gleichgewicht wiederzuerlangen, was ihm jedoch nicht gelang. Es folgten weitere sonderbare Laute, ein heftiges Gepolter, ein dumpfer Schlag und plötzliche Stille.

»Der ist unten«, stöhnte Greven.

Neben ihm lag Häring und rührte sich nicht.

28

Die Zeiger der Uhr, einer Bahnhofsuhr nicht unähnlich, hatten es nicht eilig. Mühsam und ohne jeden erkennbaren Elan quälte sich der Sekundenzeiger von einem schwarzen Balken zum nächsten. Der Minutenzeiger schien bereits aufgegeben zu haben, ganz zu schweigen vom Stundenzeiger. Eine Zombieuhr, dachte Greven. Wieder bequemte sich der Sekundenzeiger, den nächsten Balken aufzusuchen, nur um sich dort ungewöhnlich lange aufzuhalten.

Neben ihm saß Harding mit müdem Gesicht. Er ignorierte die Uhr, sondern starrte auf den Boden. Ein Linoleumboden, wie er in vielen Kliniken zu finden war. Den typischen Geruch auf den Fluren und in den Zimmern kannte Greven nur zu gut. Es war ein Geruch, der eine aseptische Umgebung verhieß, dieses Versprechen aber immer weniger einlösen konnte. Über Monate hatte er diesen Geruch in Hamburg erdulden müssen. Monate, in denen die Chirurgen sein zerschossenes Knie in mühevoller Kleinarbeit restauriert hatten.

Das Knie hatte sich inzwischen wieder beruhigt, dafür spürte er seine Hand umso mehr. Jede noch so kleine Bewegung tat weh. Einer der Ärzte hatte eine Creme auf die Haut geschmiert und den Tritt als folgenlos eingestuft. Ganz im Gegensatz zu Härings Verletzungen, den es am Kopf erwischt hatte.

Der Sekundenzeiger kroch noch immer von einem schwarzen Balken zum nächsten. Wahrscheinlich waren die Batterien am Ende. Ein Blick auf seine Armbanduhr zeigte Greven jedoch, dass die Klinikuhr keine Sekunde versäumt hatte.

Endlich. Die Schwingtür spuckte einen grün vermummten Arzt auf den Gang, der direkt auf sie zulief. Harding hob seinen Kopf und stand auf. Greven war nicht ganz so schnell, stand aber fest auf beiden Beinen, als der Arzt bei ihnen eintraf.

»Er hat es überstanden. Und er hat sehr viel Glück gehabt. Ich will nicht zu viel versprechen, aber es werden wohl keine Schäden zurückbleiben. Was er jetzt braucht, ist ein, zwei, drei Wochen Ruhe. Dann sehen wir weiter.«

Greven fiel nur das übliche »Danke, Herr Doktor ein!« Aber das war nur der erste Teil, denn Häring war nicht der einzige Notfallpatient. Der Arzt war noch nicht fertig.

»Ich war auch bei meinen Kollegen im OP nebenan. Bei dem unbekannten Patienten sieht es nicht so gut aus. Durch den Treppensturz hat er sich schwere Verletzungen zugezogen. Auch Rücken- und Halswirbel sind betroffen. Mehr kann ich Ihnen noch nicht sagen.«

»Wie alt schätzen Sie den Mann?«, fragte Greven.

»Fünfzig, Mitte fünfzig. Wieso fragen Sie?«

»Es spielt bei meinen Ermittlungen eine nicht unerhebliche Rolle.«

»Noch etwas, meine Herren?«

»Nein, das war's. Und nochmals vielen Dank. Wiedersehen.«

»Wiedersehen«, sagte der Arzt, drehte sich um und verschwand durch die Schwingtür.

»Den Job möchte ich nicht haben«, kommentierte Harding.

»Er unseren bestimmt auch nicht«, meinte Greven. »Hauptsache, Häring kriegt die Kurve. Komm, gehen wir. Hauen wir uns noch ein paar Stunden auf's Ohr.«

Harding blieb stehen und sah Greven fragend an. »Haben wir ihn?«

»Wenn auch wir etwas Glück haben, ist er unser Mann«, antwortete Greven. »Aber dazu müssen wir erst einmal wissen, wer er ist. Wir haben noch viel Arbeit vor uns.«

»Sollten wir ihn nicht bewachen lassen?«

»Der haut nicht ab«, sagte Greven, dachte kurz nach und meinte: »Ist trotzdem besser. Vielleicht war er nicht allein. Solche Teams gibt es. Kümmerst du dich darum?«

»Klar«, antwortete Harding. »Kannst du denn fahren?«

»Ich bin ja auch hergefahren.«

Als Greven bei Monas Gulfhof eintraf, wurde es bereits hell. Außer seiner Hand spürte er nun seinen ganzen Körper, der sich nach einer horizontalen Lage sehnte wie lange nicht mehr. Das Ziel vor Augen, schwanden seine Kräfte. Mit Mühe schloss er die neue Tür auf und taumelte die Treppe hinauf. Ohne sich auszuziehen, ließ er sich aufs Bett neben Mona fallen und schlief ein.

Ein Klopfen. Sein Kopf? Greven drehte sich zur Seite. Sein Knie tat weh, seine rechte Hand tat weh. Er öffnete die Augen. Mona lag nicht mehr neben ihm. Ihre Decke war aufgeschlagen, ihr Kopfkissen geglättet. Ordentlich. Es klopfte immer noch. Aber nicht in seinem Kopf. Der war nicht so weit entfernt. Er drehte sich auf den Rücken und richtete sich auf. Das Klopfen kam aus der Scheune. Von den Handwerkern, die dort arbeiteten.

Greven fiel zurück auf das Bett und versuchte nicht zum ersten Mal, nach einem ausgesprochen tiefen Schlaf in jene Sphäre zurückzukehren, die als Wirklichkeit bekannt war. Der Schatten. Peter. Das Krankenhaus. Verdammt schnell. Er drehte sich auf die linke Seite und stand auf. Mit nur bedingt einsetzbarer rechter Hand zog er sich aus und stapfte, noch leicht benommen, unter die Dusche. Das heiße Wasser tat unglaublich gut, ließ die Wirklichkeit noch wirklicher werden. Nur seine rechte Hand mochte die Temperatur nicht. Sein Kopf brummte. Wie früher nach einer durchgemachten Nacht, dachte er. Die Gefühle war nicht viel anders. Nur hatte er nicht stundenlang getanzt, getrunken, mitgeraucht und mitgekifft, sondern nur ein Glas gehabt, dafür aber eingesteckt, ausgeteilt und Stunden im Krankenhaus gezählt. Apropos Stunden. Greven stellte das Wasser ab und sah durch die gläserne Duschkabine auf die Uhr, die über der Tür hing. Mona liebte es, in jedem Zimmer eine Uhr zu haben. Viertel nach zehn.

»Mist!«

Mit frischer Jeans und frischem Hemd betrat er die Küche. Kaffeeduft empfing ihn. Auf dem Tisch nebenan warteten ökologisch unbedenkliche Vollkornbrötchen, Lachs und Monas hausgemachte Marmeladen auf ihn.

»Du bist schon wach?«

»Warum hast du mich nicht geweckt?«

»Weil mir heute Morgen sofort klar war, dass du noch Schlaf brauchst.«

»Aber …«, beschwerte sich Greven.

»Ich habe mit deiner Frau Resemius telefoniert. Du sollst dich einen Tag ausruhen. Sie hat alles im Griff.«

»Aber …!«

»Traust du ihr das etwa nicht zu? Du hast doch selbst so von ihr geschwärmt. Wie taff sie ist. Wie toll sie ist.«

»Ich habe nie von ihr geschwärmt. Ich habe lediglich …«

»Dann kannst du sie ja machen lassen. Wenn ihr den Irren endlich habt, wird die SoKo Siel ohnehin bald aufgelöst«, sagte Mona. »Kaffee?«

Greven gab den Widerstand auf und setzte sich. Der Kaffee vervollständigte seine Wirklichkeit, ergänzte das letzte noch fehlende Teil.

»Ich kenne zwar die Geschichte in groben Zügen, wäre aber für eine etwas ausführlichere Wiederholung dankbar«, sagte Mona. »Ihr seid also nach Neuharlingersiel gefahren. Viel zu schnell, vermute ich.«

»Viel zu schnell«, begann Greven und entschied sich für eine Scheibe Gravad Lachs als Einstieg. Er brauchte drei weitere Tassen Kaffee und vier Brötchenhälften, um die vergangene Nacht aus seiner Sicht wiederzugeben. Dabei gab er sich Mühe, auf dramaturgisch sich unmittelbar anbietende Übertreibungen zu verzichten. Die endlos scheinende Wartezeit in der Klinik handelte er mit wenigen Sätzen ab.

»Puhh! Da hat ja nicht nur Häring ein Mordsschwein gehabt, sondern auch ich«, meinte Mona nach seinem Schlusssatz.

»Wieso du?«

»Na, wenn dir etwas passiert wäre? Oder er dich mit deiner eigenen Waffe erschossen hätte? Was hätte ich dann gemacht? Allein auf diesem riesigen Hof?«

»Stimmt. Da hast du wirklich Glück gehabt«, nickte Greven. »Die ganze Renovierung wäre umsonst gewesen.«

»Das nun auch wieder nicht«, lächelte ihn Mona liebevoll an. »Und jetzt steig in dein Dienstauto. Länger hältst du es ja doch nicht aus. Grüß Peter von mir. Und such ein nettes Örtchen für den Irren. Von mir aus in Sibirien.«

Greven stand auf, küsste Mona, angelte sich seine Jacke vom neuen Garderobenhaken und verließ das Haus.

Mona blieb kopfschüttelnd zurück. Kopfschüttelnd, aber erleichtert.

Er fuhr direkt zum Krankenhaus. Schließlich hatte seine

Wilhelmshavener Kollegin im großen Besprechungsraum die Lufthoheit übernommen. Seine rechte Hand hatte keine große Mühe, das Lenkrad zu halten. Offenbar lag der Arzt mit seiner Prognose richtig. Er spürte die Hand, sie war auch etwas voluminöser als die linke, aber sie war griffbereit.

In der Klinik suchte er zunächst Häring auf, der aber noch nicht besuchbar war. Nicht einmal seine Frau und seine Tochter durften zu ihm. Sie warteten seit Stunden auf dem Gang auf das Okay der Ärzte. Greven wechselte ein paar Worte mit ihnen. Es war das vierte oder fünfte Mal, dass er ihnen begegnete. Mit Tränen in den Augen bedankte sich die auffallend gut gekleidete Frau bei ihm.

»Dafür nicht«, milderte er ab. »Wozu sind wir Partner.«

Als klar wurde, dass die Ärzte bei ihrer zögerlichen Haltung blieben – immerhin durfte seine Frau für wenige Minuten zu ihm –, wechselte Greven den Patienten. Vor dem Zimmer saß ein Uniformierter gelangweilt auf einem Stuhl und blätterte in einer Zeitung. Als er Greven sah, stand er auf und legte die Zeitung auf den Stuhl.

»Moin. Alles ruhig?«

»Moin. Alles ruhig. Hier tut sich nichts.«

»Falls irgendjemand nach ihm fragen sollte …«

»Klar. Ich weiß Bescheid«, antwortete der Mann.

»… auch wenn es ein Kollege ist. Auch wenn er Ihnen eine rührende Geschichte erzählt. Rufen Sie mich an!«

»Wird gemacht, Herr Greven.«

Vor einem in der Nähe gelegenen Zimmer griff er einen jungen Arzt auf, den er mit seinem Dienstausweis zwang, kurz die Tür zu öffnen. Der gestern noch grauschwarze Schatten lag nun als weiße Gestalt im Bett, über dem ein Bettgalgen schwebte, mit dem ihn Drähte verbanden, deren Funktion Greven unbekannt war. Über Monitore wanderten Kurven, die er ebenfalls nicht zu deuten wusste. Zu gerne hätte Greven einen Blick auf sein Gesicht geworfen, doch auch das steckte teilweise in weißen Bandagen.

»Sie sehen doch, dass hier nichts zu machen ist«, wurde der Arzt schließlich nervös und schloss die Tür.

»Wie sind seine Chancen?«

»Er wird durchkommen. Aber es könnten unter Umständen Lähmungen zurückbleiben. Mehr kann ich Ihnen nicht sagen. Da müssen Sie Dr. Höpken fragen. Aber der ist noch nicht im Haus.«

»Wissen Sie zufällig, ob einer meiner Kollegen Fingerabdrücke genommen hat?«

»Sie haben Sorgen!«, entgegnete der junge Arzt, den er auf Anfang dreißig schätzte. Mit schnellen Schritten flüchtete er in eines der nächsten Zimmer.

Greven zog sein Telefon aus der Tasche und rief Resemius an.

»Das habe ich mir schon gedacht«, sagte sie. »Als deine Frau heute früh angerufen hat, war mir klar, dass du nicht zu Hause bleiben würdest.«

»Mona ist meine Lebensgefährtin.«

»Von mir aus. Wenn du so großen Wert auf diese Unterscheidung legst. Wie geht es Häring?«

»Gut. Er wird hoffentlich wieder ganz der Alte. Seine Frau ist gerade bei ihm.«

»Und was ist mit dem Einbrecher? Gibt es da was Neues?«

»Er ist außer Lebensgefahr, wird aber wohl nicht mehr der Alte. Er hat sich beim Sturz fast das Genick gebrochen. Und noch ein paar andere Knochen. Sein Kopf hat auch was abbekommen. Habt ihr schon was über ihn?«

»Nichts«, antwortete Resemius. »Wie denn auch? Ohne Foto und ohne Fingerabdrücke? Vermisst wird jedenfalls niemand, auf den die Beschreibung auch nur halbwegs passt.«

»Ich besorge die Abdrücke«, sagte Greven und legte auf.

Vor dem Zimmer, in dem sich Schwestern und Pfleger aufhielten, passte er einen kleinen Pfleger ab, der gerade mit der Jonglage eines Tabletts voller Medikamente beschäftigt war.

»Sie haben doch ein paar Minuten? Greven. Kripo Aurich.« Er nahm dem Überraschten das Tablett aus der Hand und schob ihn durch die Tür, wo er das Tablett auf einen Tisch stellte. »Haben Sie ein Stempelkissen?«

»Ja, aber Sie können hier nicht …«, versuchte sich der junge Mann zu widersetzen.

»Kann ich«, unterbrach ihn Greven barsch und hatte das Stempelkissen schon auf dem Tisch erspäht. In einem offenen Regal fand er einen geeigneten Papierblock.

»Gehen wir. Schnell, schnell. In zwei Minuten sind Sie zurück.«

Greven lotste den Pfleger aus der Tür und dirigierte ihn zu dem Krankenzimmer, vor dem der Polizist Zeitung las. Noch bevor dieser aufstehen konnte, war Greven bei ihm und sagte: »Ich brauche zwei Minuten. Lassen Sie niemanden herein. Haben wir uns verstanden?«

»Haben wir, Herr Greven.«

»Was haben Sie vor?«, sperrte sich der Pfleger, aber Greven hatte ihn bereits vor der Tür in Position gebracht.

»Sie gehen da jetzt rein und nehmen ihm die Fingerabdrücke ab. Das kennen Sie doch aus dem Tatort. Ich darf da nicht rein, das haben mir die Ärzte verboten. Aber Sie dürfen. Seine linke Hand ist frei. Das habe ich vorhin gesehen. Jeden Finger einmal auf das Stempelkissen, dann rauf auf den Block. Noch Fragen? Gut, dann gehen Sie. Viel Glück.«

»Das darf ich nicht. Das kann mich die Stellung kosten!«

»Schieben Sie alles auf mich. Ich übernehme die Verantwortung. Los, los jetzt! Es geht um Leben und Tod. Die Zeit läuft.«

Mit der noch immer leicht schmerzenden Hand schob er ihn durch die Tür. Dann leistete er dem Uniformierten Gesellschaft beim Schmierestehen. Als ein ihnen unbekannter Arzt vorbeikam, grüßten sie freundlich.

Der Arzt nickte und setzte seinen Weg fort, ohne auch nur ansatzweise Verdacht zu schöpfen.

»Er schafft es«, sagte Greven, nachdem der Arzt außer Hörweite war. »Er ist ein guter Pfleger, wissen Sie. Ein sehr guter Pfleger. Der Beste.«

29

»Herr Greven! Wissen Sie, wer gerade bei mir angerufen hat?«

A Whiter Shade of Pale, schoss es Greven durch den Kopf.

Dr. Wilms hatte sich in Position gebracht. Ihr Gesicht war weißer als das von Gustav Gründgens in der Rolle des Mephisto. Die schwarze, vorne spitz zulaufende Kappe fehlte ihr jedoch, die das Weiß noch stärker betont hätte.

»Nein.« Greven gab den Überraschten, so gut er konnte.

»Professor Doktor Ludwig Schäfer!«

»Sorry, das sagt mir jetzt gar nichts.«

»Chefarzt am hiesigen Krankenhaus!«

»Ist was mit Peter? Es geht ihm doch nicht schlechter, oder?«

»Herr Greven! Sie haben einen Krankenpfleger genötigt, in das Zimmer unseres schwer verletzten Tatverdächtigen einzudringen, um ihm Fingerabdrücke abzunehmen!«

Weißer ging es nicht mehr. Nicht für einen Menschen.

»Ach, jetzt verstehe ich. Aber ich habe absolut korrekt gehandelt. Da mir ein Arzt untersagt hatte, den Raum zu betreten, habe ich einen der Pfleger gebeten. Sagen wir, intensiv gebeten. Von Nötigung kann aber nicht die Rede sein. Ohne die Fingerabdrücke können wir seine Identität nicht feststellen.«

»Sind Sie Jurist oder ich? Sie haben ihn genötigt!«

»Ihm drohen doch wohl keine Konsequenzen, oder?«

»Ihm nicht. Aber Ihnen, wenn Sie sich in Zukunft nicht an die Spielregeln halten. Was zu weit geht, geht zu weit! Ich habe keine Lust, mir derartige Beschwerden über Sie anzuhören. Es ist ja auch nicht das erste Mal. Ich verstehe ja Ihre Beweggründe. Wir alle wollen den Serienkiller fassen. Aber nicht auf diese Weise. Haben wir uns verstanden?«

»Es kommt nicht wieder vor.« Greven gab nun den Reumütigen.

»Außerdem verzichten Sie auf Besuche im Krankenhaus. Das übernimmt ab jetzt Frau Resemius. Und sehen Sie zu, dass uns die Fingerabdrücke weiterbringen. Wie wir sie bekommen haben, spielt ja jetzt keine Rolle mehr. Ich will wissen, ob wir den Täter haben. Denken Sie an das Endspiel.«

Die weiße Frau verließ den Besprechungsraum und schloss lautlos die Tür.

»Das war knapp«, meinte Harding.

»Um die beneide ich dich nicht«, sagte Resemius.

»Ist schon okay«, brummte Greven. »Um ihren Job beneide ich sie auch nicht. Und ich möchte nicht wissen, was dieser Chefarzt ihr für eine Predigt gehalten hat.«

»Du hast ja auch in seinem Revier gewildert«, sagte Resemius. »Das haben Chefärzte gar nicht gern.«

»Der hat bestimmt Augen gemacht, als der die Finger gesehen hat«, grinste Alvine Groß. »Der Name der Rose. Die schwarzen Finger. Wenn ihr wisst, was ich meine.«

»Apropos Finger«, wandte sich Greven Ackermann zu. »Hast du die Abdrücke schon eingescannt?«

»Der Abgleich läuft längst«, antwortete Ackermann. »Bislang keine Übereinstimmung. Das hätte ich doch sofort gesagt.«

»Mist! Und wir können nicht mal ein Foto an die Presse rausgeben. So wie der von den Ärzten einpackt worden ist. Da wird ja Christo neidisch.«

»Wann holen die ihn aus dem künstlichen Koma?«, fragte Resemius.

»Ich glaube, das wissen die selber noch nicht«, ärgerte sich Greven. »Jetzt haben wir endlich einen Verdächtigen, aber der ist nicht vernehmungsfähig. Das kann Wochen, wenn nicht Monate dauern. Was ist mit seiner Kleidung?«

»Die haben die Kollegen doch gerade erst bekommen«, antwortete Ackermann.

»Na und?«, maulte Greven. »Keine Papiere, kein Handy, nur ein Satz Dietriche. Ein schlauer Hund. Es könnte tatsächlich unser Mann sein.«

»Es ist unser Mann«, sagte Resemius. »Was sollte ein simpler Einbrecher auf dem Dachboden? Da ist doch nichts zu holen. Er hat den nächsten Anschlag vorbereitet. Was sonst?«

»Ja, was sonst?«, grübelte Greven.

»Skeptisch?«

»Immer. Wenn er den Dachboden tatsächlich präpariert hat, was hat er dann in den unteren Räumen gesucht? Ein gute halbe Stunde lang ist er unten im Lager gewesen und dort vor der Kamera herumgeturnt. Sonst hätte Peter ihn gar nicht bemerkt. Aber es fehlt nichts. Ihr habt doch gehört, was die Kollegen gerade berichtet haben. Die Besitzerin vermisst nichts und hätte den Einbruch auch nicht bemerkt, wenn wir nicht gekommen wären. Unser Mann war also sehr ordentlich.«

»Aber das spricht doch für unseren Killer«, argumentierte Resemius. »Vielleicht hat er unten nur etwas gesucht, das ihm irgendwie hilft. Etwas, das er als Stativ benutzen kann, was weiß ich?«

»Wir müssen uns das ansehen. Sehr genau«, schlug Groß vor.

»Nichts«, vermeldete Ackermann. »Keine Übereinstimmung mit unserer Datei.«

»Auch das spricht für den Killer«, legte Resemius nach. »Er ist nämlich bis zum ersten Mord noch nie auffällig geworden. Und dann löst mitten im Leben irgendeine Erlebniskatastrophe seinen Tötungsdrang aus.«

»Erlebniskatastrophe. Schönes Wort«, meinte die Leeraner Kommissarin.

»Wenn wir wenigstens das Auto hätten«, sagte Greven. »Ich glaube nicht, dass er zu Fuß oder mit dem Fahrrad gekommen ist.«

»Bei den vielen Parkplätzen? Das kann dauern«, meinte Ackermann.

»Einen Komplizen können wir auch nicht ausschließen. Einen, der ihn absetzt und wieder abholt«, sagte Groß. »Das hatten wir vor ein paar Jahren schon mal. Arbeitsteilung. Warum soll es das nicht auch bei Psychopathen geben?«

»Schluss jetzt mit den Spekulationen!«, beendete Greven die Diskussion. »Kehren wir zur bewährten Ermittlungsarbeit zurück. Ohne die Laborergebnisse und ohne die Ergebnisse der Spurensicherung kommen wir nicht weiter. Ich hoffe, wir finden das Auto. Sein eigenes oder ein gestohlenes. Das würde uns viel bringen. Ansonsten machen wir weiter wie bisher. Schließlich ist unser Einbrecher nur ein Verdächtiger.«

»Er ist unser Mann!«, verlieh Resemius ihrer Meinung noch einmal Ausdruck.

»Es spricht viel dafür«, entgegnete Greven, »aber eben nicht alles. Und jeglicher belastbare Beweis steht aus. Also? Gehen wir wieder an die Arbeit. Kirsten, du fährst bitte ins Krankenhaus und siehst nach Peter. Ich fahre nach Neuharlingersiel und sehe mir den Laden an.«

»Was macht eigentlich deine Hand?«, fragte Resemius auf dem Parkplatz, bevor sie in ihre Wagen stiegen.

»Halb so wild«, antwortete Greven und streckte die Finger aus. »Der Schmerz ist auf dem Rückzug, nur die Farbe gefällt mir nicht.«

»Kein schlechtes Hämatom«, bestätigte Resemius nach kurzer Begutachtung.

»Grüß Peter von mir.«

»Mach ich.«

Mit einer schwungvollen und sportlich anmutenden Bewegung stieg sie ein, schnallte sich an und lächelte ihm zu, bevor sie vom Hof fuhr. Sie lächelte. Und dennoch glaubte Greven eine Spur von Traurigkeit in diesem Lächeln entdeckt zu haben.

Die Fahrt nach Neuharlingersiel nutzte Greven, um den Ablauf der Ereignisse der letzten Nacht noch einmal durchzuspielen. Der Mann war gut vorbereitet gewesen, hatte kein Licht gemacht und offenbar Wert darauf gelegt, dass sein Einbruch unentdeckt blieb. Er war ein sehr brutaler und furchtloser Täter, aber hatte keine Waffe dabei. Vielleicht besaß er nur das Gewehr, und das war für Einbrüche völlig ungeeignet. Kirsten könnte recht haben, dachte er. Es könnte wirklich unser Mann sein.

Aus dem Laden am Hafen waren die Spurensicherer mit ihren weißen Overalls bereits verschwunden. Ein Einsatzwagen der Polizei Esens parkte quer vor dem Hintereingang. Einige wenige, verspätete Schaulustige versuchten, einen kleinen Rest der Sensation in ihren Besitz zu bringen. Mit entsprechenden Blicken folgten sie Greven, den das Flatterband nicht am Betreten des Tatortes hinderte.

In einer kleinen Teeküche traf er auf Frau Bolten, die Besitzerin.

»Moin. Und danke, dass Sie auf mich gewartet haben«, begrüßte er sie. »Darf ich mich setzen?«

»Moin, Herr Kommissar. Bitte. Möchten Sie auch eine Tasse Tee?«

»Nur, wenn es Ihnen keinen Umstand macht.«

Die Frau, die nur ein paar Häuser entfernt wohnte, war durch das Eintreffen der Rettungskräfte aus dem Schlaf gerissen worden und gleich zu ihrem Laden gelaufen.

»Wie geht es Ihrem Kollegen? Der andere interessiert mich nicht.«

»Gut. Er hat Glück gehabt und wird mit einem blauen Auge davonkommen«, sagte Greven und freute sich auf die Tasse Tee. »Aber mich interessiert der andere. Was könnte er hier gesucht haben?«

»Das haben mich Ihre Leute auch schon gefragt.«

»Und was haben Sie Ihnen geantwortet?«

»Ich weiß es nicht. Er war ja nicht im Laden. Da hätte es eine ganze Menge gegeben. Nicht nur die Kasse. Da war übrigens fast nichts drin. Keine fünfzig Euro.«

Der Tee schmeckte wie der vom alten Ysker in Greetsiel, den er schon viel zu lange nicht mehr besucht hatte. Greven hatte den Tee noch nie so hinbekommen.

»Was ist in den hinteren beiden Räumen?«

»Das wissen Sie doch. Das ist unser Lager. Da stehen nur Kisten mit Spielzeug und Souvenirs. Aufblasbare Tiere, Kindereimer, Drachen. Was wir so alles verkaufen.«

»Sonst nichts?«

»Was soll da sonst denn sein?« Die etwa sechzigjährige Frau, deren graues Haar an diesem Tag noch keinen Kamm gesehen hatte, wurde sichtlich ungehalten.

»Etwas, das der Einbrecher gesucht haben könnte. Ich meine, gezielt gesucht haben könnte«, erklärte Greven.

»Einen Tresor? Eine Aktenmappe? Eine Münzsammlung? Etwas in der Art.«

»Sowas haben wir nicht!«, fauchte Bolten. »Für wen halten Sie uns?«

»Wen meinen Sie mit ›uns‹?«

»Meinen Mann und ich.«

»Und wo ist Ihr Mann jetzt?«

»Das geht Sie gar nichts an.« Die Frau wandte sich von ihm ab und sah in die Teetasse. »Er ist weg. Seit vier Wochen, wenn Sie es genau wissen wollen. Und jetzt lassen Sie mich bitte in Ruhe.«

»Ist das Ihr Mann?«, fragte Greven und wies mit dem Finger auf ein Foto, das zwischen anderen auf einer alten Anrichte stand.

Frau Bolten nickte.

»Darf ich mir das mal ausleihen?«

»Das schenk ich Ihnen! Ich weiß gar nicht, warum ich es nicht schon längst weggeschmissen habe.«

»Danke, Frau Bolten. Der Tee war wirklich gut. Wiedersehen.«

»Wiedersehen.«

Greven war es nicht gewohnt, weinende Frauen zurückzulassen, aber diesmal ging es nicht anders. Er nahm das Schwarzweißfoto aus dem Rahmen, betrachtete das Portrait kurz und steckte es ein. Nacheinander sah er sich die beiden unteren Räume an, die voller Regale, Kisten, Kartons und Displays verschiedener Firmen standen. Selbst nach dem Besuch der Spurensicherung sah alles ausgesprochen geordnet aus. Was auch immer der Einbrecher hier gesucht hatte, auf keinen Fall hatte er die Ordnung stören wollen.

Über eine Stunde verbrachte Greven in den beiden

Räumen, im Laden und auf dem Dachboden, ohne einen Anhaltspunkt zu finden. Diesmal konnte er seinen Ruf, die Suche eines Täters in einer Wohnung exakt nachvollziehen zu können, nicht verteidigen. Er stand vor einem Rätsel.

»Haben Sie was?«, fragte ihn einer der beiden Polizisten, die noch immer den Tatort sicherten.

»Nein«, musste Greven eingestehen. »Ich hab nichts. Nichts, außer einem Komapatienten und einem Foto. Vielleicht weiß ich ja mehr, wenn er seinen Verband los ist.«

30

»Noch eine Tasse Tee?«

»Nein, danke«, sagte Peter Häring und hielt seine Hand über die Tasse.

»Aber ich«, bat Greven und ließ sich von Mona bedienen. »Der ist heute wirklich gut. Obwohl wir nicht an einem Hafen wohnen.«

»An einem Hafen? Was hat das mit Tee zu tun?«, fragte Häring.

»Nichts. Das ist nur so eine Theorie von Gerd«, sagte Mona. »Nur das Wasser, der Tee und der Treckpott zählen. Alles andere ist Mythos.«

»Das steht noch nicht fest«, entgegnete Greven. »Aber wissenschaftlich dürfte das wirklich schwer nachweisbar sein. Ich vermute, dass andere olfaktorische und gustatorische Einflüsse dabei eine große Rolle spielen. Vielleicht sogar visuelle.«

»Der Tee schmeckt besser, weil ich Kutter sehe?«, fragte Häring ungläubig.

»Ja, so ungefähr stelle ich mir das vor«, sagte Greven mit sanfter Ironie.

»Hör ihm nicht zu, Peter. Sag mir lieber, ob du am Montag wirklich wieder zum Dienst kommen willst.«

»Wird höchste Zeit. Von mir aus hätte ich schon am letzten Montag angefangen. Aber die Ärzte haben mich nicht gelassen.«

»Dann freu dich doch«, meinte Mona und setzte sich wieder auf ihren Sessel. »Außerdem hast du nichts verpasst.«

»Ich weiß. Mein Zimmernachbar«, sagte Häring. »Die Resemius hat also recht behalten. Er ist unser Mann.«

»Ja, es sieht tatsächlich danach aus«, nickte Greven. »Inzwischen habe ich ja auch sein Gesicht gesehen, jedenfalls Teile davon. Die haben ihn bandagiert wie eine Mumie. Es könnte der Mann gewesen sein, den ich in Greetsiel auf dem Siel gesehen habe. Aber das weiß ich erst mit Sicherheit, wenn ich ihm in die Augen sehen kann. Er liegt ja immer noch im Koma.«

»Hat das Auto etwas ergeben?«, fragte Häring.

»Nein. Außer, dass es in Aurich gestohlen wurde. Die Fingerabdrücke stammen von dem Eigentümer und seiner Freundin.«

»Das Phantom. Der große Unbekannte«, lächelte Häring.

»Aber vielleicht nicht mehr lange. Es spricht einiges dafür, dass es sich um Sina Boltens vermissten Mann Abo handelt«, gab Greven zu bedenken. »Mit etwas Glück haben wir Montag schon das Ergebnis des DNA-Vergleichs. Die Fingerabdrücke waren ja leider nicht brauchbar. Wie auch immer, eines Tages wird er erwachen und uns alles sagen. Bis dahin liegt er auf Nummer sicher.«

»Es sei denn, die Landung auf der unteren Treppenstufe hat ihm eine satte Amnesie beschert«, meinte Häring.

»Das ist mir egal«, warf Mona ein. »Hauptsache, diese grässliche Mordserie ist beendet. Diese Mutter von zwei Kindern ... Das geht mir gar nicht mehr aus dem Kopf.«

»Mona arbeitet an einem Bilderzyklus über diesen Mord«, erklärte Greven.

»Das ist noch nicht spruchreif.«

»Dein neues Atelier ist wirklich traumhaft geworden«, schwärmte Häring. »Nicht mehr wiederzuerkennen. So hell. Und dann die tollen Fliesen. Man fühlt sich wie in Italien.«

»Nur das Atelier?« Mona sah ihn streng an.

»Das ganze Haus. Natürlich. Wie habt ihr das bloß geschafft? In der kurzen Zeit?«

»Für das wenige Geld?«, fügte Greven leise hinzu

»Gerd!!«

Häring sah auf seine Uhr. »Es nützt nichts, ich muss euch jetzt leider verlassen.«

»Was? Jetzt schon?«, monierte Mona.

»Ich habe meiner Frau und meiner Tochter versprochen, dass wir zum Kutterkorso nach Greetsiel fahren.«

»Da muss ich dich enttäuschen. Die Abfahrt schaffst du nicht mehr«, sagte Greven.

»Das weiß ich. Aber Clara ist erst sechs und darf sowieso nicht mit an Bord. Wir wollen uns nur den Trubel ansehen. Das Einlaufen der Kutter. Das ist alles.«

»Na, dann viel Spaß«, sagte Greven.

»Warum kommt ihr nicht mit?«, fragte Häring.

»Ihr liebt den Trubel, wir nicht. Ich sag dir, wie es ist. Wir machen einen großen Bogen um Menschenmassen«, sagte Mona.

»Uns stört das gar nicht. Im Gegenteil.«

Häring erhob sich langsam aus dem Sessel. Seine Bewegungen waren noch langsam. Das war alles, was ihm von der Begegnung mit dem Unbekannten geblieben war. Aber Häring war ein sportlicher Mensch. Seine Prognosen waren also gut. »Und nochmals danke für die Führung.«

»Die gehört seit einiger Zeit zum Service dieses Hauses«, lächelte Greven.

»Am nächsten Samstag kommen übrigens Lore und Kurt«, sagte Mona.

»Lore und Kurt? Muss ich die kennen?«

»Dr. Hannelore Wilms nebst Partner«, dozierte Greven.

»Die Wilms?«, erschrak Häring fast. »Ihr müsst ja wissen, was ihr tut, ihr seid ja alt genug. Ah … die ist heute übrigens auch in Greetsiel.«

»Unsere verehrte Frau Staatsanwältin? Auf einer Massenveranstaltung? Wo Bürgerliche lustwandeln? Wo Grillwürste und Fischbrötchen auf offener Straße verspeist werden? Schwer vorstellbar.«

»Gerd!!«

»Sie macht es nur für ihren … ich vergesse immer den Namen?«

»Kurt«, ergänzte Mona.

»Kurt«, wiederholte Greven geistesabwesend und begann, auf den Teppich zu starren.

»Was ist denn jetzt schon wieder?«, nörgelte Mona. »Er ist ein netter Kerl. Genau wie Lore. Und sie kommen nächsten Samstag, auch wenn sie deine Chefin ist. Das wirst du schon schaffen.«

»Kurt«, wiederholte Greven ein weiteres Mal und kniff die Augen zusammen. »Kurt. Kurt Simmering. Er ist der Mann, den ich auf dem Siel gesehen habe.«

»Quatsch!«, widersprach Mona. »Den hättest du doch sofort wiedererkannt! Kurt. So ein Blödsinn! Du hast dich doch so gut mit ihm unterhalten? Und wer liegt denn dann in der Klink?«

»Er hatte sich verkleidet. Seine Haare waren anders. Und dann dieser blöde Sonnenhut. Außerdem habe ich nur seinen Blick gestreift.«

»Das ist ja ein dickes Ding!« Häring sah Greven irritiert an.

»Und warum fällt dir das erst jetzt ein?«, maulte Mona.

»Weil ich den wieder vergessen hatte. Ich hatte ihn einfach nicht auf dem Radar, versteht ihr. Aber jetzt, als sein Name fiel, tauchte er plötzlich wieder auf, tauchten seine Augen auf.«

»Blödsinn!«, giftete Mona mit längst hochrotem Kopf. »Warum sollte Kurt irgendwelche Frauen erschießen? Und wie …?«

Die drei sahen sich abwechselnd in die Augen. Mitten in dem neuen Wohnzimmer, umgeben von asymmetrischen Regalen aus edlen Hölzern, Designerlampen aus farbigen Glasflächen und bordeauxfarbenen Ledersesseln. Ein heller Raum, in dem sich die Julisonne begierig umsah, in dem der Baustaub nur noch in homöopathischen Dosen anzutreffen war. Vor Kurzem noch Grevens Alptraum, jetzt ein Traum der späten Moderne. Aber das interessierte die Augen in keiner Weise, denn sie sahen nach innen.

»Weil sie eine große Frau ist«, hauchte Greven. »Weil sie mittellanges, glattes Haar hat, weil sie schlank ist.«

»Sie passt tatsächlich in das Muster«, flüsterte Häring. »Sie hat auch das passende Alter. Komisch, wir sehen sie jeden Tag und haben das nicht bemerkt.«

»Weil wir sie jeden Tag sehen«, sagte Greven.

»Aber was hätte er für ein Motiv?«, dachte Häring laut und griff sich an die Stirn.

»Geld«, antwortete Mona kaum hörbar.

»Dann müsste er sie aber beerben«, hielt ihr Häring entgegen. »Oder in ihrem Testament erwähnt werden.«

»Genau«, flüsterte Mona. »Sie haben vor zwei Monaten heimlich geheiratet. Auf Sylt. Lore hat es mir verraten. Sie wollte es nicht an die große Glocke hängen. Er bekommt alles.«

»Und das ist nicht wenig, wie man hört«, ergänzte Häring. »Die Wilms soll schwerreich sein.«

Mona nickte wissend.

»Dieser Kurt, der ist doch selber wohlhabend? Der

hat doch ein großes Unternehmen?« Greven sah Mona fragend an.

»Aber er hat auch einen Stammplatz in Bad Zwischenahn am Roulette-Tisch«, erklärte Mona und rang mit der ersten Träne. »Er hat ihr geschworen, damit aufzuhören.«

»Was ist mit den ersten vier Opfern?«, fragte Häring. »Wenn er doch nur seine Frau loswerden will?«

»Weil der Verdacht sofort auf ihn fallen würde«, antwortete Greven. »Deshalb hat er die anderen erschossen. Er erzeugt eine Reihe, eine Serie. Darin versteckt er dann den eigentlichen Mord. Die Idee ist alles andere als neu. Eigentlich ein Klassiker. The A.B.C. Murders. Von Agatha Christie. Ein Mann bringt seinen Bruder um, begeht aber auch andere Morde, die zunächst aussehen, als habe sie ein Psychopath begegangen. So fällt der Verdacht nicht auf ihn. Sein Bruder ist nur ein Opfer von vielen, die der Geisteskranke auf dem Gewissen hat. Doch Hercule Poirot durchschaut am Ende den Plan. Bei Christie sind es übrigens die Initialen. Die alphabetisch geordneten Initialen, nach denen der Mörder vorgeht. Im Grunde eine einfache Sache. Fast simpel.«

»Offenbar zu simpel für uns«, konstatierte Häring.

»Weil wir den Wald vor lauter Bäumen nicht gesehen haben«, ärgerte sich Greven. »Wir haben genau das gedacht, was er von uns erwartet hat. Nämlich dass wir einen Irren suchen, einen Frauenhasser. Weil dieser Tätertyp so perfekt zu dem Muster passt. Verflucht!«

»Und wenn du dich irrst?«, schluchzte Mona. »Wenn wir uns das alles nur zurechtgelegt haben? Wenn Kurt doch ganz harmlos ist?«

»Wo sind die beiden jetzt?«, fragte Greven.

»Also, Dr. Wilms wollte nach Greetsiel zur Kutterkorso.

Und sie wollte auch mitfahren«, wusste Häring. »Weil Kurt sie darum gebeten hat.«

»Er geht nicht an Bord«, prognostizierte Greven leise und kniff die Augen wieder zusammen. »Er arrangiert es irgendwie, dass sie allein fährt. Er verliert sie im Gedränge oder so. Außerdem hat er das Auto so geparkt, dass sie über das Siel muss, um zu ihm zu gelangen. Wenn die Kutter erst einmal abgelegt haben, kommt man nicht mehr von Bord. Dann hat er vier Stunden, sich auf die Lauer zu legen.«

»Er flieht auch nicht«, setzte Häring das Gedankenspiel fort. »Er versteckt sein Gewehr und steht Sekunden später auf dem Siel. Er wird behaupten, immer in ihrer Nähe gewesen zu sein. Und du wirst sehen, wenn er es richtig anstellt, wird es Zeugen geben, die schwören, dass seine Frau in seinen Armen gestorben ist.«

»Oh nein!«, schluchzte Mona. »Jetzt tut doch was!«

»Hast du ihre Handynummer?«

Mona nickte.

»Ruf sie an. Dann verbinde mich mir ihr.«

Ihr Handy lag auf dem neuen Beistelltisch. Mona rief die Nummer auf und wartete mit Tränen in den Augen auf die Stimme von Dr. Wilms.

»Nur die Mailbox.« Mona hielt Greven das Handy entgegen, als sollte er ihre Behauptung überprüfen.

»Sag ihr, dass sie in Gefahr ist. Dass wir einen Tipp bekommen haben. Sie soll auf keinen Fall das Siel betreten. Auf keinen Fall. Aber von Kurt sag erst mal nichts. Okay? Kein Wort. Auch keine Andeutung. Versuch es immer wieder. Peter und ich fahren nach Greetsiel.«

31

Das Fischerdorf platzte aus allen Nähten. Schon bei der Anfahrt ging nichts mehr. Selbst mit dem Blaulicht auf dem Dach kamen sie nur im Schneckentempo voran. Das Samstagssommerwetter hatte Fahrzeugkolonnen angelockt, in die sie sich wohl oder übel einreihen mussten. Reguläre Parkplätze gab es schon seit dem Morgen nicht mehr. Auf den Straßen drängelten sich Freizeitsüchtige, Spontanausflügler und Kutterabenteurer. Die Abgeschiedenheit, die Unberührtheit, die Greven als Kind noch erlebt hatte, war längst Geschichte, auch wenn Prospekte noch immer mit Begriffen wie ›Ursprünglichkeit‹ oder ›Kleinod‹ warben.

»Disneyland«, brummte Greven. »Nur dass es da nicht so voll ist und jeder weiß, dass nichts echt ist.«

»Wo sollen wir bloß parken? Du kennst dich doch hier aus?« Häring saß neben ihm und fühlte sich sichtbar unwohl in seiner Haut. »Die Zeit läuft uns davon. Wenn die sich an die Angaben halten, laufen die Kutter schon ein.«

Greven griff zum Funkgerät und rief den zweiten Wagen. »Versucht ihr es bei den Mühlen. Ich versuche es durch den Hintereingang. Wir treffen uns dann beim Siel.«

»Alles klar«, war die völlig ausreichende Antwort.

»Sie konnten tatsächlich abbiegen«, stellte Häring erstaunt fest. »Unsere Chancen steigen.«

Greven blieb auf der Umgehungsstraße, von der aus sie in die Kleinbahnstraße einbogen. Im Slalom umfuhren sie Autos mit exotischen Kennzeichen, deren Fahrer offenbar von völlig naiven Navigationsgeräten verführt worden waren, es ausgerechnet auf dieser Straße zu versuchen.

Auf der Höhe des Friedhofs reduzierte sich ihre Geschwindigkeit auf ein zügiges Schritttempo.

»Wo willst du parken?«, fragte Häring unruhig, immer häufiger auf die Uhr schauend.

»Das mach ich schon. Ruf lieber noch mal Mona an, ob sie die Wilms inzwischen erreicht hat.«

Ein Stuttgarter SUV blockierte auf der Höhe vom Aantenpadd die Straße. Greven drückte kräftig auf die Hupe, worauf die Tür des zivilen Panzerwagens aufflog und einen Muskelprotz in einem Muscle-Shirt freisetzte, der umgehend zu blöken und mit den Armen zu fuchteln begann. Das Blaulicht schien ihn in keiner Weise zu beeindrucken.

»Verpiss dich, du Wichser!«

Greven stellte den Motor ab, stieg aus und ging ein paar Schritte auf das Fleisch gewordene Fitnessstudio zu. Es reichte ihm, er hatte genug von derartigen Platzhirschen, denen man ansah, dass ihr eigentlicher Autotraum nicht auf Rädern, sondern auf Ketten rollte und eine erigierte Kanone besaß.

»Ich hab gesagt, du sollst dich verpissen, Mann. Auf das blaue Ding da fall ich nicht rein! Drauf geschissen.«

Aus der Beifahrertür schlüpfte etwas Zierliches, Blondes, Junges. Klischee oder harte soziale Realität oder beides, das war hier die Frage.

»Hansi, lass doch. Ich will endlich die Boote im Hafen sehen. Steig wieder ein! Da passen wir schon durch.«

Vor dem SUV hatten zwei wilde Parker die Straße derart verengt, dass er kaum eine Chance hatte, das Nadelöhr zu passieren.

»Hier geht's nicht weiter! Kapierste das nicht? Also verzieh dich, Opa! Retour!«

Ein Fremdwort. Greven war schwer beeindruckt. Dennoch baute er sich breitbeinig vor dem Ungetüm mit kurzen, blondierten Haaren auf und schlug sein Jackett so zur Seite, dass sein Holster samt Waffe sichtbar wurde. Er zog seine Pistole, lud sie demonstrativ durch, und ließ sie langsam zurück ins Leder gleiten.

»Bei drei. Okay? Der Hilfssheriff ist Zeuge.«

Häring stieg langsam aus dem Wagen und machte ein betretenes Gesicht. »Gerd. Unsere Zeit wird knapp!«

»Geht ganz schnell. Eins … zwei …«

Der Muskelmann machte ein Gesicht wie ein Seebarsch. »Aber so war das nicht …«

»Willst du kneifen?«

Der Mann trat einen Schritt zurück und sah sich um. Hilfe war nicht in Sicht.

»He, du! Ich hab dich was gefragt! Willst du kneifen?«

Der Mann nickte zaghaft.

»Hab ich mir gedacht«, sagte Greven und ließ seine Waffe wieder unter dem Jackett verschwinden. »Solche wie du kneifen nämlich immer. Greven, Kripo Aurich. Ich ernenne dich hiermit zum Unterhilfssheriff zweiter Klasse. Verstanden?«

Der Panzerfahrer nickte. Die Blondine auch.

»Wir müssen dringend zu einem Einsatz. Du bewachst so lange unser Auto. Verstanden?«

Beide nickten.

»Ein Kratzer, und du bist fällig. Verstanden? Wir haben deine Nummer.«

Nicken.

»Peter, wir haben einen Parkplatz. Los!«

Häring schloss den Wagen ab und folgte Greven, der rechts in eine Seitenstraße einbog. Am Bollwerk. Hinter der Kirche und somit auch an den Massen vorbei gelangten sie zum Hohen Haus. Ab hier wurde es schwierig.

»Passen Sie doch auf!«

»Rüpel!«

»In Ihrem Alter!«

»Unerhört!«

»Polizei!«

»Gut erkannt«, antwortete Greven und schob und drängelte, was sein Knie und seine blaugrüne Hand hergaben. Häring folgte ihm auf Tuchfühlung.

»Mona kann sie nicht erreichen. Es läuft noch immer die Mailbox.«

»Dafür hat er gesorgt«, sagte Greven. »Wetten? Wir sind gleich da. Pass auf!«

Sie suchten eine Position im Schatten einer Kastanie, so dass sie von oben nicht so leicht auszumachen waren. Vor ihnen quollen Menschen mit zufriedenen Gesichtern aus dem Hafen. Kinder kauten Bratwürste und schwenkten Fähnchen. Vor der Eisdiele klebte eine Menschentraube. Ein Hund bellte. Mindestens fünf antworteten.

»Woher willst du wissen, dass sie nicht schon weg ist?«, fragte Häring.

»Dreimal darfst du raten. Wir müssen sie erwischen, bevor sie aufs Siel geht.«

»Warum gehen wir ihr nicht einfach entgegen?«

»Guter Vorschlag. Du kannst es ja versuchen. Ich warte hier.«

Häring löste sich von ihm und schwamm gegen den Strom. Aber er war den Massen nicht gewachsen, denn die Kutter legten im Takt an und löschten ihren Fang, der sich freiwillig an Bord begeben hatte. Eine Welle nach der anderen rollte auf den Pflasterstrand des Dorfes. Häring gab auf und ließ sich ein Stück treiben, bevor er bei Greven wieder festen Boden unter seinen Füßen spürte.

»Keine Chance.«

»Sag ich doch. Noch dazu in deinem Zustand. Und in meinem. Lass uns lieber warten, bis sie uns entgegengespült wird. Im Strom könnten wir sie nämlich verpassen.«

Immer mehr Masten, die Toppen und die Takelage geflaggt, fanden sich im Hafen ein. Die Kutter selbst konnten sie nicht sehen. Dafür aber die Passagiere, meist Landratten, die jetzt von ihrer ersten Kutterfahrt berichten konnten. Auf Facebook und bei Twitter musste die Hölle los sein. Mit einer Fangfahrt hatte eine Korsofahrt nichts zu tun. Der Knochenjob wurde den Ausflüglern vorenthalten.

»Disneyland«, wiederholte Greven, während er mit den Augen von Gesicht zu Gesicht flog. Von den Kollegen im zweiten Wagen fehlte jede Spur. Er wagte es auch nicht, seinen Blick auf dem Marktplatz einzusetzen, um sie zu suchen. Aber wozu gab es diese kleinen, handlichen Funkgeräte? »Hier ist Greven. Wo seid ihr?«

»Hinter dem *Amtmannshaus*«, krächzte das kleine, schwarze Gerät.

»Wir sind unterhalb des Siels und werden versuchen, sie abzufangen. Keine Chance, in den Hafen zu gelangen. Höchstens von hinten. Aber das kostet viel zu viel Zeit.«

»Okay. Wir versuchen's von hier. Ende.«

»Das hört ja gar nicht mehr auf«, meinte Häring, als eine neue Welle aus dem Hafen ins Dorf schwappte.

»Deine Frau und deine Tochter können sich freuen, dass du sie versetzt hast.«

»Bestimmt«, sagte Häring, ohne die Hafeneinfahrt aus dem Augen zu lassen. »Wie viele Kutter mögen das sein?«

»Zwanzig. Fünfundzwanzig. So um den Dreh.«

Häring zählte die Masten. »Zweiundzwanzig. Ungefähr. Lange kann es nicht mehr dauern.«

»Oder wir haben sie verpasst und uns geirrt«, brummte Greven.

»Das wäre schön. Blamabel, aber schön.«

»Da ist sie!«

Eine große, schlanke, elegante Frau mit glattem, brünettem Haar wurde von einer neuen Welle ins Dorf gedrückt. Wie unangenehm ihr diese Situation war, wie unwohl sie sich fühlte, konnten sie trotz der Distanz in ihrem Gesicht lesen. Nein, das war nichts für Frau Dr. Wilms.

»Los!«

Greven und Häring stürzten sich in die Fluten, tauchten unter, kamen wieder hoch, schnappten nach Luft und schwammen mit schnellen Armbewegungen auf die Staatsanwältin zu.

Auf halber Strecke schlug Häring auf einem Felsen auf, der sich als Fleischberg in einem blauen Jeanskleid herausstellte. Allen Anstrengungen zum Trotz riss sie ihn mit fort und warf ihn gut fünf Meter zurück.

Greven lag in Führung, verpasste aber die Bahn, denn Wilms erwischte eine günstige Strömung, die sie direkt auf das Siel in ruhigeres Gewässer spülte.

»Frau Dr. Wilms!«, rief Greven. Er hatte sich ihr auf Rufweite genähert. »Frau Dr. Wilms!«

Die große, schlanke, selbstbewusste Frau reagierte nicht.

»Lore! Lore Wilms!«

Endlich. Sie hatte etwas gehört. Greven räumte zwei Teenager zur Seite und erwischte die richtige Strömung. Auf dem Siel wurde es ruhiger, die Massen verwirbelten hier, lösten sich auf, orientierten sich neu, suchten sich.

»Frau Wilms!«

Die Staatsanwältin blieb stehen und drehte sich um.

»Runter!«, rief Greven und kickte einem Zehnjährigen eine halbe Bratwurst aus der Hand, die nach einem kurzen Parabelflug wieder in die Menge eintauchte. »Auf den Boden!«

Wilms blickte ihn an wie eine Oberstudienrätin einen Sitzenbleiber aus der zehnten Klasse.

»Runter!«

Greven stieß einen Grauhaarigen zur Seite, der stolperte und fast vornüber auf den Boden gefallen wäre. Ein glücklicher Zufall ersparte ihm eine unsanfte Landung, da nicht genügend freier Boden zur Verfügung stand. Mehrere Arme fingen ihn freiwillig oder unfreiwillig auf. Eine Eiskugel nutzte die Gelegenheit, sich aus der Eistüte zu befreien und sich mitten ins Gewühl zu stürzen.

»Mein Knie!«, hörte Greven den alten Mann aufschreien.

Seines stand längst in Flammen, brannte bis zum Oberschenkel. Er hatte nicht mehr viele Meter vor sich. Seine Hand schlug auf ihrem Oberarm ein und krallte sich fest. Er ließ sich einfach fallen, gab dem Schonbedürfnis seines Knies nach und riss sie mit sich in die Tiefe. Schreie und Schimpfworte kommentierten den Fall. Dennoch war der Schuss nicht zu überhören. Ein kurzer, fast knackender Knall, der ohne Widerhall blieb.

Die Landung war hart und blutig. Dr. Wilms schlug mit dem Kopf auf, Greven mit der rechten Hand. Nach einer Schrecksekunde, einer kaum registrierten Auszeit, einem langen Wimpernschlag trafen sich ihre Blicke.

»Greven!«, pumpte die Staatanwältin, deren Frisur ruiniert und nicht frei von Blut war. In loser Folge schlugen

Tropfen auf dem Boden auf. Über ihnen verdunkelte die Menge den Himmel.

»Sind Sie wahnsinnig?!«

»Bleiben Sie unten!«, entgegnete Greven. »Ich kann Ihnen alles erklären. Aber bleiben Sie unten!«

»Sie sind wahnsinnig!«, pustete sie und wollte sich vom Boden abstoßen.

»Unten bleiben!«, schnauzte Greven sie an. Dann erhob er sich langsam. Vorsichtig, gereizt, neugierig wich die Menge zurück.

»Greven. Kripo Aurich! Dies ist ein Einsatz. Bleiben Sie ruhig!« Er zückte seinen Ausweis und drehte sich einmal um die eigene Achse. Er blieb an keinem Gesicht hängen, sondern sah hinüber zum obersten Fenster des Amtmannshauses. Dort strand Kirsten Resemius mit ausdrucksloser Miene und hielt den Daumen hoch.

»Sie können jetzt aufstehen, Frau Dr. Wilms«, sagte er. »Ich muss Ihnen zwei traurige Nachrichten übermitteln. Ihr Mann ist der gesuchte Serienmörder. Und er ist tot.«

***

Bernd Flessner

wurde 1957 in Göttingen geboren und verbrachte seine Kindheit und Jugend in Greetsiel. Der promovierte Germanist arbeitet seit 1990 als Lehrbeauftragter am Institut für Germanistik der Universität Erlangen/Nürnberg. Im Leda-Verlag erschienen unter anderem seine Kriminalromane mit Hauptkommissar Greven *Die Gordum-Verschwörung*, *Greetsieler Glockenspiel*, *Knochenbrecher* und *Friesengold.* 2007 wurde Bernd Flessner mit dem *Utopia-Literaturpreis* der Aktion Mensch und des Börsenvereins des Deutschen Buchhandels ausgezeichnet.

Bernd Flessner
Die Gordum-Verschwörung
978-3-934927-87-4

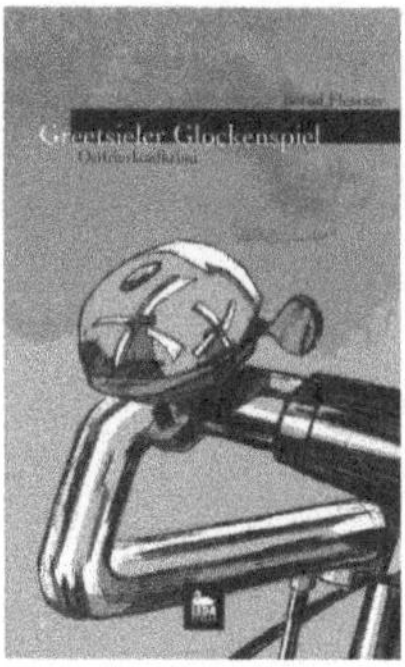

Bernd Flessner
Greetsieler Glockenspiel
978-3-934927-93-3

Bernd Flessner
Knochenbrecher

ISBN 3-934927-88-2

Bernd Flessner
Friesengold
Kriminalroman
978-3-939689-75-1

Peter Gerdes
Zorn und Zärtlichkeit
978-3-939689-64-5

Elke Amke Michel
Störtebekers letzter Hafen
978-3-86412-074-9